豪華客船オリンピック号の殺人

エリカ・ルース・ノイバウアー

実は英国政府の情報員であるレドヴァースの依頼で、夫婦のふりをして豪華客船オリンピック号に乗りこんだジェーン。目的はドイツのスパイを捜しだすこと。ジェーンは初めての捜査（？）にやる気満々だ。そんなとき、乗客の女性が、新婚の夫が消えてしまったと騒ぎはじめた。おまけに夫の荷物まで部屋からきえてしまったのだという。船長は彼女の訴えをまともにとりあおうとしなかったが、出港するときに女性とその夫の姿を目撃していたジェーンは、彼女の主張を信じて勝手に調べはじめる。好評アガサ賞最優秀デビュー長編賞受賞シリーズ第三弾！

# 登場人物

ジェーン・ヴンダリー……夫を戦争で亡くした女性
レドヴァース・ディブル……ジェーンの友人
フランシス・ドビンズ……客室係（スチュワード）
ハインズ・ナウマン……乗客。ドイツのスパイ容疑対象者
エロイーズ・バウマン……乗客
マーグリット・グールド……乗客。エロイーズの妹
ダグラス・グールド……乗客。マーグリットの夫
ヴァネッサ・フィッツシモンズ……乗客。ニューヨーク出身
マイルズ・ヴァン・デ・メートル……乗客。ヴァネッサの夫
レベッカ・テスッチ……乗客。ヴァネッサのメイド
ビセット……船長
ドクター・モンゴメリー……船医
ベンスン……一等航海士
リー・シュネル……下級航海士

キース・ブルーベイカー……船専属の楽団(バンド)のバンドリーダー。ドイツのスパイ容疑対象者

エドウィン・バンクス……船専属の写真師。ドイツのスパイ容疑対象者

# 豪華客船オリンピック号の殺人

エリカ・ルース・ノイバウアー
山　田　順　子　訳

創元推理文庫

DANGER ON THE ATLANTIC

by

Erica Ruth Neubauer

Copyright © 2022 by Erica Ruth Neubauer
This book is published in Japan
by TOKYO SOGENSHA Co., Ltd.
Japanese translation published by arrangement with
Kensington Publishing Corp.
through The English Agency (Japan) Ltd.

日本版翻訳権所有
東京創元社

# 豪華客船オリンピック号の殺人

ガンサーとマンディ、
ティムとキャリーに
あなたたちのおかげで、大地が揺れても、
わたしの足もとはしっかりしていました。

# 1

## 一九二六年　北大西洋航路定期船オリンピック号船上

金属的な唸りをあげながら、巨大な船はサウサンプトン港の埠頭(ふとう)を離れはじめた。船と陸(おか)からの喚声(かんせい)で汽笛もかき消されそうだ。わたしのまわりでは白いハンカチがはなばなしく振られている——出航という別離に降参した白旗のようだが、船客から投げられた、色とりどりの長い紙テープが船と陸をつないでいる。埠頭には、ずんぐりしたミリー叔母の姿が見える。その隣には叔母のフィアンセである風采のいいヒューズ卿と、ふたりの娘のリリアン。叔母はそろそろ別れの儀式に飽きてきたらしく、いかにもおざなりといったようすで手を振っている。だが、船が埠頭を離れても、ヒューズ卿とリリアンはまだ大きく手を振ってくれていた。

一等船客用のオープンデッキに集まっている船客たちは、はしたなく騒いだりはせず、とりすまして静かに立っているだけだが、レドヴァースとわたしは、わたしの従妹と彼女の父親に何度も大きく手を振ってから、ようやく手をおろした。そしてできるだけさりげなく、周囲の裕福な船客たちを眺めた。

「スパイって、どんな見かけなのかしら?」ほとんど口を開かずに自問する。

　チーク材の手すりにもたれ、片方の脚を低い横木に引っかけているレドヴァースは、おもしろそうな目でわたしを一瞥（いちべつ）しただけで、なにもいわなかった。濃い灰色（チャコールグレイ）のコートを着て、ツイードのキャップをかぶったレドヴァースは、なかなかスマートだ。くだけた恰好だが、ほかの船客の多くも同じような服装だった。レドヴァースの広い肩に目が釘づけになりそうになるのを抑え、わたしは海上の冷たい空気をさえぎろうとコートの襟を立てて眼下の二等、三等のオープンデッキの手すりに群がっている人々に目を向けた。彼らはもはや〝下級船客〟と呼ばれることはない。用語が改善されたからだ。わたしが一等船客なのは、ひとえに、太っ腹なイギリス政府のおかげだ。そうでなければ、わたしも眼下の人々の仲間だっただろう。この厚遇に報いるために、わたしはきちんと義務を果たすつもりだ――ドイツのスパイをあぶりだせるように、目や耳をしっかり働かせて。

　周囲の一等船客たちに視線をもどすと、ひとりの背の高い女性が目に留まった。その女性は豪奢（ごうしゃ）なシルバーフォックスのコートをまとっていたため、わたしはちょっと顔をしかめてしまった。どれほど美しくても、動物の毛皮をまとうことに嫌悪感があるせいだ。その女性はわたしたちから少し離れたところにいたので、横顔がよく見えた。伝統的な美人というには少しばかりきつい顔だちだが、化粧がうまく、きらきら光っている緑色の目が濃い赤毛の髪に映えている。彼女はかたわらの頬髯（ほおひげ）の男性の腕をつかんでいた。その男は、背の高さが女とほぼ同じぐらい。このふたりが腕を組み、たがいの耳もとでささやきあっている姿から察するに、知り合ってまだそれほど時間がたっていない仲のようだ。男はこざっぱりとした身なりだが、ズボンの丈が少し短く、靴も磨く必要がある。いくぶんか頭をこちらにかたむけているため、その顔をとっくり拝めた。わたしは男性の髭に関心があるわけではないが、男の頬髯はきれいにととのえられていて、意志の強そうな日焼けした顔によく似合っていた。そのうち、ふたりが人目もはばからずにべたべたしはじめたので、わたしはレドヴァースに目をもどした。

「では、わたしたちの船室に参りましょうか、ミセス・ヴンダリー」

レドヴァースは気どってそういうと、片方の腕をさしだした。わたしはほんの一瞬ためらったが、すぐにその腕に手をからませた。船はすでに埠頭を遠く離れ、手すりに群がっていた船客たちもゆっくりと散らばり、それぞれ、気ままに動きだしている。始まったばかりの船旅に慣れる必要があるのだ。わたしたちはオープンデッキの長いプロムナードを歩き、別世界に通じるドアを開けた。

　船内に入ったとたんに、〝海に浮かぶ街〟にいることを忘れてしまう。このオリンピック号はR・M・S、つまりイギリス郵船ロイヤル・メール・シップなのだが、じつにまさに豪華な郵船なのだ。内装は豪壮な領主屋敷（マナーハウス）を模したように、壁の羽目板はりっぱなオーク材だし、床にはふかふかのビロードの絨毯（じゅうたん）が敷きつめられている。一等船室に至る階段は、船の前部と後部の二箇所にある。そのひとつを降りていきながら、わたしの目は、頭上の、優美にアーチを描いているガラスの天井に釘づけになった。その天井からさしこむやわらかな光が、階段室を満たしている。手すり子にほどこされたブロンズと鉄の、入り組んだ渦巻き装飾がアクセントを添えているし、重厚なオーク材の手すりはなめらかで、手に触れる感触が心地いい。わたしたちは階段を使ったが、エレベーターもある。いや、イギリスの船なのでリフトというべきだろう。それが三基あり、船客を下のデッキ――船ではフロアではなくデッキという――に運んでくれる。だが、わたしがそれを使う機会があるかどうかは疑問だ。この美しい空間にどっぷりとひたっていたい。リフトと向かいあう壁に置かれた、美しい彫刻がほどこされた優美な大時計のように。

Cデッキまで降りて、通路をさほど歩かないうちに、わたしたちの船室、一等船室のスイートルームに着いた。レドヴァースが鍵を取りだして、ドアを開ける。いくつものトランクはすでに運びこまれていて、居間の向こうの寝室に置いてあった。

わたしはドア口にたたずみ、室内の豪奢さを満喫した。居間の隅に小さな書きもの机があり、そのそばに、暖炉（マンテル）――本物ではなくそう見せかけた、飾りの模造暖炉――があって、彫刻のほどこされた木の炉棚の上には、楕円形の鏡が掛かっている。思わず懸念の目で鏡を見てしまう。しっかりと壁に留めつけてあるといいのだが。もし嵐に遭遇して船が大揺れに揺れれば、鏡が落っこちて割れてしまい、室内にいる者に大けがをしてしまうだろう。飾り暖炉の両横に窓がある。カーテンはグレイのシルク。この窓から外光がさしこみ、ますます海上にいることを忘れてしまいそうになる。居間の片隅には小ぶりのテーブルがあり、その下に椅子が数脚、押しこんである。残りの空間には、かけ心地のよさそうな肘掛け椅子が二脚。壁はオーク材の羽目板張りで、壁の上部を縁どっている鉄の装飾が、味わいぶかい雰囲気をかもしだしている。なにせ船のなかなので、全体としてはこぢんまりとした空間だが、そのスペースがあますところなく有効に使われているのだろう、予想した以上に広々と感じられる。

寝室に目をやる。レドヴァースと旅をするという現実を突きつけられる思いだ。ふたりきりの旅。

「わたしたちが夫婦として旅をする必要があることは、理解してくれているね？」

レドヴァースの目がいたずらっぽくきらめいている。「わたしといっしょにいるときは、よそよそしい態度をとってはいけない、ということだよ」

レドヴァースはわざとそんなふうにいっているのだが、彼が〝夫婦〟という問題を口にしてくれてよかった。わたしにとって、夫婦のふりをするというのは、かなり神経にこたえる問題なのだ。それというのも、亡くなった夫、グラント・スタンリーとの悲惨な結婚生活のせいなのだが。

「そうね、そう考えても気分が悪くなるようなことはないけれど、ここはとても狭いわね」

レドヴァースのくちびるに小さく微笑が浮かんだが、すぐに彼はそれを引っこめた。「いまさら変更は不可能だよ。船上で夫婦のふりをしていれば、いろいろなことが容易になる。それに、そんなふうにいっしょに時間をすごすとしても、あまり問題はないと思う」

少なくとも、レドヴァースのいうことは正しい。ここに至るまでのあいだ、ふたりで長い時

間をかけて話しあい、最終的に、わたしはレドヴァースの捜査の手助けをすることに同意した

のだ。男がひとりで船旅をするより、妻同伴のほうが奇異の目で見られるおそれがない。女ひ

とりの船旅であっても同様だ。もちろん、ミリー叔母にはなにも話さなかった。叔母はわたし

たちが別々の船室を取ったと信じている。知らないほうが叔母のためだ。あれこれ気に病まず

にすむ。

レドヴァースはこほんと咳ばらいをして、両手を背後で組んだ。「わたしはこの居間でやす

むよ。だから、きみはなにも心配しなくていい」

「あら」肘掛け椅子をみつめたわたしは、それしかいえなかった。そしてレドヴァースに目を

もどした。いったいどうするつもりなのだろう? 彼は長身だ。居間で寝るとすれば、床に横

になるしかあるまい。わたしは申しわけない思いに駆られた。レドヴァースは紳士としてふる

まうと明言しているのだが、わたしがそんなことを気にしていると考える必要はないのだ。彼

とともにすごす時間が増えれば増えるほど、わたしは再婚しないという固い決意を考えなおす

ようになってきていた――悲惨な結婚生活を経験したにもかかわらず。しかも、レドヴァース

とのキスは天国を思わせるのだ。

そう、レドヴァースは、こちらが憂慮(ゆうりょ)して警戒しなければならないたぐいの男ではない。

ノックの音がした。レドヴァースがドアを開けると、客室係(スチュワード)があいさつにきたのだとわかっ

た。ふたりが話しているあいだに、わたしは奥の寝室を見てみた。壁ぎわにダブルベッドが一

台あり、その頭部の上方の壁に、読書用の真鍮(しんちゅう)の照明器具が取りつけてある。窓のそばには小

さなテーブルと椅子が一脚。寝室の隣には、専用の浴室。寝室の壁には帯状のダマスクシルクを貼った木製のパネルがはめこまれ、羽目板張りの単調さを破っている。天井には手のこんだ鉄の装飾が埋めこまれ、円形の模様をなしている。それほど精緻な装飾ではないが、贅沢な雰囲気を盛りあげている。

浴室をのぞいてみると、壁ぎわにシャワーつきのバスタブがあった。バス用のいろいろな機能を示す、いくつもの操作ハンドルがある。見た目よりも操作が簡単だといいのだが。バスタブの反対側の壁ぎわには、大きな鏡つきの大理石の洗面台がそなえてあった。ヴィノリア・オットー社の化粧石鹼が置いてある。手に取って、淡い薔薇とレモンの香りを嗅いでから、石鹼受けにもどす。

「ジェーン？」

居間からレドヴァースが呼ぶ低い声が聞こえた。浴室を出て、寝室を通り、居間に行く。きりっとした紺色の制服に身を固めているスチュワードに紹介される。軍服スタイルのスマートな制服の上着の前部には、一直線に金色のボタンが並んでいる。

「この船室の係、フランシス・ドビンズだ。わたしたちの仕事を手伝ってくれる」

わたしが問いかけるような視線を向けると、レドヴァースはうなずいた。どういう手配がなされたのか、わたしにはわからないが、国王陛下の連絡員はいたるところに配置されているのだ。好奇心がむくむくと湧いてくる。ドビンズは船会社の正規の社員で、単に政府の手伝いを引き受けただけなのか、あるいは、レドヴァースの上司に潜入を命じられたエージェントなのか、いずれ訊いてみたい。もちろん、彼がどういう経緯でこの船に乗っているのかは問題ではない。船内に協力者がいるのは、なにかと助けになるはずだ。

ドビンズと握手を交わす。わたしは力をこめてしっかり握手したが、彼の手を痛めてしまったのではないかと心配になるほど、彼の手はやわらかかった。ドビンズは若く、まだ幼な太りが残っているような丸顔だ。いや、顔だけではなく、全体的に丸っこい体格だが。

レドヴァースは打ち合わせをしようと、ドビンズに椅子をすすめたが、彼はそれを固辞し、両手をうしろに組んで立ったままでいた。

「われわれがドイツのスパイだと目をつけている人物が、この船に乗っている。乗船していることは情報提供者が確認したが、人物特定はできていない。容疑の対象人物は三人に絞りこんである」レドヴァースはいった。

わたしは全身を耳にしていた。レドヴァースが手がける捜査に公式に加わるのは、これが初めてだ。彼の上司に、わたしという存在を認識してもらうという、絶好の機会を逃すつもりはない。上司というのがどういうひとであろうとも。そもそも、上層部の大物は最前線には決して顔を出さないものだ。

ドビンズがいった。「ひとりは乗客です。名前はハインズ・ナウマン。船室はC48。彼のデッキチェアの隣に、ミセス・ヴンダリーのデッキチェアを用意しました」

わたしは片方の眉をつりあげてレドヴァースの顔を見た。事前にあれこれ相談した結果、わたしたちはレドヴァースの姓のディブルではなく、わたしの姓を名のることにしたのだ。〝デイブル〟という語に、俗に〝子福者〟という意味があるのは、わたしもたまたま知っていたが、レドヴァースがこれほどいやがるのには、なにかもっとおかしな意味があるのかもしれない。どちらにしろ、〝レドヴァース・ディブル〟では威厳もなにもあったものではないので、彼がその姓を使うのを渋る理由は理解できるのだが、わたしの姓を使うことにした理由は、まだほかにもあるのではないかという気がする。それがどんな理由なのか、いつか聞かせてほしいものだ。

「デッキチェアはそれぞれ、船客ひとりひとりの専用になっている。それで、ナウマンと自由に話ができるように、彼の隣のデッキチェアをきみ専用に指定してもらったんだ」レドヴァースはわたしにそういってから、淡々とした口調で語ったドビンズに視線をもどした。「よくやってくれたな、ドビンズ」

「ディナーテーブルもいっしょのほうがよろしいですか?」

レドヴァースはくびを横に振った。「それだと目だちすぎる。別のほうがいい。すべりだしとしては上々だよ。第一の容疑対象者に関してはね。ほかのふたりについてはどうなんだ?」

「ふたりともこの船に雇われて仕事をしています。ひとりは船専属の楽団(バンド)のバンドリーダー、キース・ブルーベイカー。もうひとりはこの船専属の写真師、エドウィン・バンクスです」

「そのふたりのことで、なにか情報は?」

ドビンズはくびを横に振った。「まだそんな機会がなくて。いまのところ、名前がわかっているだけです。ですが、ふたりとも、この定期船に乗ったのは今回が初めて、というのはまちがいありません」

レドヴァースはうなずいた。

わたしはふと疑問に思った——レドヴァースはドビンズの報告を聞くまで、三人の容疑対象者の名前を知らなかったのだろうか。それとも、ドビンズの仕事ぶりをチェックしているだけなのだろうか。

「これから即刻、三人の監視を始めてくれ」レドヴァースはいった。

ドビンズは軽くうなずいた。「では、ディナーのためにお支度をどうぞ。ディナーは午後六時に始まりますが、その前にトランペットが吹き鳴らされます。それが、ダイニングルームにいらしてくださいという合図になっていますので」

ドビンズは船室を出ていった。彼の背後で静かにドアが閉まると、わたしはレドヴァースのほうを向いた。顔が上気しているのが自分でもわかる——特命の隠密捜査に加われるとわかって興奮してしまったのだ。最後までなにも知らされずに、ひとり闇のなかに置き去りにされるより、協力者として役に立てるとくれば、意気もあがるというものだ。

「じゃあ、容疑者は三人なのね」

乗船前に、レドヴァースが明かしてくれたのは、ドイツ政府のために極秘情報を得ようとしている人物を捜しだすことだ、という簡単な話だけだった。それ以上の情報は、なにも聞かせてくれなかった。捜しだすべき相手がドイツの一般市民なのか、それともドイツ政府の情報員(エージェント)なのか、わたしはそれすら知らないのだ。

「まず最初に、誰から調べる？」

わたしの意気ごみを、レドヴァースはおもしろがっているようだ。「きみの第一歩は、ナウマンと友好関係をきずくことだよ。そのあいだに、わたしはほかのふたりを調べる」

不満で額にしわが寄るのがわかったが、わたしは急いでそれを消した。ニューヨークに着くまで、一週間とちょっとある。そのあいだは、なごやかで愛想のいい表情を保っていなければ。

そう、このわたし、ジェーン・ヴンダリーが調査に乗りだすからには、ハインズ・ナウマンにチャンスはない。それをいうなら、ほかのふたりも同様だ。

## 2

身仕度をととのえるために、わたしは寝室に入ってドアをロックした。深緑色のシルクのイブニングドレスを着て、いちばん好きな、踵（かかと）の低い銀色の靴を履く。ワードローブに掛かっている数々の美しいイブニングドレスやアフタヌーンドレスは、裕福な一等船客らしく見えるように、特に配慮されて用意されたものだ。わたしの自前の服はどれも高価ではないし、高級でもない。こうして用意された衣服の勘定書は、いったい誰のところに届くのだろう？　いやいや、考えてもしょうがない。肩をすくめて、仕上げにビーズをちりばめた黒いショールを取りだして、ショールにスカラベのブローチを留めた。オープンデッキに出るわけではないが、ダイニングルームからほかの場所に移動する必要があるときに、なにかはおるものがあったほうがいい。それに、スカラベのブローチは、レドヴァースと出会ったエジプトをなつかしく思い出させてくれる。

寝室と居間の境のドアの前でためらう。居間でレドヴァースが着替えている音がしないか耳をすましてみたが、階下から伝わってくる船のエンジンの低い唸りがかすかに聞こえるだけだ。ドビンズが出ていったあと、レドヴァースは、寝室に運びこまれていた自分のトランクを居間に移した。この船室の係であるドビンズが、わたしたちの立場を了解しているのは幸いだ。なにも知らないスチュワードなら、このふつうとはいえないスイートルームの使いかたに驚いて、眉をつりあげるだろう。

境のドアをノックする。「用意はできました？」

レドヴァースの低く響きのいい声が聞こえた。「できているよ」

ドアを開けて居間に足を踏みいれたとたん、口のなかがからからに乾いてしまった。

盛装したレドヴァースの姿に目をみはってしまう。シンプルな黒いディナージャケット、それにマッチしたタイ、糊のきいた白いシャツ。彼の広い肩幅と黒っぽい髪が、ディナージャケットをぐっと引き立てている。その姿につい見とれてしまい、彼の濃い褐色の目の輝きを見逃してしまうところだった。レドヴァースもまた、感嘆の目でわたしを見ていたのだ。

「きれいだね」

「ありがとう」

一瞬、ぎごちない空気が流れた。ここにはおせっかいな叔母はいないし、ひょっこりと顔を出すお邪魔虫もいない。それがわかっているから、かえって、かつてのような緊張感に襲われてしまったのだ。

そう、少なくとも、わたしは緊張した。しかし、レドヴァースがどう思っているかはわからない。

つかのま、というにはあまりに長い時間、わたしたちは深い沈黙につつまれていた。やがて、レドヴァースが咳ばらいをした。まっ白なシャツのせいで、うなじが赤く染まっているのがわかった。

「じゃあ、行こうか？」

わたしはうなずき、笑みを押し殺して、レドヴァースがさしだした腕に、腕をからめた。

船室を出ると、レドヴァースがドアをロックした。階段を降りて、一階下のDデッキにあるダイニングルームに向かう。同じ方向に、盛装したほかの一等船客がぞろぞろと歩いている。レセプションルームの手前あたりから女のかん高い声が聞こえてきて、わたしはゆっくりと歩をゆるめた。立ちどまって頭をかしげ、声のほうを見る。レドヴァースの腕を引いて注意をうながす。

「乗組員が大勢いるんだから、捜すのはむずかしいことじゃないでしょ」女の声は高く、口調もするどく、一語一語に力がこもっている。ふつうの話しかたではない。

「マダム、一時間もすれば、ご主人はひょっこり現われますよ。ご心配なさる必要はありません」なだめるような男の声が聞こえたが、説得力がともなっていない。

声のほうを見てみる。サウサンプトンを出港したときに見かけた、あの背の高い、赤毛の女性だ。いまはもう毛皮のコートは着ていないが、あの女にまちがいない。彼女と話している相手は、スマートな制帽にぴしっとした制服の男だ。上着の袖口に金色のラインが入っているところを見ると、上級船員（オフィサー）だろう。もうひとり制服姿の男がいるが、そちらは制帽を脇の下にかいこんでいる。ふたりの男はちらりと意味ありげな視線を交わした。

女はあからさまに怒りの声をあげた。「夫がほかの女といっしょに消えたと思っているんでしょうけど、そんなことはありえません。わたしたちは結婚したばかりで、夫はそんな浮気者ではありません。食前にいっしょにお酒を飲むはずだったのに、待っても待っても来ないんです」

上級船員は気まずい表情を隠さなかった。この女の夫がどこにいるかわかりきっていると考えているようすで、女がどう反論しようと、その考えが揺らぐことはなさそうだ。

「もう一度、談話室や休憩室を捜してごらんになったらいかがですか。お客さまの船室のスチュワードに、紳士専用のラウンジを見てこさせましょう。ほかのお客さまと会話がはずんでるだけかもしれませんよ」上級船員はわざとらしくくすくすと笑った。「よくあることですが、ご主人はカードゲームに熱中なさっていらっしゃるのかもしれませんね——それで時間を忘れてしまっておられるのでは」

女はひとこともいわず、怒りもあらわにくるっと踵を返し、わたしたちのほうにずんずんと歩いてきた。

立ちどまって話を聞いていたわたしを辛抱づよく待っていたレドヴァースの腕に、手をすべりこませる。「行きましょうか」

ダイニングルームに向かって歩きはじめたとき、赤毛の女性はヒールの音も高らかに、わたしたちのそばをかすめるようにして追い越していった。その姿はすぐに見えなくなった。

「好奇心は猫をも殺す」レドヴァースがいたずらっぽい目を向けてきた。お返しに、脇腹を肘で軽く突いてやる。

「あのひと、出港のときにオープンデッキで見かけたわ」

「ふうん」レドヴァースは肩をすくめた。「わたしは気づかなかった。写真機を持った若い男から目を離さずにいたのでね」

わたしのほうはそんな男にはまったく気づかなかった。「それじゃあ、わたしたち、おあいこね」

この船のDデッキには、ダイニングルームのほかにレセプションルームがあり、船客はディナーの前の食前酒を楽しめるようになっている。白く塗られた板壁のレセプションルームは船のほかの場所と同じく、優美なだけではなく入念に造られている。ここの天井にも、矩形と渦巻きが交互に組み合わされた、鉄の装飾がほどこされている。限られた空間がむだなく使われていて、小さなテーブルとクッションを置いた小枝細工の椅子が数脚、ワンセットとなって、あちこちにほどよく配置されている。ところどころに鉢植えのシュロが置いてあり、人の多い空間にあたたかみを添えている。階段室の出入り口の真向かいには、巨大なタペストリーが掛けてあり、その精緻な模様と豊かな色づかいには目を奪われる。レドヴァースがダイニングルームの入り口でテーブル・スチュワードに予約の確認をしているあいだ、わたしはタペストリーに見とれていた。

「ミスター・アンド・ミセス・ヴンダリー、ご予約、承っております。テーブルまでご案内いたしましょう。同じテーブルにおつきになるかたがたは、すでにお食事を始めていらっしゃいますが、お気になさることはございませんよ」テーブル・スチュワードは自分についてくるように身ぶりで示した。わたしたちは彼のあとにつづいた。

ダイニングルームはとても広く、ほぼ船の幅いっぱいを占めているようだ。天井が高く、ゆったりした感じがする。ここの天井にもレセプションルームと同じ装飾がほどこされていて、部屋の中央部には、手のこんだ彫刻のある木の円柱が並んでいる。円柱のほかは、目に入るかぎり、食器やカトラリーがきちんとセッティングされたいくつものテーブルと、そのテーブルを囲んでいるエレガントに盛装した船客たちでいっぱいだ。わたしたちに用意されていたテーブルは、ダイニングルームのまんなかにあった。これは偶然ではありえない。この席なら、レドヴァースは室内全体をさりげなく見守ることができるはずだ。

わたしは視線を転じ、テーブルについている同席者を眺めた。すでに席についているのは三人。女性ふたりと男性がひとりだ。わたしたちを案内してくれたテーブル・スチュワードはあやまるような笑みを浮かべて踵を返し、足早に歩み去った。いったいなにをすまなく思っているのだろう？

「あらまあ、遅いお出ましだこと。さあ、おすわりになって」

この轟(とどろ)くような声の持ち主は、銀のスパンコールでおおわれたドレスを着た年配の女だった。ドレス一面をおおっているスパンコールが頭上の照明を受けてきらめき、目がつぶれてしまいそうなほど、まばゆい光を放っている。わたしたちがテーブルに近づいていくと、彼女が腰を少し浮かせてすわりなおしたため、彼女の背丈はかろうじて横幅を上回っている程度なのが見てとれた。わたしたちが自己紹介をして席につく間もあらばこそ、その女は太い声でしゃべりつづけた。

「わたしはミス・エロイーズ・バウマン。こちらは妹のマーグリット・グールド」手まねで隣にすわっている女を示す。妹は静かに水をすすっていた。次いで、エロイーズはマーグリットの隣の男を紹介した。わたしたちがテーブルに近づいてくるのを見て、きちんと立ちあがって迎えてくれた紳士だ。「こちらはダグラス・グールド」エロイーズは少しくちびるをゆがめるようにしていった。ミスター・グールドは軽く会釈をして、スープにもどった。どうやら、これ以上、食事の邪魔はさせないと決めたようだ。

「どちらからいらしたの?」そう訊いたくせに、エロイーズはわたしたちの返事も待たず、さっさと話を進めた。「わたしたちはニューヨークからイギリスに行きましてね、短い休暇を楽しんだんですよ。ええ、このふたりといっしょに。海外での伝道をおこなっている協会をいくつも訪ねて、いろいろと話を聞かせてもらいました。わたしたちは海外の未開人たちに神の御ことばを伝えなければなりません。いまイギリスはインドを統治していますから、そちらの話をうかがうにはいい機会だと思いましてね」

彼女がインド人を〝未開人〟といってはばからないのを、わたしは苦々しく思った。というのも、インドが未開の地ではないことをよく知っていたからだ。思わず口もとがひきつりそうになるのをなんとか堪える。目の隅でレドヴァースを見てみると、エロイーズのおしゃべりがつづくにつれ、彼の眉が徐々につりあがっていくのがわかった。エロイーズのおしゃべりは口と舌による暴力ともいえるもので、質問に答えようとしても、彼女は一方的にどんどん話を進めてしまい、こちらは声を発する間（ま）すらない。

　給仕がわたしたちのスープを運んできた。そしてスープ皿をテーブルに置いたかと思うと、さっと去っていった。察するに、早くも、このテーブルではすばやく給仕をすませて去るべし、と学習したらしい。危うきに近寄らず、ということだろう。それを責める気にはなれない。わたしたちがスープを味わっているあいだも、エロイーズはしゃべりつづけた。なのに、驚いたことに、彼女はスープの皿を空にしている。いったい、いつスープを口に運んだのか、わたしにはわからない。彼女の止まることを知らない冗舌（じょうぜつ）は、船の食事の質から彼女のスイートルームの居心地まで多岐にわたり、さらに、義弟ダグラス・グールドの職業にまで至った。彼は病院の理事だそうだ。

「わたしと妹と義弟は、三人で暮らしているんですよ。わたしなしで、このふたりがやっていけるとは、とうてい思えませんからね」

　この無礼ともいえる発言には、さすがにマーグリットからきつい反応が返ってきた。姉をぎろりとにらんだのだ。だが、メインの料理が届くと、姉に対する反発はおさまったようだ。ミセス・グールドもその夫も、エロイーズのいいたい放題の冗舌を止めさせようという気はないとわかり、わたしはため息をついた。ちらりと周囲を見てみる。エロイーズの声が聞こえる範囲にいる船客たちは、みな、静かに食事をしていて、わたしたち同様、轟くような声の冗舌という拷問に耐えているようだ。

「大きな屋敷なので、召使いたちを大勢かかえています。手綱をしっかり握っておかなければ、召使いたちになめられますけどね、マーグリットは強くいえないんですよ」

「あなたはご結婚なさっていらっしゃらないんですか？」エロイーズが口いっぱいにステーキ肉を頬ばったすきに、わたしはようやく、質問を投げることができた。レドヴァースが非難するような一瞥(いちべつ)をよこしたが、わたしは肩をすくめて受け流した。エロイーズがノンストップでしゃべりつづけてくれれば、興味ぶかい情報のひとつやふたつ、聞けるかもしれないではないか。

「とんでもない！　わたしどもの愛する父、ウォルター・バウマンと気の合う男がみつかりませんでしたからね。それで、父が亡くなってからは、わたしはマーグリットの手助けをするようになったんです」

「ウォルターは安らぎを求めて死んだんじゃないかな」レドヴァースがぼそりと小声でいった。わたしはこみあげてくる笑いを必死で抑えこんだ。

「なんですって？」エロイーズがレドヴァースをにらんだ。

レドヴァースはこほんと咳ばらいした。「いえ、お父上はどういうお仕事をなさっていたのかと思いまして」しらっと嘘をつく。「お父上の話を聞かせていただけますか」

エロイーズはころりと機嫌をなおして喜んだ。わたしはテーブルの下で、レドヴァースの脚を軽く蹴った。レドヴァースはワイングラスを持ちあげて微笑を隠した。

「そうですわね、父は家屋塗装の専門家だったんですのよ。ですが、ありきたりの市井のペンキ屋と思ってくださっては困ります。父は学校を出て大学の助教授になり、みなさんに尊敬されておりましたわ」

わたしはエロイーズに軽くうなずきながら、彼女の背後を眺めた。テーブルからテーブルへと視線をめぐらしたが、あの赤毛の女とその夫の姿はどこにもなかった。

「彼、いるかい？」レドヴァースが声をひそめて訊いた。

どうしてわかったのだろう？　わたしが心のどこかで、赤毛の女のいなくなった夫のことを案じていることが。

「なんです？　はっきりおっしゃい」エロイーズは七十歳近いようだが、耳はいいらしい。

レドヴァースは品よく微笑した。「ジェーンに、古い友人たちはみつかったかと訊いたんですよ」

「あら、そうなの。むかしなじみの友人に会うのはうれしいですよね。わたしは友人のエセルに手紙を書いたんですよ――彼女のご主人は目が見えないので、わたしの手紙を彼女が声に出して、ご主人に読んで聞かせるんです。彼もわたしの手紙を喜んでいるんですって。わたしにできるささやかな善行といいましょうか。そのふたりとは、そう、一八九九年からのおつきあいで、ええ、もうずいぶん長いおつきあいになりますわねえ……」

エセルにとっては、手紙はさぞかし慰めになるだろう。面と向かってエロイーズのおしゃべりの相手をしていては、口をはさむことすらできないに決まっているから。それにしても、エセルというひとは、おしゃべりな友人のエロイーズに、よほど強い友情を抱いているらしい。

デザートの皿が空になると、レドヴァースはわたしの腕を取り、お先に失礼といって席を立った。

便乗するかのように、ダグラス・グールドもすかさず立ちあがった。「では、そこまでごいっしょに。ご婦人がた、あとで会いましょう」

マーグリットは短剣で突き刺すような一瞥を夫に送ったが、エロイーズは目玉をくるっと回しただけでなにもいわなかった。エロイーズは義弟に関心がなく、食後の娯楽に彼は必要ではないのだ。

「ミセス・ヴンダリー、わたしたちとごいっしょしません？　これからレセプションルームに行こうと思っていますの。ちゃんとしたピアニストがいれば、わたしが歌をご披露できるんですけどね」エロイーズから誘いの声がかかった。

レドヴァースに腕を取られているから残念ながら彼に同行する、というふりをして、わたしは微笑しながらくびを横に振った。「ごいっしょにお食事ができて、楽しかったですわ」そういって歩きはじめる。嘘も方便というところだ。

グールドは充分に義姉から離れると、態度を一変させた。「やれやれ、どうにもおしゃべりが止まらないひとだ」頭を振りながらそういって、そそくさとダイニングルームを出た。早足で階段を昇っていく。「ごいっしょにあの場を離れるのを断らずに許してくれて、感謝していますよ、レドヴァース」

「どういたしまして。ですが、じつのところ、わたしは妻とラウンジに行くつもりなんですよ」

レドヴァースに〝妻〟といわれ、少しばかり胸がときめいた。芝居だとわかっているが、いまのいままで、その語が口にされたことはなかった。顔がぽっと赤らんでくるのを感じる。ほんとうに彼の妻ならどうだろうと、つい考えてしまう。秘密主義の男がほんとうにわたしの夫だとすると？　それでも、亡夫よりはずっとましなのは確かだ。

逃げ足の速いグールドだが、ラウンジに行くと聞いて立ちどまり、レドヴァースの背中をぽんとたたいた。それでわたしのとりとめのない思いも断ち切られた。

「ああ、それはいい、けっこうですな。わたしは喜んで孤独を満喫しますよ」グールドはおやすみなさいといって姿を消した。

「ラウンジですごすつもりはなかったんだが」レドヴァースはいいわけがましくいった。

わたしは立ちどまり、彼をみつめた。「それじゃあ、ほんとうはどうするつもりだったの？」

レドヴァースは片目をつぶっただけでなにもいわず、なめらかな動きでわたしをラウンジに誘（いざな）った。

## 3

重いオーク材のドアを開けてラウンジに入り、一面の壁を広く占めている大きな暖炉のほうに向かった。堂々とした灰色の大理石の暖炉だ。炉棚の両側の板壁もオーク材で、渦巻き状に華麗な花模様がほどこしてある。炉床には本物の石炭が小さな山をなしていて、火がつけられる準備がととのっている。船なのに暖炉で火を焚くのかと驚いた。ヒールが沈みこむ、ふかふかの絨毯(じゅうたん)の上を進む。室内には低い話し声があふれてざわめき、天井には煙草の煙が渦を巻いて立ち昇っている。彫刻がほどこされた板壁に囲まれた空間には、すわり心地のよさそうなカウチや椅子がほどよく配置され、フランス風の趣(おもむき)をかもしだしている。

近くのカップルが席を立ち、小さなテーブルが空いたので、レドヴァースは手まねでそのテーブルを示した。「すわろうか?」

ビロード張りの椅子に腰をおちつけると、わたしはラウンジに集(つど)っている人々を眺めた。目の届く範囲にかぎるが、あの赤毛の女も、その夫も見あたらない。ハインズ・ナウマンという男を捜したいがくわしい情報がないので、どんな容姿なのか見当もつかず、この大勢の人々のなかからそれらしい人物をみつけるすべがない。だが、少なくとも、バンクスとブルーベイカーのふたりに関しては、それぞれがこの船でどんな仕事に就いているかはわかっている。なので、そのふたりをみつけて観察するのは容易だろう。

ふいに不安を覚え、ピアノはあるかと目で捜したが、なかった。ほっと安堵の息をつく。

「どうしたんだい？」

「ピアノがあったら、新しい友人のエロイーズが、わたしたちと同席したがるんじゃないかと不安になったの」

レドヴァースはくすくす笑い、近くにいた給仕に合図した。「ここにピアノはないよ。ピアノはレセプションルームにある。あと、ここは別のラウンジにもある。アフトのラウンジに」

アフトって、船尾のことだっけ。よくわからない。わかったのは、そちらのラウンジには行かないほうがいいということだけだ。

レドヴァースの合図を見た給仕が急いでやってきた。飲み物を注文する。わたしはジンリッキー、レドヴァースは生のウィスキー。飲み物が届くのを待っているあいだ、わたしは周囲の一等船客たちを観察したが、レドヴァースはそのわたしをみつめている。

「わたしたちが捜査を開始するのは明日の朝からだよ」

驚いた。「いまから始めてはいけないの？」

レドヴァースはそっけなく肩をすくめた。

公的機関の特命による隠密捜査に協力するなんて、わたしには初めてのことなので、きっちりやりとげたい。わたしを協力者に選んでくれた、レドヴァースと彼の上司たちの信頼に応えて、役に立つことを証明したかった。正直にいえば、自分が優秀であることを証明したかった。

それが証明できれば、もしかすると、将来も公的な任務に従事できるかもしれないではないか。もちろん、口に出してそうしたいというほどの覚悟は、まだできていない。ただ、捜査や調査とくると、なににも増して血が騒ぐのだ。

　だのに、わたしの目の前にすわっている男は、捜査の開始は明日からだという。

「ボストンに帰ったら、どうするつもりなんだい？」運ばれた酒を飲みながら、レドヴァースは訊いた。

「父に会うわ。もう何カ月も顔を見ていないから」

「お父上はきみがいないとなにもできない？」

「あら、なんでもできるわよ。母が亡くなってからは、わたしが父を見守ってきたの。だから、家を火事にするとか、そんなヘマをしなかったのはよく知っているわ。どちらかといえば、父はうっかり屋なんだけど」くすっと思い出し笑いをする。「氷冷蔵庫に眼鏡が入っていたこともあった」

「眼鏡なしでは、眼鏡を捜すのはむずかしいだろうね」

「眼鏡がないことに父が気づいていたかどうか、よくわからなかった」思い出に笑みがこぼれる。わたしはくびをかしげて彼に訊いた。「アメリカにはどれぐらい滞在する予定なの？」レドヴァースを父に紹介する機会があるだろうか。

　レドヴァースは目尻にしわを寄せてほほえんだ。「なりゆき次第だね」

「なりゆき次第？」彼からどんな返事を聞きたかったのか、自分でもわからないのだが、つい息を詰めてしまった。

レドヴァースは間をおき、ラウンジのなかをさりげなく眺めていった。「煙草を吸うかい？」

わたしはいらだってしまい、くちびるをきゅっと引き締めた。「ずいぶんお門ちがいの質問ね。わたしが吸わないのは知っているでしょ」

くすくす笑いが返ってきた。レドヴァースはわたしをからかい、それを楽しんでいるのだ。

「つまりこの船上での捜査中に、なにが起こるかによるという意味だよ。それと、わたしが関与しているほかの問題もあるし」黒っぽい目がわたしの目をとらえる。

「関与しているほかの問題がなんなのか、訊いてもかまわない？」

「そのときがくるまで、きみには秘密にしておくのがいちばんいいだろうね」

心臓が早鐘を打ったので、わたしはグラスの底にちょっぴり残っている飲み物をじっとみつめて、なんとか気持をおちつけた。ディナーの前、狭い船室で向かいあっていたときのことを思い出す。あのときは、今夜がどういうふうに終わるのか、夜更けて船室にもどってからの避けがたい気づまりな時間をどう乗り切るべきか、なにも考えていなかった。いま、ふいにそこに気づいたのだ。この数カ月、レドヴァースといっしょに時間をすごすにつれ、その時間は心地よい、気やすいものになってきた。それは確かだが、あの閉じられた船室のなかで、なにかが起こるのではないかと思うと、たとえかすかだとはいえ、どうしても不安がこみあげてくる。困るのは、なにか起こってほしいのかどうか、自分でもわからないのだ。

「お代わりしたいんだけど」

わかっているといわんばかりに、レドヴァースは片手をあげて給仕に合図した。

気づまりな先ゆきを案じていたものの、給仕がお代わりのグラスを届けてくれると、不安も早々に引っこんだ。ボストンに帰ったらどうするつもりなのかと、ウィスキーを飲みながら、レドヴァースが次々に質問をあびせてきたせいだ。

「母上のことは？」

「母のこと？」

レドヴァースはするどい目でわたしをみつめた。「どういうかただったんだい？」

ジンリッキーをひとくちすすり、どう答えようか考えた。「母は故国のイギリスにいたときには、初期の女性参政論者だったんですって。女性は自立すべきだと心から信じていたのよ」わたしが結婚するときに母がいてくれれば……。つくづく残念だ。「わたしがまだ少女だったころに、母は逝ってしまった——一度も投票に行くこともないまま」わたしは頭を振った。「母の思い出が少しずつ薄れていくのは、たまらないわ」

レドヴァースはわたしの手を軽くたたき、わたしに気持がおちつく時間を与えてくれてから、もっと明るい話題に切り替えた。じきにわたしは笑い声をあげておしゃべりに興じるようになった。だがそれもそこまでのことだった。

船室にもどってドアの前に立つと、先ほど、今夜のことを考えたときの不安がよみがえってきたのだ。

「あなたを床で寝かせるなんて、申しわけなくて」船室のなかに入り、レドヴァースがドアを閉めるとすぐに、わたしはそういった。ドビンズはすでに、レドヴァースのために予備の毛布を数枚と枕やクッションを肘掛け椅子の一脚にきちんと重ねておいてくれていたが、それだけでは足りないのではないかと思えた。

レドヴァースはくすっと笑った。「心配いらないよ。これよりもっと質素な寝床ですごしたこともあるからね」片手で毛布とクッションの山を示す。「それに、ドビンズがクッションをたくさん置いていってくれたし」

わたしはもじもじと足を踏みかえた。「なんだか、とても疲れてしまったわ。今朝は早かったから。もう寝ます」

レドヴァースはあくびをした。そして肘掛け椅子に腰かけた。「わたしもご同様だ」そういってネクタイをほどきはじめた。

わたしは室内をぐるりと見まわしてから、レドヴァースに目をもどした。「あの……お手洗いをお使いになる?」

レドヴァースの目がちかっと光る。「やすむ前にはそうしたほうがいいだろうね」レドヴァースはネクタイをほどいてきちんとたたみ、肘の高さのところにあるローテーブルに置いてから、次に靴をぬぎはじめた。

わたしは咳ばらいをした。「じゃあ、おやすみなさい、レドヴァース」

「おやすみ、ジェーン」

すばやく踵（きびす）を返し、わたしは寝室に入った。ドアが閉まりきる寸前に、ハンサムな相棒をちらっと見た。

そして、眠れない夜をすごした。

# 4

夜間航行中のどこかで、船は波の荒い海域に入ったらしい。波にもまれて船が揺れ、何度かベッドから体が浮きあがり、目が覚めた。少しばかり横揺れ（ローリング）しているのがわかる。ベッドから投げ出されるほど激しい揺れではないが、この船の造りが頑丈かどうか不安になる。そういえば、この大型蒸気船、オリンピック号は、十四年前の四月に氷山と衝突して沈没したタイタニック号の姉妹船なのだ。タイタニック号と同じ運命をたどるのではないかと思うと、いやでも不安がつのってくる。特に荒波で船が揺れ、胃がよじれそうになっているときには。

荒れもようの海のせいで胃の調子がおかしくなったうえに不安に駆られてしまったというのに、明けがたにはまた眠りこんでいた。二度寝したせいか熟睡してしまい、予定よりも寝坊してしまった。大急ぎで朝の支度をすませると、レドヴァースはもういないだろうと思いつつ、居間との境のドアをノックした。

「どうぞ」レドヴァースが陽気な声で応えた。

居間に入ると、レドヴァースはすでにきちんと身ごしらえをして、トーストにバターを塗っていた。

「ダイニングルームに行くより、部屋で朝食をとるほうがいいんじゃないかと思ってね」ちょっと眉をひそめて、頭を窓のほうにかしげてみせる。「夜のあいだに天候が変わったんだ。オープンデッキに出たら気分が悪くなるかもしれない」

「ありがとう。気を利かせてくれて」朝っぱらから、ダイニングルームで大勢の船客と顔を合わせずにすむのはありがたい。それにレドヴァースが、よく眠れたかなどと訊いてこないこともありがたかった。「わたしはだいじょうぶ」荒波に雨がともなって嵐のようになっていないことを願いながら、外光がさしこんでいる窓をちらっと見る。

レドヴァースはなにもいわずに、カップにクリームを少量入れてから濃いコーヒーをつぎ、わたしにそれをさしだした。わたしはコーヒーの香りを胸いっぱいに吸いこみ、ぼそぼそと礼をいった。わたしのコーヒー好きを彼が忘れずにいた、という事実は見逃せない。ただし、コーヒーではなく紅茶なら、イギリス流に、クリームをカップに先に入れてからお茶をつぐというほうが好ましいのだが……。紅茶に関するイギリス風の流儀にはすぐに慣れ、わたしの新しいライフスタイルとなっている。

朝食がすむと、レドヴァースはわたしをオープンデッキに案内してくれた。オープンデッキですごすにはあいにくの天候だとわかっているが、船の構造の一部なりとも知ることができるのはうれしいものだ。自分がこの圧倒的に巨大な客船のどこいらへんにいるのか、まだ把握(はあく)できていないのだ。船内ではどの通路もみんなそっくり同じに見えるせいだろう。オープンデッキに出ると、手すりの向こうに広がる海と白い波頭が一望できた。

「もっと荒れた海を見たことがあるよ」レドヴァースはいった。

目の前の光景に、わたしは息をのんだが、ひるんだ表情は見せなかった。レドヴァースのいうとおり、それほどひどく荒れてはいない。絶え間ない横揺れ(ローリング)に体が慣れてしまえば、さほど海が荒れているとは思えなくなる。とはいえ、まっすぐに歩くのはむずかしい。船内の通路で見かけた船客たちも、カクテルを飲みすぎたかのように足もとがふらついていた。だが、オープンデッキに出ると、新鮮な海の空気のなかで、ひょこひょこと上下に浮き沈みしているような水平線が見渡せる。

わたしはしっかりとうなずいていった。「わたしはだいじょうぶよ」冷たくて強い風が吹き、空は曇っているが、幸いなことに雨は降っていない。

レドヴァースはわたしを見てから、やはりこくりとうなずき、わたしをうながして、ドビンズが待っている方向に歩きだした。そしてドビンズにわたしを任せてから、階段室にもどった。ドビンズはデッキチェアに案内してくれた。たとえここで待っていても、容疑対象者のひとりであるハインズ・ナウマンが、新鮮な空気を吸おうとオープンデッキにあがってきて隣のデッキチェアにすわる——そうならないこともありうる。その場合にそなえて、本を持ってきていた。とはいえ、この揺れでは、本を読めるかどうか、ちょっと心もとないが。

冷たい風に髪の先っぽが吹き乱される。帽子をかぶっているおかげで、顔は吹きさらしにならずにすんでいる。だが、ピンで留めているとはいえ、突風が吹けば、帽子は吹き飛ばされてしまうかもしれない。デッキチェアにすわると、ドビンズが毛皮の膝掛けを持ってきてくれた。厚手で暖かい。その膝掛けにぬくぬくとくるまって静かに盛りあがる波を見ながら、待ちの姿勢に入る。ブリテン島からはすでにはるか遠く離れ、見えるのは広い海原と広い空だけ。ちょっと身ぶるいしてしまう。大西洋のまんなかにぽつんと浮いている、という感覚は好きになれない。イギリスで複葉機の操縦練習をして、大空を飛ぶのがうれしかったことを思えば、これはおかしな感覚だと思う。だが、たとえ荒波が押しよせてこなくても、この不安は変わらないはずだ。たぶん、船や海がかきたてる不安な気持をコントロールできないせいだろう。

圧倒されるような眺めに気をとられていたため、隣のデッキチェアにひとが近づいてきたことにも気づかなかった。なので、いきなり声をかけられて、ほとんどとびあがりそうになった。

「おはようございます(グーテンモルゲン)」そういったのは、茶色の髪をうしろになでつけたハンサムな男で、青い目がわたしを愛想よくみつめている。男はデッキチェアに腰をおろすと、膝掛けで足もとをおおった。この男が他人の専用デッキチェアを無断使用しているのでないかぎり、これがハインズ・ナウマンにちがいない。

「おはようございます(グッドモーニング)。この眺めに見入っていたので、気づかなくてごめんなさい」注意散漫だったせいで不意打ちに驚いたのと、知らない男と並んですわっているという事実とで、心臓が早鐘を打っている。とはいえ、周囲をすばやく見てみると、幸いなことに、わたしたちはふたりきりではなかった。声をはりあげれば聞こえる範囲に大勢の船客がいる。

「じつに圧倒的な眺めですね」ナウマンは手すりの向こうでうねる波を見ながら、つい先ほどまでのわたしの思いを正確に写しとったかのように、そうつぶやいた。それからわたしのほうに顔を向けた。「船旅は初めてですか、ミセス……?」

大西洋を渡るのは初めてではないが、エジプトに行ったときは天候がよかった。あれにくらべれば、このきりっと寒い、荒れた天候のもとでの船旅はかなりちがう体験といえる。

「ヴンダリー。ジェーン・ヴンダリーです」

わたしが自己紹介をすると、ナウマンも名のった。思ったとおり、彼がハインズ・ナウマンだと確認できた。名のりあったあと、わたしは彼の質問に答えた。「船旅は初めてではありませんが、こういう寒い季節の旅は初めてですわ。なんといいましょうか……想像していた以上に空気が冷たいですね」

ナウマンは笑った。「そうですね。この暖かい膝掛けがじつにありがたいと身にしみますねえ。それに、体の内側から温められるのもありがたい」そういうと、コートのポケットからフラスクを取りだし、テーブルに置いたカップにフラスクの中身を注いだ。わたしにもフラスクをさしだしたが、わたしが頭を振ると、小さな銀色の容器に蓋をしてポケットにしまってから、カップに口をつけた。目がきらめいている。

「少量のブランディが胃をおちつかせてくれるんですよ。荒波にもまれた胃に効き目がある。薬みたいなものです」

わたしは微笑したものの、内心では、ほんとうだろうかといぶかしんでいた。幸いにわたしの胃は、絶え間ない波の攻撃にも、まだそれほど強い不快感を訴えてはいない。

ナウマンとの会話はスムースにつづいた。わたしがいま読んでいる本のことを皮切りに、小説全般のことが話題になった。当初は頭のどこかで、この男の機嫌を損ねないようにしなければばならないと考えていたが、いざ話をしてみると、まさか彼に好意をもつことになるとは思ってもいなかった。なんともチャーミングで気持のいい人柄なのだ。わたしが思い浮かべていた〝敵のスパイ〟というイメージとはほど遠い。わたしたちが追い求めている容疑者は、ほかのふたりのどちらかだといいのだが。

「そろそろ夫のところへ行かなければ」ころあいを見て、わたしは腕時計に目をやった。頬が冷たくなっているし、ナウマンが席を立つまでとどまっているのも不自然だ。わたしが先に失礼するほうがいい。それに、彼と親しくなるという作戦においては、かなりうまくいったと思う。長足の進歩を遂げた、というべきか。

「あなたがいなくて、ご主人は寂しがっておられるでしょうね」ナウマンの目がいたずらっぽくきらめく。「楽しいひとときでしたよ、ミセス・ヴンダリー。近いうちにまたおしゃべりをしたいですね」

「そうですわね、ミスター・ナウマン」わたしは膝掛けをたたんでデッキチェアに置き、手すりからなるべく離れたところを進んだ。波にさらわれる可能性はほとんどないとはいえ、波は荒くて高く、ともすれば足がふらつくのが気になる。用心するに越したことはない。

もう少しで階段室のドアだというところまでいくと、まさにそのドアが開き、レドヴァースが現われた。

「うまくいったかい？」

「そう思うわ」

わたしはレドヴァースがさしだした腕に手をからめた。いっしょに階段室に向かおうとしたが、レドヴァースは立ちどまったままだ。「もう昼食の時間だ。このままダイニングルームに行こうか？　それとも、一品料理(アラカルト)を出すレストランのほうがいいかい？」

胃がなんとなくもやもやしている。思ったより長くデッキにいたせいだろう。この状態でエロイーズ・バウマンおよびその連れと同席するのは、いささか気が重い。

「アラカルト・レストランにしましょう」

一階下のデッキまで降りていく。その途中、わたしがナウマンと話をしていたあいだになにをしていたのかレドヴァースに尋ねようかと思ったが、訊くのはやめた。あとで船室でふたりだけになるまで、そういう話はしないほうがいい。誰が聞いているかわからない場所で、捜査に関する会話をするなどとんでもないことだ。

アラカルト・レストランの入り口の手前の通路を、三人の男女がふさいでいた。昨日の今日なので、ひとりはあの赤毛の女だとわかった。今日はグレイのエレガントなスーツの上に、フルレングスのフォックスの毛皮のコートを着て、さらに黒いミンクのストールをまとっている。怒りに燃える緑色の目で、船長と、もうひとりの男をにらみつけている。船長の名前はもうわかっている。ビセットだ。

「気がへんになったわけではないわ。わたしには夫がいて、昨日、夫といっしょにこの船に乗ったのよ。昨夜、あなたたちは夫を捜すのを拒否しましたわね。でも、今朝は、夫の荷物がすべて消えているんです」

# 5

ビセット船長のそばに立っている男は、女を制するように両手をあげた。「いえいえ、なにも気がへんになったなんて、いっているわけではありませんよ、マダム。ただ、混乱なさっているのではないかと申しあげているだけです」

「混乱などしていません」女はぎりっと歯がみした。「いますぐ船内を捜索するよう要求します」

三人のほうに歩きだそうとしたわたしに、レドヴァースが咎めるようにいった。「くびを突っこむつもりなのかい？」

その声には答えず、わたしは三人に近づいた。「失礼ですけど、お話が耳に入ってしまいました。ご主人の姿が見えなくなったんですって？」

赤毛の女は測るような目でするどくわたしを一瞥してから、船長と男をにらみつけた。「夫の姿が見えないというのではなく、行方がわからなくなったといっているのよ。だのに、どんな根拠があるのか、このおばかさんたちは、わたしを信じようとしない」

わたしはふたりの男に目を向けた。船長のそばにいる男は、いくぶんか当惑しているようすだ。白髪まじりで背が高く、青い目はするどい眼光を発している。「〝夫〟というのは、しばしば姿をくらますものですよ。船上のロマンスを求めるとか、そういうことはよくあるんです」
〝そういうこと〟とはなんなのか。
「では、夫の荷物の件はどうなんです？　トランクが船室から消え失せるのも、よくあること
なの？」女のとがった声はいささかも弱まっていない。
ビセット船長はわたしとレドヴァースのほうを向いた。「ご心配なく。どうぞおいでになっ
てください。この件はわたしどもで解決いたしますので」
レドヴァースは追いはらおうとする船長の言をおもしろがって、片方の眉をつりあげたが、
女はふふんと鼻で笑った。
レドヴァースが歩きだそうとするのがわかったが、わたしはそうあっさりとこの場を去る気
はなかった。「昨日、サウサンプトンを出港するとき、わたしはこのかたのご主人をお見かけ
しましたよ。オープンデッキにいたわたしたちのすぐ近くに、おふたりが立っていらっしゃい
ましたので」この情報がなんらかの役に立つのかどうかわからなかったが、少なくとも、これ
は真実だ。
ビセット船長のくちびるがゆがんだ。「では、以前からそのかたをごぞんじだったんですか
な？」
「こちらのミス・フィッツシモンズともお知り合いですか？」背の高い男が赤毛の女を手まね
で示しながら訊いた。「あなたがごらんになったのは、どなたかほかのかたでしょう」
この男が赤毛の女のことを〝ミセス〟といわずに〝ミス〟といったのを、わたしは聞き逃さ

なかった。彼女が結婚していることすら信じていないのだ。

　男たちが、彼女に夫がいることはまったくのでっちあげだと思っているか、あるいは、その夫なる人物はほかの女といっしょにいると決めつけているのか、わたしにはわからない。どちらにしろ、彼女の訴えをまともに取りあげようとしない態度に、怒りがこみあげてきた。わたしはなにもいわずに腕を組んで、船長をにらみつけた。

　レドヴァースが咳ばらいした。「ビセット船長、昨日妻がおふたりを見たというのなら、まちがいなく見たんです」

　少なくともレドヴァースはわたしを信じてくれているとわかり、ほっとした。

　船長は険のある目つきでレドヴァースを見た。「それにしても、船上から男性がひとり消えてしまうなど、とうていありそうもない話ですな」そういって、ミセス・フィッツシモンズに目を向けた。「船が出港する前に下船なさったのでしょう」

　腰に両手をあてて、ミセス・フィッツシモンズは顎をきつく引き締めた。「船がサウサンプトン港を出るとき、わたしと夫はいっしょにいたのよ。わたしたちが船室にいるあいだに、大きいばかりで不細工な、この鉄の船がサウサンプトンにもどったのではないかぎり、彼はまだこの船のなかにいることになるわ。ぜったいに」

　女の強い口調に、船長は怒りをつのらせた。強い怒りで、灰色の頬髯（ほおひげ）がひきつっている。船長という立場にある彼は、ひとを従わせることには慣れているが、反論されることには慣れていないのだ。

「あえて申しますが、あなたのご主人はこの船のどこかで気ままにすごしていて、それをあなたに知られたくないのではないかと思いますよ。わたしたちはすでに、密航者がいないか船内をくまなく捜しましたが、密航者はいませんでした。そのさいに、あなたのご主人がみつかるかと思ったのですが、やはり、いませんでした」

船長とミセス・フィッツシモンズはにらみあった。怒りの強さがどちらのほうが勝っているか、それはわからない。背の高い男がふたりのあいだに割って入り、おだやかな声でいった。

「船長、もう一度、乗組員たちに船内を捜させてはいかがですか」そういって、男はミセス・フィッツシモンズに目を向けた。「ご主人の写真をおもちですか?」

居丈高な態度だった女が、いくぶんか弱腰になった。「写真はないわ。つい先日、結婚したばかりなの。でも、顔だちなら、くわしくいえます」

「けっこうですな」船長はいった。「その件は、このモンゴメリーに任せます。わたしはほかにも用がありますので」

わたしたち全員をじろりと見渡してから、ビセット船長は悠然と歩み去った。

レドヴァースはおもしろがっている目でわたしを見ると、つと身をのりだして小声でいった。

「航海中に船長のテーブルでディナーをとることは、予定に入れないほうがいいかもしれないね」

「どちらにしても、ディナーの席ではその他大勢になるだけでしょうよ」わたしも小声で返す。

ミセス・フィッツシモンズはわたしたちの小声のやりとりなど無視して、きびきびと片手をさしだした。「助けてくださってありがとう、ミセス……?」

「ミセス・ヴンダリー。でも、ジェーンと呼んでくださいな」

「ヴァネッサ・フィッツシモンズです。ニューヨークのフィッツシモンズ一族の」

礼儀正しく微笑したものの、ニューヨークだろうがどこだろうが、そんな一族の名前は聞いたことがない。それより、彼女が夫の姓を名のっていないことに注意を惹かれた。旧姓がつい口をついて出てくるのは、生まれたときからフィッツシモンズ家の一員で通してきたからというだけではなく、結婚してまだ間がないせいかもしれない。

船長にあとを任された背の高い男は、わたしたち三人のちょうど中間あたりに立っている。ヴァネッサは目に用心深い光をたたえて、わたしたちにいった。「こちらは船医のドクター・モンゴメリー」

ドクターとレドヴァースは低い声であいさつを交わした。そのあとの短い沈黙を破って、ヴァネッサがいった。

「ねえ、ジェーン、昨日、あなたがわたしの夫を見たのは確かなの? それとも、わたしに加勢してくれただけ?」

ふだんなら、この質問にはむっとしただろうが、ヴァネッサの真摯な口調に打たれた。

「出港のとき、わたしは確かにオープンデッキにいるあなたたちを見かけたわ。あなたのみごとな毛皮のコートに目が留まって」だが、ふたりがひと目もはばからずにべたべたしていたことは、口にしなかった。

ヴァネッサはうなずいた。「そうでしょうね。シルバーフォックスですもの。あれを着ていてよかったわ」ヴァネッサはレドヴァースに目を向けた。「で、あなたはいかが、ミスター・ヴンダリー？　なにかお気づきになったことはありません？」

レドヴァースが〝ミスター・ヴンダリー〟と呼ばれるのを聞き、わたしは妙な気がした。そう呼ばれた彼が冷静に返事をするかどうか。

「あいにく、わたしは気づきませんでしたが、妻は観察力がありますから、妻を信じますよ」

ヴァネッサはドクターのほうを向いた。「これで、少なくとも、わたしの夫はわたしの妄想が創りあげたものではないことが、おわかりですわね」そういってから、彼女は夫の容姿のことをくわしく話した。昨日わたしが見かけた人物の容姿と一致する。「それで、これからどうなさるおつもり？」

ドクター・モンゴメリーは気まずいようすながらも、すぐに決断を下した。「ご主人の顔だちや体つきを記した注意書きを乗組員全員に回し、船内をくまなく捜させましょう。出港したときにご主人が乗船していたのなら、そのあとで船を下りることはできません。海に跳びこんだのではないかぎり」

「そんなはずはありません」ヴァネッサはきっぱりといった。しかし、ドクターが動こうとしないので、追いたてるように両手をひらひらと振った。「なにを待っていらっしゃるの？　すぐに手配してちょうだい。夫がどんな容姿か、もういったでしょ。それに、彼のトランクには全部、名札がついているわ――消えたトランクも船内のどこかにあるはずよ」

身についた威厳を損なうことなく、ドクターは静かに去った。ヴァネッサは深いため息をついた。

「こんなことが起こるなんて、信じられない。結婚して一週間もたたないうちに夫が消えた……しかも、それはよくあることだなんて」

「どれぐらい前からおつきあいをなさってたの？　その……ミスター・フィッツシモンズと」

そういえば、〝夫〟なる人物の名前を口した者はいなかった。

「夫の名前はマイルズ。マイルズ・ヴァン・デ・メートル」また、ため息。「二週間前にモンテカルロで出会ったの。突風みたいなロマンスだった。わたしは彼に夢中になったわ。彼の姓を名のるべきだなんて、考える暇もなかったぐらい」ヴァネッサはくちびるをすぼめた。「あのひとが無事なことだけを願ってる。ハニームーンにも行ってないし、その計画を話しあう暇もなかった。ふたりでニューヨークに帰って、まず、わたしの家族に会うつもりだったのよ」

わたしとヴァネッサの会話に、レドヴァースは関心がないふうだったが、ここで急に口をはさんだ。「ご主人を最後に見たのはいつでしたか？」

ヴァネッサは額に手くびをあてて考えこんでから、ぱっとその手をおろした。「船室に入って、それほど時間がたたないうちだったわ。わたし、眠くなってしまって――シャンペンを飲みすぎたせいね。で、目が覚めたら、彼はいなかった。彼のトランクは開けられていなかった。そして、マイルズは消えていた」ヴァネッサの顔がゆがむ。「今朝になると、彼の荷物も消えていた。トランクもなにもかも」

「目が覚めたときにはもう消えていたんですか？」

ヴァネッサが眠っているあいだに、誰かが荷物を持ち出すことは可能だ。

その問いに、彼女は頭を振った。「よくわからない。今朝目が覚めたときにはあったと思うんだけど。そのあと、ラウンジからもどったら、なくなっていたような気がする。わたしのメイドに訊いてみるわ」

思わず片方の眉がつりあがるのを感じた。反射的な反応だ。このひとは、夫がいなくなったというのに、ひとりでラウンジに行ったのか。

ヴァネッサはわたしの考えていることを正確に読みとったかのように、腰に両手をあててじっとわたしを見ている。「船室にもどって、夫の荷物がすべて消えているのに気づくまで、本気で心配してたわけじゃないの」すばやくレドヴァースを一瞥してから、またわたしに視線を向けた。「でも、そのことは船長にいいたくなかった。あのひとたちは頭っから決めつけているから」

すると、ヴァネッサはとっくに、新婚ほやほやの夫が消えた可能性をあれこれ考えていたわけだ——自分の性急すぎた結婚のことや、一般的な男の習性などを。そういう観点は、わたし自身の結婚生活にはまったく役に立たなかったのだけれど。それに、船長の応対を見れば、ヴァネッサが自分の考えに執着しているのを責める気にはなれない。この件を解決するのに、船長の判断が正しいと認めることが助けになるとは、とうてい考えられないのだ。さらなる船内の捜索に、船長は少しも乗り気ではなかった——船長自身の判断はもはや決定していて、乗組員たちに船内の徹底的な捜索を命じる気などさらさらないのはまちがいない。

「あなたの船室を見せていただいてもいいかしら？」

ヴァネッサの懐疑的な目つきは、多くのことを語っていた。

「そのう……調べごとには経験があるの」くわしく説明することなく、二度ばかり、調べごとをした経験があることを、このひとに納得してもらうにはどう説明すればいいだろう。なんにしても、わたしとレドヴァースがこの船で調査をしていることを、気どられる危険をおかしたくはない。なので、急遽、似たような話をでっちあげることにした。

「実は、同じような件で、叔母の手助けをしたことがあるのよ。叔母のために、ちょっとした調査をしたの」

驚いたことに、レドヴァースはなにもいわず、ただ黙ってうなずいて、わたしの説明の裏づけをしてくれた。

「そうなの」ヴァネッサは推し測るような目で、じっとわたしをみつめたが、深く突っこんではこなかった。

内心でほっとした。というのも、それ以上、彼女が納得するような話を思いつけなかったからだ。

「すぐにもあなたの申し出を受けたいところだけど、これから少し横になりたいの。ひどい頭痛がするのよ」緑色の目がレドヴァースに向けられてから、またわたしにもどった。「あとでラウンジでお会いしましょう」

そこで解散。ヴァネッサは船室に、わたしたちは昼食に向かった。

わたしは自分の直感がまちがっているほうがいいとは思うものの、船内を徹底的に捜索しても、マイルズ・ヴァン・デ・メートルはみつからないのではないかと疑っていた。

# 6

レドヴァースはなにもいわずに、わたしをアラカルト・レストランに連れていってくれた。わたしは自分の考えを追うのに夢中で、テーブルにつくまで、彼が黙りこんでいることに気づかなかった。

「なにを考えているの？」

「きみがなぜあの女性のトラブルにくびを突っこみたいのか、理解できなくてね」

その返事には驚きを隠せなかった。ことばが喉につっかえて、すらすらと理由を述べることができない。「そのう、それは……」なんとか説明したい。その糸口をつかみたい。「あのひとはトラブルを抱えてる。わたしにできることがあるなら、そうしたい」

「だが、彼女はまったく知らないひとだよ。わたしたちは彼女のことはなにも知らない」レドヴァースは断固としてそういうと、顎を固く引き締めた。

思わず、レドヴァースをまじまじとみつめてしまう。「彼女を信じていないの？」

レドヴァースは肩をすくめた。「船長のいいぶんのほうが正しい。問題の男はおそらく、ほかの女といっしょに、船内のどこかに隠れているんだろう」そういって、給仕が置いていったメニューを手に取った。「それに、わたしたちにはわたしたちの仕事がある」

わたしもメニューを手に取ったが、料理の品目に気持を集中することができなかった。先ほど、わたしがヴァネッサの夫は存在したと請け合ったとき、レドヴァースは即座にわたしをバックアップしてくれたが、この件にくびを突っこんでほしくなかったというのも確かだ。わたしには同時にふたつの問題に関わる能力がない、と思っているのだろうか？　わたしとしては、ヴァネッサの夫を捜し、なおかつ、隠密捜査の手伝いをつづけることに、なんの問題もないと思っているのだが。

「いちどきにふたつの問題に対処することができるのか、それが不安だというのなら、ちゃんとできるといえるわ」

レドヴァースは頭を振った。この件の話は終わったという意味だろう。わたしは彼とのあいだにある、おなじみの、気持のずれを感じた。亡夫のグラントとの結婚生活のあいだ、わたしは沈黙を強いられ、最小限のことしかいえなかった。レドヴァースのことを誤解している可能性はないだろうか？　ふたりでいっしょに行動したときのことだけを根拠に判断するのは、まちがっているのだろうか。つかのま考えてから、内心の小さな声を押しつぶした——レドヴァースがわたしにグラントと同じ仕打ちをするはずがない。そんなことをするひとではない。それはよくわかっている。

ふたりとも黙りこくっているうちに、給仕がやってきた。料理を注文したあとも、わたしはレドヴァースと目を合わせないようにして視線をさまよわせ、レストランのなかを眺めた。入ってきたときにはそんな余裕はなかったのだ。

わたしはそっと吐息をもらした。この船にそなえられたさまざまな施設に足を踏みいれると、先に見た光景よりもさらにすばらしい光景に出くわして、そのたびに感動してしまう。このアラカルト・レストランはフランス風のしつらえで、淡い黄褐色(おうかっしょく)の羽目板には、手のこんだ彫刻と金箔をほどこしてある。ビロードの絨毯(じゅうたん)には、古風な薔薇(ばら)の花が繊細(せんさい)に織りこまれていて、外光がさしこむ、数面の張り出し窓に掛かっているシルクのカーテンと完璧に調和している。大きな張り出し窓には、間隔をあけて細い金属の装飾格子が並び、窓の外の広い海は四角く区切られている。この装飾格子が室内にガリア風の趣(おもむき)を加えている。エントランスの右側には、大きなカウンターがある。大理石の天板を支えているのは、壁と同じく、彫刻がほどこされたゴージャスな羽目板だ。ほどよい間隔で天井から下がっているシャンデリアは、金メッキとクリスタルの豪華なものだ。個々のテーブルには、薔薇色のシェードのついた小さなクリスタルランプが置いてあり、やわらかい光を放っている。すべてがみごとに調和し、あたたかい雰囲気をかもしだしている。

注文した前菜が届き、給仕が去ると、レドヴァースはテーブルの上に両手を置いた。「ナウマンとどういう話をしたか、聞かせてくれないか」

わたしは驚いて彼をみつめた。「ここで？　いま？」

レドヴァースが周囲を見まわす。わたしもそうした。わたしたちのテーブルはほかのテーブルと離れた場所にあり、さっと見まわしたかぎりでは、こちらを注目している者はいなかった。わたしは肩をすくめ、ナウマンとのやりとりやさまざまな話題を、逐一再現して語った。

レドヴァースはするどい目でわたしを見すえた。「きみは彼に好意をもった」

わたしはすわりなおした。「ええ、好意をもったわ。でも、客観的な見かたはできる」

わたしはそういったが、レドヴァースはなんの反応も示さなかった。

「今夜遅く、たぶんラウンジで、また顔を合わせることになるんじゃないかしら」わたしは少し間をおいてつけ加えた。「彼、もっと話をしたいようすを隠さなかったし」

「上出来だね」

しばらく沈黙がつづいた。やがて給仕がメインの皿を運んできた——わたしには熱々のシチューにパリッと焼きあげたパン。レドヴァースにはステーキ&マッシュルーム・パイ。

給仕がこちらの話し声が耳に届かないところまで行ったことを確認してから、午前中、ずっと気になっていたことを訊いてみた。「わたしがオープンデッキにいたあいだ、あなたはなにをしてたの？」

「ほかの対象者に質問していた」無愛想ないいかたではなかったが、レドヴァースはそういったきり、食事に専念しはじめた。この話は閉ざされた船室でするべきなのだろう。だから、くわしく語ろうとしないのだと思いたい。それとも、ほかに理由があるのだろうか。

気の利く給仕が足を止め、水のグラスを満たしてくれた。給仕が去ると、レドヴァースは沈黙がつづくのを避けようと、あたりさわりのない話題を持ちだした。ちょっと気づまりな空気が変わるのはありがたいが、なぜレドヴァースは、ヴァネッサ・フィッツシモンズの件にわたしが関わろうとするのを止めだてするのか、その疑問が頭から離れなかった。

昼食後、レドヴァースはスカッシュをしてくるといって、ひとりで行ってしまった。彼の態度がなんだか煮え切らない感じがするので、その鬱屈(うっくつ)がなんであれ、体を動かして、汗とともに流してもらいたいものだ。

ヴァネッサに調べてほしいとたのまれたわけではなかったが、わたしたちの船室づきのスチュワードに少しばかり質問しても、べつに害にはならないだろう。ドビンズがほかの乗組員と居住をともにしているのなら、彼もヴァネッサの消えた夫の話はいろいろと聞いているはずだ。ゴシップであっても、なにか役に立つかもしれない。

船室にもどり、船内交換台を呼びだして、スチュワードのドビンズをよこしてほしいと交換手にたのんだ。居間――レドヴァースの寝室――で待つ。肘掛け椅子にすわって室内を見まわす。彼のトランクは部屋の隅、もう一脚の肘掛け椅子があった場所に置いてある。あの椅子はどこにいったのかとぼんやり考えていた。トランクと、そのそばに積んである毛布や枕がなければ、ここで誰かが寝ているとは思えないはずだ。ふたり分の朝食のトレイはすでに片づけられ、レドヴァースの痕跡はどこにもない。少なくとも、ドビンズは有能なスチュワードだといえる。

ドアにノックがあり、わたしが「どうぞ」というと、ドビンズが静かに入ってきてドアを閉めた。

「ドビンズ、よかった。すわってちょうだい」テーブルの前には木製の椅子が二脚ある。彼に空いているほうの椅子をすすめた。

ドビンズは困惑したようすだったが、素直にわたしの前の椅子にすわった。といっても、座面の端に浅く腰をのせただけだが。

「なにかご用でしょうか、ミセス・ヴンダリー」

「マイルズ・ヴァン・デ・メートルの捜索のことを話してくれない？　たまたまミセス・フィッツシモンズと知り合いになって、ご主人を捜している話を聞いたの。乗組員のみなさんが船内を捜しているのよね」

ドビンズはうなずいた。「あまり熱心だとはいえませんが、みんなで捜しています」

船内を徹底的に捜してくれというヴァネッサの要求に対して、ビセット船長が示した反応を見れば、乗組員があまり熱心ではないのは無理もない。船のクルーは船長の指揮に従うものだ。

「なにかわかったことがあるかどうか、知ってる？」

ドビンズはくびを横に振った。「まだなにもわかっていません。でも、これは大きな船です。捜すにしても、時間がかかります」ちょっと間をおいてからつづける。「みんながこの件をどれだけまじめに受けとめているか、わたしにはなんともいえません。それに、もうじき、シェルブールに寄港しますし」

わたしは思わず呻いた。「そうすると、誰でも下船できるわけよね？」

「この航海で、シェルブールで下船するお客さまはいらっしゃいません。数は多くありませんが、新たな乗船客を迎えて、荷物を積みこむだけです」

少なくとも、これは肯定的な要素だ。下船するはずのない者が下りようとするかどうか、乗組員も注視できる。

「ミセス・フィッツシモンズの船室のスチュワードが誰か、知ってる?」

「知ってます」

ドビンズが自分から進んで話してくれるかと思い、ちょっと待ってみたが、彼は静かにすわって黙ってわたしをみつめているだけだ。「そのひとと話ができる? 話してみて、いつもと態度がちがっているかどうかがわかる?」

「お望みなら」

「ぜひともそうしてほしいの。そのひとが船室からご主人の荷物が消えたことに気づいたかどうか、訊いてもらいたいのよ。いつ荷物が消えたのかがわかれば助かるわ」

ドビンズはうなずいた。彼が寡黙なのは明らかだが、わたしは無力感に襲われそうになってきた。

「それから、荷物が消えたのに気づいたのはいつか、それも訊いてみてね」

またうなずいただけのドビンズを、わたしは黙ってみつめた。

「もうよろしいですか、ミセス・ヴンダリー?」

わたしは小さくため息をついた。「ええ、もうけっこうよ」

ドビンズは軽く会釈をしてから、入ってきたときと同じように静かに出ていった。船内で調査するにあたって、目だたない人間が必要なら、スチュワードはうってつけといえる。だが、わたしには、目だたなくて、なおかつ、きちんと質問に答えてくれる人物が必要なのだ。ドビンズがそれにあてはまるかどうか、はなはだ疑問だった。

軽く挫折感を味わったわたしは、散歩することにした——もちろん、船内での散歩にかぎられるが、潮風を満喫しよう。Aデッキに昇っていき、通路を歩いて船の中央部に向かう。途中で、船客が借りられるすてきな膝掛けの収納室があるのに気づいた。昨日、わたしも使ったが、デッキチェアを使用する者に自動的に提供されるものではないことは知らなかった。ドビンズがわたしのために、ちょっとしたサービスをしてくれたのだ。膝掛けを借りる手間をはぶいてやろうと、気を利かせてくれたにちがいない。あとで彼に礼をいうことを心にメモしておく。

膝掛け収納室の向かい側に、〈写真室・暗室〉と表示のあるドアがあった。はっとする。三人の容疑対象者のうちのひとりは写真師だった。名前を思い出せなくて、必死で頭を絞る。バンクス。そうだ。その当人に会って話をする口実をみつけようと、ドアの前で考えこむ。そして、撮影済みのフィルムがあるのだが、現像するのにどれぐらい時間がかかるのか尋ねるという、シンプルな手を使うことにした。口実としては完璧だ。

サウサンプトンを出港するとき、レドヴァースは写真機を持った若い男を見かけたといっていた。それはつまり、船客の誰かが、存在のあいまいなマイルズの姿を、写真に撮った可能性があるのでは？

# 7

写真室のドアノブを回したが、ドアはロックされていた。写真のことを思いついて、ちょっと興奮していたのだが、その興奮が高まり、必要以上に強く執拗にドアをノックしてしまった。

「ちょっと待って！　なんなんだ、いったい！」ドアの向こうから声がしたかと思うと、きちんと黒いスーツを着こんだ小柄な男が困り顔でドアを開けた。

「このドアを開ける前に、まず暗室のドアを閉めなくてはならないんですよ。なにかお急ぎの用ですか、レディ？」

わたしは男の背後に目をやった。小さなカウンターがあって、受付エリアになっている。その向こうにもうひとつドアがある。その部屋で男はフィルムを現像していたのだろう。

「ちょっとお訊きしたいことがあるの。フィルムの現像中だったのね」ふたことめは質問同然だったが、男は気づかなかったようだ。

「では、どうぞお入りください。ですが、ドアは閉めてくださいね」

わたしはうなずき、いわれたとおりにうしろ手でドアを閉めながら、室内に入った。

男はカウンターの向こう側に行き、用はなにかと尋ねるようにわたしを見た。男の服装は、船の乗組員のような制服ではない。この船専属の写真師として特別に雇用されているのだろう。

胸ポケットの上に〝バンクス〟と記された小さな銀の名札がついている。

わたしはまたうなずいた。「船上でフィルムの現像をなさっているの？」

「あちらの部屋で」バンクスは背後のドアのほうにくびをかしげてみせた。そして金属縁の眼鏡を大きな鼻の上に押しあげた。

「時間がかかります？　現像して焼き付けするのに？」

バンクスはちょっと考えこんだ。「順番待ちのかたがどれぐらいいるかによりますね。ですが、たいてい、翌日までには、作業は終わります」

なるほど。予想したよりずっと早い。「それじゃあ、もう何人ものかたが順番待ちをなさっている？」

バンクスにいぶかるような目を向けられたため、急いで説明する。「現像してもらいたいフィルムが一本あるの。ずいぶん待たなきゃいけないのかしら？」

バンクスは肩をすくめた。「先客はせいぜいおふたりぐらいですよ。お預かりしたフィルムを現像して、焼き付けしたプリントを水に浸けている段階です」

「その作業を見せていただけるかしら？　フィルムを現像して焼きつけるという過程がどんなものなのか、とても興味があるの」

現像・焼き付けという作業に興味があるのはほんとうだが、本音としては、彼がいま手がけているプリントを見たかったのだ。サウサンプトンを出港してからまだ一日しかたっていないのに、早くもフィルムを一本使いきった船客がいるのだ。プリントされた写真を見るという機ないか。その写真があれば、乗組員が彼を捜す役に立つのでは。

会を逃す手はない。もしかすると、ヴァネッサの夫が写っている写真があるかもしれないでは

「マダム、それはできません。暗室に入れるのは、このわたしだけです。それに、ほかのお客さまの写真をお見せするわけにはいきません。なかには、そう……きわめて個人的なものがありますから」バンクスの顔が少し赤くなった。いったいどういう写真を目にしたのか気になるところだ。

だが、わたしは礼儀正しく微笑してみせた。「もちろん、そうでしょうね」内心ではすでに、この部屋が無人になる夜間にこっそり入りこむ計画を立てていた。当然ながら、バンクスが徹夜で作業をするはずはない。

わたしは本来の仕事のほうに頭を切り替えた。せっかく写真室にいるのだ。マイルズ・ヴァン・デ・メートルがいそうな場所を調べると同時に、バンクスに関してなにかつかめれば、レドヴァースの役に立てる。二件の調べごとを並行しておこなえば、バランスがとれる。

「あなた、アメリカのかた？」バンクスに訊く。そうだとわかっているが、なにごとにしろ、会話をするには糸口が必要だ。

バンクスは少しばかり目を細くせばめた。「ええ、ブルックリンの出身です」

わたしはうなずいた。「船でのお仕事、楽しんでます？　海上を行ったり来たりするだけだなんて、退屈だと思うんだけど」

わたしがおしゃべりをしたがっているのを察して、その真意を測ろうとするかのように、バ

ンクスはじっとわたしをみつめ、小さく頭を振ってから、返事をした。「これが初めての航海なんです。退屈するかどうかなんて、まだなんともいえませんね。そんなことにも興味がおありで?」

「あら、どんな感じなのかしらと思っただけ。海の上で長い時間をすごすなんて、ね。今日はちょっと揺れているから、胃がおちつかないの――あなたはもう慣れているのかなと思って」

このお粗末な説明を、バンクスは受け容れたようだ。「じきに慣れるといわれましたよ。二、三日、がまんなさることです」

「陸地でもプロの写真師として仕事をしていたの?」

バンクスはうなずいた。「ですが……そのう、個人的な理由で、しばらくのあいだ、街を離れたいと思いましてね」

これを聞いたとたんに、急に目が光ったりしていないといいのだが。バンクスの個人的な理由とは、誰かのためにスパイを務めることだろうか? わたしは話のつづきを待ったが、バンクスはカウンターの向こうでなにやら忙しそうに手を動かしているだけで、それ以上、説明する気はないらしい。わたしとしては疑念がふくらみ、もっと追及したい問題なのだが。

話題を変える。「あのね……」周囲を見まわし、写真機がいくつも並んでいる棚に目を留めた。「……こちらでは写真機の貸し出しをしているの? 使いかたも教えてもらえるのかしら? それなら、わたしもぜひ教わりたいんだけど」

顔をあげたバンクスは、目を細くせばめてわたしをみつめた。「現像したいフィルムをお持ちだと思いましたが」

もう少しで声をあげて自分に悪態をつくところだった。もちろん、そうはせずに、くびをひょいとすくめて、恥ずかしがり屋の女のふりをした。「じつをいうとね、写真を撮ったのは夫なの。でも、わたしも写真機の使いかたを教わりたいと思って」

「むずかしいことではありませんよ、マダム。ええ、写真機は日決めでお貸ししています」ちょっと間をおく。「ご主人は写真機の使いかたを教えてくださらないんですか？」

わたしはくびを横に振った。「夫をわずらわせたくないの。いろいろと忙しいひとなので」

こんな話をでっちあげたくはなかったが、つい、口から出てしまった。

バンクスはまた肩をすくめて、棚の写真機の一台を手に取った。彼の器用そうな手のなかに、ちんまりとおさまっている。「これなら使いかたも簡単にお教えできます。ほんとうに簡単なんですよ――被写体に向けて、このシャッターボタンを押すだけ」

さらにバンクスはフィルムの入れかたや、撮影後には必ず一枚ごとにフィルムを巻きあげることを教えてくれた。写真室を出るときには、海に落とさないようにという注意が耳のなかで鳴り響いていた。

写真室のドアを閉めると、わたしはほっとしてほくそ笑んだ。驚天動地の大発見はなかったものの、少なくとも、ささやかな手がかりを得ることができたと思う。バンクスがアメリカ合衆国の堅固な陸地を離れて、北大西洋航路の定期船に乗りこまざるをえなくなった、〝個人的な理由〟とやらを調べる必要が出てきたではないか。

## 8

写真室を離れ、通路を歩いていると、船が動いていないことに気づいた。写真機を借りているあいだに、船はフランスのシェルブール港に着き、碇泊していたのだ。Aデッキにいるからには、オープンデッキのプロムナードに出て見物しよう。

この港もサウサンプトンと同じように見える。船と積み荷——乗客も含む——に捧げられた港街の一画で、大勢の人々が忙しげに働いている。わたしは写真機をしっかりと持って手すりにもたれ、船と埠頭を結ぶタラップが取りつけられるのを見守った。幅の狭いタラップを数人の乗組員が下りていくが、ドビンズがいったとおり、この港で下りる船客はいない。せいいっぱいくびをのばして、とてつもなく長い船体を端から端まで見てみると、タラップ以外に船を下りる手段はないので、ヴァネッサの夫が突然に空を飛べるようになったのでなければ、まだ船内にいるにちがいない。

手すりに身をあずけて写真を撮る——わざわざバンクスに使いかたの説明をしてもらったからには、彼もフィルムの現像をたのまれることを期待しているだろう。そこではたと気づいた——フィルムを現像してほしいといって写真室を訪れたのに、現像してもらうフィルムにはすべて航海中の光景しか写ってなくて、それ以前のものがないことに関しては、なにか適切ないいわけが必要になるだろう。なにせ〝夫〟の撮ったフィルムを渡さないのだから。

ぼんやりと埠頭の作業を眺めていると、パーサーと呼ばれる事務担当の船員が、新たな乗船客の手続きを始めた。その小さな人だかりから視線を転じると、埠頭で、ビセット船長が男と立ち話をしているのが目に留まった。わたしは眉根を寄せ、写真機をかまえて小さなファインダーをのぞき、そのふたりをみつめた。船長が男の手にある封筒に手をのばしている。急いでシャッターボタンを押す。ファインダーから目を離すと、船長が封筒を制服の上着の内ポケットにしまいこむのが見えた。フィルムを一枚分巻きあげてから、今度はファインダーをのぞかずにシャッターボタンを押し、もう一枚、写真を撮った。

あの封筒の中身はなんだろうか。あやしむ根拠はなにもないが、なんとなく不審な光景を見たような気がしてならない。おそらく、封筒を船長に渡した男の外観のせいだろう――ダークスーツを着て、くびにスカーフを巻いている。本来なら洗練された身なりといえるのだが、それがかえって、男が発しているうさんくささを際だたせている。これだけ離れていても、ほしいものを必ず手に入れる性質(たち)の男だということが見てとれるし、全身から横柄さがにじみでているのがわかる。男と船長がいっしょにいるところを、さらにもう一枚撮ってから、乗組員たちが荷物を船に積みこんでいる光景に目を向けた。

いつのまにか、もう一本、タラップが下ろされていて、多数のトランクが船に運びこまれようとしていた。一本目の金属製のタラップは船客用のもので、この二本目のは船客のトランクや荷物専用なのだ。荷物を船に運びこんでいる乗組員たちの顔も写真に撮る。写真機をおろしながら、つい眉根を寄せてしまった。この港から新たに船に乗ってきた人数にくらべ、積みこまれる荷物の量がいやに多いのだ。もちろん、家財道具一式を船に持ちこむ船客がいる可能性も否めない——いかほど費用がかかるかはわからないが。とはいえ、この多数のトランクをいったいどこに収納するのだろう。荷物室にそれだけの余地はないはずだ。

ビセット船長がタラップに向かって歩きだした。わたしも手すりを離れ、Cデッキに至る階段室に向かった。見るべきものは見た気がする。船室にもどって写真機を置いてこよう。いまとなっては、写真機を借りて使いかたを習得し、何枚かスナップを撮れたのがうれしい。フィルムを数枚しか使わずに現像に出したら、バンクスにけげんに思われるはずだ。残りのフィルムはあとでまた使おう。

船室のドアを開ける。レドヴァースはいない。ドアを閉めて、写真機を居間のテーブルの上に置いてから寝室に向かう。そこにもレドヴァースはいなかった。ため息をつきながらベッドの端に腰をおろす。レドヴァースが気持を切り替えて、船室にもどっていればいいと思っていたのだ。そうすれば、また気持をそろえて動けるのに。この問題を早々に解決しないと、この狭い船室でふたりきりですごすしかない船旅は、さぞみじめなものになるだろう。

立ちあがって居間にもどる。今夜、写真室にしのびこむつもりだった。それにはあの道具が必要だ。レドヴァースのトランクを開ける。心のなかで彼にあやまりながら、きちんと整理された私物をみだりにかきまわさないように注意して、目的のものを捜す。一足ずつきれいにたたまれた靴下の束の下に、見憶えのある革のケースがあった。それをそっと抜きとって、ハンドバッグにしまいこむ。そしてなかを調べられたことに気づかれないことを願いつつ、靴下の束をもとどおりに整理する。充分に注意して捜したつもりだが、レドヴァースはおそろしく観察眼がするどいのだ。

小さな書きもの机の上に電話機がある。受話器を取って、交換手にドビンズをよこしてほしいとたのんだ。肘掛け椅子にすわり、舷窓から灰色の空を眺める。まもなくドアにノックがあった。ドビンズだ。

「また呼びつけてごめんなさいね。ミセス・フィッツシモンズのスチュワードと話す機会はあった?」

ドビンズはうなずいた。「船がサウサンプトンを出航した日の夜、あの船室にトランクがあったのをちゃんと見たそうです。ですが、翌朝、朝食をお持ちしたときには、トランクはなくなっていたと」

わたしは考えこんだ。そうすると、トランクは夜間に運びだされたことになる。時間帯を絞りこむには、ヴァネッサがいつベッドに入ったのかがわかるほうがいい。

「ありがとう、ドビンズ。とても助かったわ。ほかになにか聞いてる?」

ドビンズはくびを横に振り、それ以上なにもいおうとしないので、こちらから訊いてみた。

「ミセス・フィッツシモンズのご主人を見たかどうか、いってなかった?」

「それきり口を閉ざして、なにもいいませんでしたよ、マム」

それは興味ぶかい。自分が受け持っている船客のひとりを見たかどうか、はっきりいわないのはなぜだろう。その船客の荷物は見たと認めておきながら、船客本人を見たといわないとは。黙っているように金をもらって口封じされたとか？　だが、そうすると、ヴァネッサの夫は目的をもって、みずから姿を消したのではないかという疑問が生じる。そして、いま現在、船内のどこにいるのかという疑問も。

「ありがとう、ドビンズ」

「もうよろしいですか、マム？」

「いまのところは。助かったわ」といったとたん、記憶の火花が散った。「ああ、ドビンズ。今朝は膝掛けを借りてくれてありがとう。気を遣ってくれたのね」

若者の丸い顔がほのかにピンク色に染まった。「どういたしまして、ミセス・ヴンダリー」

わたしはにっこり笑った。ドビンズは部屋を出てドアを閉めたが、いつものように静かな閉めかたではなかった。ちょっと気持が高ぶっているのかもしれない。彼を当惑させたのではないといいのだが。わたしとしては彼の気遣いがうれしくて、お礼をいいたかっただけなのだ。

ドビンズが出ていったあと、ヴァネッサのスチュワードのことを考えていると、じきにレドヴァースがもどってきた。もう機嫌は直ったかと案じながら彼の顔を見たが、目が合うと、レドヴァースは目尻にしわを寄せてほほえんだ。

「いい午後をすごしたかい、ジェーン？」そういってから、レドヴァースは写真機に目を留めた。片方の眉がちょっとあがる。「新しい趣味をみつけたのかね？」

ユーモアまじりの気持のいい声に、胸の内が暖かくなった。あのちょっとした感情の波立ちはおさまったようだ。

「たまたま写真室の前を通ったので、ちょっとなかを見てみようと思ったの。幸いに、バンクスとおしゃべりができたわ」注意ぶかくつけ加えたのは、せっかくのなごやかな雰囲気をこわしたくなかったとはいえ、手に入れた情報は彼と共有したかったからだ。

レドヴァースは黙っている。だが、次になにをいわれるかと、心を踏んばっていると、彼はくびをかしげてこういった。

「なにか興味ぶかいことがわかったかい？」

胸の内で安堵のため息をつく。「船の仕事に就くためにアメリカを離れたのかと訊いたら、〝個人的な理由〟があったからだと答えた」

「たいした情報じゃないな」

わたしはちょっとむっとした。「そうね、たいした情報じゃないわね」自分でも声がとがっているのがわかった。

レドヴァースはうなずいた。「陸に報告の電報を打つときに、そのことも伝えよう。彼の背景を調べればくわしいことが判明するだろうが、彼のほうからきみにいったというのは、なかなかおもしろい」

そういわれて、気持がやわらいだ。レドヴァースはテーブルに近づいて写真機を手に取った。そして、わたしが反応する間もないうちに、ぱちりと写真を撮られた。

「うん、これはとても便利だね」

「わたしもそう思ったの」

というのは嘘だ。写真機を借りたあとでそう思ったにすぎない。とはいえ、レドヴァースが写真機を有効に使いそうだとわかり、うれしくなった。

「これはレンタルだね」

わたしはうなずいた。「返すときに料金を払うのよ。何日借りればいいかわからなかったから、いつ返すとはいわなかった」

「よかった」レドヴァースは写真機をテーブルに置き、腕時計をのぞいた。「そろそろディナーの身仕度をしなければ」

飾り暖炉の炉棚の置き時計に目をやると、思っていたより時間がたっているのがわかった。レドヴァースがなにか気づくかもしれないので、シェルブールの埠頭で見た光景のことを話すつもりだったが、いまではなく、ディナーのときに話せばいい。わたしは寝室に入った。レドヴァースとのあいだの緊張感がとけてほっとした。最終的には、彼もいつもの彼にもどっていたように思える。手早く着替えをすませてから、レドヴァースとアラカルト・レストランに向かった。ダイニングルームでエロイーズ・バウマンと顔を合わせずにすむため、つい足どりがはずんでしまう。船旅が終わるまで彼女を避けることはできないが、できるときは、静かな食事を楽しみたい。

## 9

食事のあとは、今夜も一等船客用ラウンジに行った。テーブルを確保するとすぐに、給仕がやってきた。注文したジンフィズが届くと、わたしはわびしい思いでグラスをみつめた。「アメリカに帰ったら、これがさぞ恋しくなるでしょうね」ひとくちすすって、さわやかな味を楽しむ。アメリカでは、禁酒法のせいで本物のジンが手に入らないのだ。

「ずっとアメリカにいる必要はないんじゃないか」

わたしはグラスから目をあげて、意味ありげにこちらを見ているレドヴァースをみつめた。

「こんばんは、ミセス・ヴンダリー」テーブルのすぐそばから声をかけてきたのは、ハインズ・ナウマンだった。「こちらはご主人ですね」

レドヴァースとわたしは立ちあがり、わたしはふたりにそれぞれを紹介した。レドヴァースもわたしも、すばやく〝夫婦〟という役割の仮面をかぶった。つまるところ、スパイ容疑の対象者に関して、さまざまなことを探りだすのが、わたしたちの本来の目的なのだ。いましがたのレドヴァースの思わせぶりなことばの意味については、あとでゆっくり検討しよう。

「おすわりになりません？」わたしはナウマンに空いている椅子をすすめた。

ナウマンはちょっとためらったが、すぐに同意した。「では一杯だけおつきあいさせていただきましょう」

わたしはレドヴァースに微笑して、ナウマンを手で示した。「ミスター・ナウマンには今朝お会いしたの。デッキチェアがわたしのお隣なのよ」

「それはよかった。家内の話し相手になってもらえるとうれしいですよ」

「うれしいのはこちらのほうです」ナウマンは目を輝かせてわたしを見た。「今朝は話がはずみましたね、ミセス・ヴンダリー」

ナウマンがわたしとの会話が楽しかったというのは、これで二回目だ。レドヴァースを前にして、あからさまではないにしても、思わせぶりな口調で、わたしは内心でちょっとたじろいだ。レドヴァースをわたしの夫だと信じているにしては、どうかと思うような口ぶりだ。わたしは笑みを引っこめはしなかったが、彼のこのふるまいには気持が乱された。いうまでもなく、彼とおしゃべりをしたのは事実だが、あの会話のなかで、ナウマンはわたしに疑念を抱くようななにかを感じとったのだろうか？

「演奏が始まったら、おくさまをダンスに誘ってもよろしいですか？」ナウマンはレドヴァースに許可を求めた。

「あら、とんでもない」わたしは辞退しようとした。リズム感がなくてパートナーの足を踏んづけてしまうのがオチだ、という口実を使うつもりだった。

だがレドヴァースはいたずらっぽい目でこう答えた。「一曲ぐらいなら、どうぞ」

テーブルの下でレドヴァースの脛(すね)を蹴ってやろうとしたが、狙いがはずれてテーブルの脚を蹴ってしまい、グラスの中身がはねた。

「おや、どうしたんだろう?」ナウマンは自分のグラスに手をのばし、倒れないように押さえた。

わたしはなにくわぬ顔で肩をすくめた。「船って、いきなり揺れるんですね」

レドヴァースが必死で笑いを堪えて窒息しかけているのがわかったので、やむなくわたしがナウマンとの会話をつづけることにした。彼にどんなふうに船旅を楽しんでいるのかと訊いてみる。

「海上の冒険をともに楽しめるような仲間をみつけるんですよ」ナウマンは目くばせしてよこした。

わたしは軽く頭をかしげてみせた。ナウマンはわたしにいいよろうとしている——目くばせの意味は明らかだ。ぎごちなく見えないように微笑するしかなかったが、視界の隅に、目を細くせばめているレドヴァースの顔が映る。これでは、いかにも自然に見えるような笑顔を保つのも、ひと苦労だ。できるものなら、さっさと笑みを引っこめたい。

じつをいうと、わたしはこの展開にどう反応すればいいかわからなかったのだが、賭け率としては、微笑するのが最高だという気がしたのだ。レドヴァースの目の前でほかの男に口説かれる——やんわりとだが——のは、じつに居心地が悪い。たとえ、多少なりとも好意をもった相手だとしても、数時間前に会ったばかりなのだ。ナウマンは、女とみれば口説きたがる性質(たち)の男なのだろうか? いかにもやさしげな見た目からいって、あながち見当ちがいの推測とはいえないだろう。それとも、オープンデッキで親しげに接したわたしの態度を誤解したのだろうか。だから、わたしとの会話をつづけたのか？

もちろん、彼に関する情報を集めようとしているのではないかと疑われるよりは、彼に気を惹かれていると思われるほうが得策だ。確かな情報を得るために、必要とあらば、安心安全な領域から足を踏みだして、浮気女のようなまねをするぐらいの覚悟はできている。

レドヴァースが咳ばらいして訊いた。「船の旅が多いんですか、ミスター・ナウマン？」

わたしを一瞥（いちべつ）してから、ナウマンはレドヴァースに目を向けた。男ふたりは旅行談義を始めた。レドヴァースはめったに旅をしないといったが、これは大嘘だ。政府の命を受け、レドヴァースは世界じゅうを捜査してまわっている。その線上で、わたしもエジプトで彼と出会ったのだ。

「ミスター・ヴンダリー、お仕事はなにを？」

レドヴァースがわたしの姓で呼ばれるのを聞いて、今回は妙な感じがするよりも、その響きが好ましく思えた。レドヴァースは自分の姓は使わず、わたしの姓を名のるのを良しとしている。

レドヴァースが自分は銀行員だという説明をさりげなく語りはじめたので、わたしはグラスを持ちあげて、ゆるみそうな口もとを隠した。エジプトで初めて会ったとき、わたしも同じ説明を聞かされたのだが、ハインズ・ナウマンとちがって、わたしはひとことたりともそれを信じなかった。だが、ナウマンは素直に信じたようだ。レドヴァースとわたしのためにも、そうであってほしい——わたしたちの偽装が、早々にあばかれることがありませんように。

ラウンジの奥のほうで、船の専属楽団が演奏の準備を始めた。大勢の楽団員が忙しげに動きまわるのを眺めながらも、容疑対象者リストに名前が載っている、バンドリーダーから目を離さないようにする。容疑対象の男は背が高くやせぎすで、髪はブロンド。手に細い指揮棒を持っている。楽団員たちが銘々の席をみつけようとばたばたしているちょっとした混沌状態を、指揮しているように見えなくもない。ハンサムな指揮者に気をとられていたため、ナウマンが生業について説明しはじめた最初の部分を聞きそこねるところだった。

「ぼくはレストランの支配人なんです」ナウマンはどういうレストランか、また、何年ぐらいそこに勤めているか、たらたらと話をつづけた。この船に乗っているのは、船内の大規模なレストランをじっくり観察して、評判のいい料理を提供するノウハウを学ぶためだという。

レドヴァースはゆったりとくつろいだ態度でナウマンの話を聞き、聞いたことをすべて脳裏に刻みこんでいるようだ。

「ほほう。船上の料理法でなにか発見がありましたか?」

ナウマンはこれまでに発見したプラス点とマイナス点をこまかく述べ、レドヴァースはレストラン業界に関する質問をはさみながら、彼に話をつづけさせた。正体をカバーするためにでっちあげた話にしろ、ナウマンはレドヴァースの質問にすらすらと答えて巧みに受け流し、ボロを出さずにいる。

男たちの会話がようやく終わり、グラスが空になると、ナウマンは立ちあがった。演奏が始まっているが、フロアで踊っているのはまだ数組のカップルだけだ。わたしはナウマンにダンスを申しこまれるかと戦々恐々としていたが、彼は軽く頭をさげて失礼するといい、笑みを浮かべていいわけをした。「ミセス・ヴンダリー、残念ですが、ダンスはまたの機会にお願いいたします。どうやらベッドがぼくを呼んでいるようなので」

寝（やす）むにはまだ早い時間だと思い、思わず腕時計に目をやりそうになったが、ぐっと堪えて微笑し、またの機会を楽しみにしていると社交辞令を口にするにとどめた。

ナウマンがわたしたちのテーブルから充分に離れると、レドヴァースがわずかに身をのりだした。「あやういところだったね」

わたしは苦い顔をした。ダンスフロアに引っぱりだされる——わたしは最悪のダンスパートナーなのだ——のを免れてほっとするかと思いきや、なんだか、もやもやと不安を感じていたのだ。

「どうして気が変わったんだと思う？」

レドヴァースはすっと体をうしろに退き、小さく肩をすくめた。「疲れたのかもしれない。それとも、カジノルームに行きたいのに、それをきみに知られたくなかったのかもしれない」

ふうん、なるほど。

「そうかもね。わたしたちを疑ったのではないといいけど」あるいは、レドヴァースがくどくどと質問したのが気にさわったのかもしれない。

わたしの懸念にレドヴァースは反応しなかったが、眉間のしわが、彼もまた同じ懸念を抱いていると語っていた。

「彼が一歩先んじることになったが、あとを尾けたほうがよさそうだな。あんがい、紳士専用の喫煙室に向かったというところだろうが」

わたしはバンドのほうにくびをかしげてみせた。「ブルーベイカーはどうするの?」

レドヴァースもそちらに視線を向けた。「あと数時間は指揮棒を振るのに忙しいだろう」そういってから、あやまるような目でわたしを見た。「きみをここに残していっても、ひとりで船室にもどれるかい?」

脳裏に写真室と解錠道具のことが浮かび、わたしはレドヴァースに明るく笑いかけた。「だいじょうぶよ」

## 10

ナウマンに一歩先んじさせるための時間稼ぎにわたしと短い会話を交わしてから、レドヴァースは彼のあとを尾けるべく席を立った。わたしはわたしで、レドヴァースにわたしより先んじる時間を与えるために、しばらく席を立たずにブルーベイカーをみつめていた。何曲か演奏が進むうちに、レドヴァースのいうとおりだと思った——ブルーベイカーはあと数時間、バンドの指揮に専念しているだろう。関心をもてるようなことは起こりそうもない。そう見きわめて、わたしは席を立ち、ラウンジを出た。

避けるべき人間がいないか、片目で確認しつつ、ゆっくりと歩く。ふいに体が揺れたが、自分が船のローリングに合わせて歩くことに慣れつつあるのがわかる。体が揺れても、ことさらに気にならなくなっているのだ。もちろん、昨夜からの波の大きなうねりがおさまってきたのも、助けになっている。いま、船はゆったりと揺れているだけだ。

船の前部の通路を進み、写真室に向かう。膝掛け収納室の前にさしかかったが、誰もいなかった——夜のこんな時間に、デッキチェアにすわって海を眺めようなどという酔狂な船客はいないだろう。幸運を祈って指を交差させ、写真室にも誰もいないことを願う。

周囲を見ながら写真室のドアをノックし、耳をすます。室内は静かだ。ドアノブを回してみたが、ロックされている。当然だ。肩をすくめ、バッグからレドヴァースの解錠道具を取りだす。こんな道具は使ったことがないが、何度もレドヴァースの手ぎわを見てきたので、そっくり同じことをすればいい。わたしにもできるはずだ。

しかし、彼の手ぎわを見ていたときには簡単そうに思えたが、自分でやってみると、そうはいかないことがすぐにわかった。二十分近くたっても、シリンダー錠が回転して正しい位置にはまる、カチッという音は聞こえてこない。誰かが通りかかり、いったいなにをしているのかとけげんに思われないように、片目で周囲を警戒しながら奮闘しているために神経がくたくたに疲れ、見こみなしとあきらめようかと思ったとき、カチッという音が聞こえた。金属の解錠道具をひねると、ロックが解けてドアが開いた。額の汗をぬぐってから、細く開けたドアからなかにすべりこむ。閉めたドアに寄りかかる。胸がどきどきしている。次に実行するときがくるまでに、しっかり練習しておくべきだ。そのうち、レドヴァースがこころよくコツを教えてくれるといいのだが。

室内はまっ暗だ。壁に手をはわせ、明かりのスイッチを捜す。一瞬だけ明かりをつけることにする——一瞬とはいえ、暗室のドアまでどんな障害物があるか見てとれるぐらいは長く明かりをつけておいてから、スイッチを切った。両手を前に突きだし、船の揺れに合わせて慎重に歩いたので、安全のために固定してある設備品にぶつかることなく、暗闇のなかを進んでいけた。暗室のドアにたどりつき、手探りしてドアノブをつかむ。あっさりドアノブが回ったので、ほっと安堵の息をつく。

暗室のなかに入り、また壁に手をはわせて明かりのスイッチを捜す。明かりをつけても、バンクスの仕事を台なしにせずにすむといいのだが。写真のことはほとんどなにも知らないけれど、うっかり暗室に光を入れると、現像中のフィルムがだめになってしまうことは知っている。どうかバンクスが今日の分の現像を終えていますように。

指先がスイッチに触れた。まぶたを軽く閉じてから、スイッチを入れる。目を開けると、頭上で赤いランプが灯っていた。それをちらっと見あげてから、室内を見まわす。明るいとはいえないが、室内のようすは、かなりはっきりと見える。クロゼットのような狭い空間の両側にカウンターが設置されている。片方のカウンターの端には大きな流しがついていて、もう一方のカウンターにはさまざまな道具が置いてある。大きな流しは、現像に必要な化学薬品を使うためのものだろう。かろうじてそれはわかったが、それ以外、写真に関する技術的なことは見当もつかない。ともあれ、流しは空っぽなので、もう一方のカウンターに目を向ける。いくつか封筒が重ねてある。封筒のなかには焼きつけた写真が入っているらしく、どれもかさばっている。いちばん上の封筒を手にとって、開けてみる。

興味を惹かれる写真はなかった。ロンドンからの旅路の記念というか、ビッグ・ベンやロンドン塔など、いわゆる観光名所ばかり。写真の束をぱらぱらとめくっていくうちに、撮影者は年配のカップルのような気がしてきた。しかし、船上の写真は一枚もない。オリンピック号に乗船する前に、フィルムを使いきってしまったのだ。

次の封筒の中身もひとつめのそれと同じで、気になる写真は一枚もなかった。バンクスがほのめかしたような猥褻な写真もない——あれはわたしに暗室を見せないための口実か、あるいは、彼の役割をカバーするための警戒心から出たものだったのだろうか。どちらにしても、バンクスには想像力が足りない。

最後の封筒を取りあげる。一瞬、目を閉じて、これが当たりでありますようにと願ってから、まぶたを開ける。最初の数枚を目にすると、失望しかけていた気持が昂揚した——これはレドヴァースがオープンデッキで注視していたという若者が撮ったものだ。ゆっくりと束をめくっていく。サウサンプトンを出港したときの光景が、脳裏によみがえってくる。なんだか、もう何年も前のことのように思えるが、実は昨日のことなのだ。

レドヴァースとわたしが手すりのそばに立っている写真があり、驚いた。わたしは撮られていることすら気づいていなかったが、レドヴァースはまっすぐに写真機をみつめている。つい、ため息が出る。どんなときでも、レドヴァースはハンサムだ。その一方、わたしは写真機ではなく左手のほうを見ている——たぶん、ヴァネッサとその夫をみつめているのだろうが、我ながらおかしな表情だ。やれやれ。さらに束をめくっていくと、捜していたものがみつかった——オープンデッキにいるヴァネッサと夫の写真。残念ながら、夫はヴァネッサの肩に顔を寄せているため、顔だちがわからない。そのうえ、次の一枚では、ヴァネッサが夫のほうに顔を向けているので、夫の顔はほとんど見えない。今度はいらだちのため息が出た。ヴァネッサの夫の顔を確認できないのだ。ヴァネッサはフレームにおさまっているのに、夫は写真機から顔をそむけている。ヴァネッサが写真を撮られていることに気づいたとは思えないが、夫のマイルズ・ヴァン・デ・メートルが顔をそむけているからには、彼のほうは、撮られていることに気づいていた可能性がある。だから、顔を写されないようにしたのだろうか。

残りの写真を見たが、ヴァネッサとマイルズが写っているのはもうなかった。もう一度ふたりが写っている二枚の写真を見てから、頭を振りながら写真の束を封筒にもどした。三つの封筒をきちんと重ねて、ドアを開け、赤いランプを消す。暗闇に閉ざされる。暗室のドアを閉めて、忍び足で受付エリアを通りすぎようとして、立ちどまって明かりをつけるべきかどうか考えた。懐中電灯は持ってこなかった。夜間の調べごとには欠かせない品だが、ここには昼間に一度来ているので、室内はざっと見るだけでいい。ドアの下のすきまから明かりが洩れているのが誰かにみつかれば、こんなに夜遅くに写真室にひとがいるのかと、あやしまれるのは確かだ。どうぞそんなことになりませんようにと願いながら、明かりをつける。

念のために、通路側のドアにかんぬきがかかっているのを確認してから、室内を調べた。といっても、調べることなどほとんどない。数分で終わってしまった。有望そうな封筒がいくつかあり、なかの写真に期待したが、どれもバンクスがこの船に雇用される以前の航海の写真ばかりだ。現像・焼き付けをたのんだ船客が受けとりにこなかったらしい。目を惹かれたのは、ボーダーコリーとサマーガーデンの写真だけだった。サマーガーデンはとてもきれいだが、わたしが期待したものではない。カウンターの下の棚にある書類も調べてみたが、写真機の貸し出しをたのんだ船客の申込書しかなかった。そういえば、写真機を借りるときに、わたしも書いたっけ。そのほかには、未使用のフィルムや写真機の部品だけだ。バンクスはここには私物を置かないようにしているらしい。それはべつに驚くにはあたらないが、やはり、がっかりしてしまう。バンクスの有罪が確定するような証拠がみつかればよかったが、そうはいかなかった。

明かりを消し、しばらく待ってから、ドアに耳を押しつけて、人の気配がないことを確認する。ドアを開けて静かな通路に出る。ドアをそっと閉めて、通路の明かりに目をならしてから、下のCデッキに向かった。

今回のささやかな冒険では、エドウィン・バンクスに関する情報はなにも得られなかったが、マイルズ・ヴァン・デ・メートルに対する疑念はいっそう深まった。彼はなぜあれほど執拗に、写真を撮られないように顔をそむけていたのだろう？　結婚まもない新婦とオープンデッキにいたのだから。ふつう、新婚の夫婦は写真を撮られるのをうれしがるものだ。なによりも、マイルズとヴァネッサは人目もはばからず、親密そのもののふるまいをしていたではないか。マイルズは写真機をかまえた者に気づかないほど、新婦に夢中だったのだろうか。いや、ちゃんと気づいていた。そして、シャッターが切られるたびに顔を隠したのだ。

# 11

船室にもどると、居間ではレドヴァースが毛布を広げていた。青と白の縞柄のパジャマ姿を見てしまい、今後は船室に入る前にノックすべきだと、心に明記した。自分の船室に入るのにノックするなんて、他者の目にはさぞ珍妙に映るだろうが、この居間は、レドヴァースの寝室なのだ。

「こんなに早くもどっているとは思わなかったわ」

「ナウマンはほんとうにさっさとベッドに入ったようだ。だから、わたしもそうすることにしたんだよ」

わたしはうなずいた。「それじゃあ、おやすみなさい」

彼の眉が少しつりあがった。「で、きみはどこにいたんだい?」

「特にどこというところには」

「ふうむ。ところで、いますぐわたしの解錠道具を返してくれるかね? それとも明日の朝まで持っていたい?」

「すぐに返します。もう必要ないから」バッグのなかを探り、革のケースを取りだして、彼に返す。

「捜していたものはみつかったのかい？」

わたしはため息をついた。「イエスでノー。期待したほどの成果はなかった」

「それは残念だったね」レドヴァースは革のケースをトランクにしまった。彼の私物を勝手にかきまわしたこととか、わたしがどこにいたのかとか、なにかいわれるのではないかと覚悟したが、レドヴァースはそんなことを口にする気はないようだった。

「おやすみなさい、レドヴァース」もう一度そういったが、今回はなんとなくあやふやな口調になってしまった。

「おやすみ、ジェーン」

寝室に入り、ドアを閉める。レドヴァースの口調はあたたかかったが、それだけに、わたしはおちつかない気分になった。わたしがどこにいたのか、なぜもっと強く追及しなかったのだろう？　それに、わたしがなにかみつけたのか、それともなにもみつけなかったのか、訊こうともしなかったのはなぜだろう？

次の朝は前日と変わりなかった。起きだして、身仕度をととのえてから居間に行くと、レドヴァースはすでに寝具を片づけていたし、朝食が届いていた。わたしはコーヒーをすりながら、カップの縁越しにレドヴァースをみつめた。「今朝の予定は？」

レドヴァースはすっと上体をのばし、膝にかけていたナプキンを軽くたたんでテーブルに置いた。

「陸(おか)に報告しなければならないことがあるし、わたしたちの容疑者たちに関して新しい情報が届いていないか、チェックする必要がある」

〝わたしたちの〟ということばがうれしかった。少し気分がよくなる。

「その報告って、あっちからのもこっちからのも、全部、船の無線係を通すんでしょ?」

レドヴァースは破顔した。胸の鼓動が速くなるたぐいの笑顔だ。

「若い無線通信士にはすでに協力を取りつけてあるよ。それに、報告メッセージの文章は、すべて暗号になっている」

わたしはこほんと咳ばらいしてから疑問をぶつけた。「あなたが暗号のメッセージを送ったり受けとったりしても、その無線通信士はあやしんだりしないの?」

「彼にはこう説明しておいた――わたしの祖父はゲームに目がなくて、暗号文を解くのが大好きなんだ、とね」レドヴァースはさっと肩をすくめた。「船と陸でメッセージのやりとりをするのは費用がかかるが、上司がうまく采配してるよ。マッキンタイヤは金を受けとっているはずだ」

「マッキンタイヤ?」

「ジョン・マッキンタイヤ。無線通信士。アイルランド人の気のいい若者でね。ドイツ政府にはまったく関心をもっていない」

なるほど。それなら、スパイ容疑対象の追加にはなりそうもない。

「それから、今朝はナウマンがスカッシュを好きかどうか確かめてみるつもりだ。好きなら、手合わせをたのんでみる」

　では、わたしは用なしというわけだ。ナウマンがレドヴァースにもっていかれるのなら、わたしがオープンデッキに行く必要はない。男同士のつきあいには加われないのだから、わたしにはすることがない。

「バンクスかブルーベイカーか、どちらかを調べてもいいかしら?」そうすれば、昨夜、バンクスの写真室にしのびこんだときより、多少は成果があるかもしれない。じつをいうと、昨夜はたいして成果はなかったと認めたくないのだ。特に、バンクスに関して有益な情報が得られなかったために、気持が落ちこんでいる。

　レドヴァースはくびを横に振った。「三人の背景に関する情報が届くのを待っているところだからね。それに、三人の居室はわたしが調べる」

　わたしはむっとした——レドヴァースはわたし抜きで、その捜査をするつもりなのか? しかし、すぐに考えなおした。わたしはわたしなりに調べればいい。それに、よく考えれば、ふたりで船の雇用者の狭い居室にしのびこんで、ほかの乗組員たちに気づかれないという保証はないのだ。レドヴァースにしても、単独で捜査するほうがやりやすいだろう。

「きみはどうする?」

「オープンデッキで新鮮な空気を吸うとか、あちこちぶらぶら見てまわるとか、そんなところかしらね」

　レドヴァースはうなずいてから、昼食の時間までにはもどるといって席を立った。彼が出ていくと、わたしは居間のなかを見まわした。いつのまにか書きもの机の上に写真機が移動していた。しかし、写真機は持っていかないことにする。オープンデッキをぶらぶらするといっても、頭をすっきりさせるためにきびきび歩くつもりなので、写真機のような重いものは持ちたくない。

オープンデッキを歩きまわり、船のどこにどんなものが設置されているか、見て憶えるようにした。今日は昨日より天候がおだやかだし、デッキチェアにすわってナウマンと話をする必要もないので、気がらくだ。ひとりでデッキチェアにすわり、潮風を楽しめるのはうれしい。さぞ気持がいいだろう。その一方で、船内の通路を歩いていると、いとも容易に、自分が果てしない海のただなかにいることを、周囲数百マイルには海水しかないことを忘れてしまう。とはいえ、そのことばかりに気をとられると、海の広大さに圧倒されて、ひたすら不安がつのってくる。

さんざん歩きまわったあげく、回転ドアを通ったら、Aデッキにもどっていた。隣りあって並んでいるカフェの一軒に入る。夏むきの小枝編みの椅子や、青々とした観葉植物の鉢が置いてある。いくつもの鉢は巧みに配置されていて、室内全体があずまや風のしつらえになっている。優雅なアーチ形の窓枠にはブロンズの装飾細工がほどこされていて、いかにも街なかのカフェといった雰囲気だ——窓の向こうに灰色の海原が広がっているのを無視すれば、の話だが。ここでしばらく休もう。コーヒーを飲めば気分も安まるだろう——と思ったのは、カフェの隅にピアノが置いてあるのに気づくまでのことだった。しまった。

「まあ、ミセス・ヴンダリー！　ぜひともごいっしょに！」カフェの奥のほうから、エロイーズ・バウマンの大きな声が飛んできた。ほかの客たちの低い会話のざわめきがぴたりと止んだ。全員の視線をあびているのを感じ、わたしは目を閉じた。誘いを断るためにいくつもの選択肢が頭に浮かんだが、けっきょく、肩をすくめて運命に従うことにした。エロイーズのテーブルに近づくと、妹のマーグリットがあいさつもしないうちに、エロイーズがまくしたてはじめた。マーグリットはティーカップの縁越しに、すまなそうな笑みを見せている。

「きっと船旅を楽しんでいらっしゃいますわよね、ミセス・ヴンダリー。ダイニングルームで朝食をいただいたんですけど、今日はちょっと味が薄くて。給仕に、もっとソースをたっぷり使いなさいと厨房（ちゅうぼう）に伝えるよう、いっておきましたわ。でも、給仕がじっさいにそう伝えるかどうか心もとなかったので、わたし自身が厨房まで足を運ぼうとしたんです。まさか、厨房のドアの前で止められるなんて思いませんでしたよ。そうでしょ？」エロイーズはひと息入れた。「そこにシェフが出てきましてね。まちがいなくヘッドチーフで……」

ちょうど給仕がお茶のカップを運んできたので、わたしはエロイーズの話に礼儀正しくうなずきながら、給仕に顔を向けた。お茶ではなくコーヒーを注文しようとしたのだが、そんな暇もあらばこそ、給仕は大急ぎで立ち去ってしまった。利口な若者だ。

マーグリットはわたしと同じ作戦をとっているようだ――空中に目を据えて姉の単調な話し声をシャットアウトし、お茶をすする合間に、ときどき〝へえ〟とか〝まあ〟とかあいづちを打っている。エロイーズと同居できるなんて、マーグリットはよほど懐が深いひとなのだろう。

姉がしゃべりまくっているあいだ、なにを考えているのだろうか。

「ミセス・ヴンダリー、そう思いませんこと？」

そう訊かれて、はっと我に返った。すぐに返事をしなくてはならない。エロイーズは期待に満ちた顔でわたしを見ている。くびすじが熱くなってきた。彼女がいかに傍若無人であろうと、こちらが無視していいということにはならない。それではあまりに無作法だ。

「失礼ですが、ちょっとお邪魔します」

そう呼びかけられ、その声の主にキスしたくなった。声の主がヴァネッサ・フィッツシモンズだとわかると、いっそううれしくなった。

エロイーズは新しい犠牲者が現われたのがお気に召したらしく、わたしに質問したことを忘れてしまったようだ。「どうぞおすわりになって、ミス……」

ヴァネッサはエロイーズにいった。「あいにく、そんな時間はございませんの。どうしてもミセス・ヴンダリーに来ていただく必要がありまして」

「あらそう」エロイーズはむっとした口調でいった。マーグリットがちらっとわたしを見た。内心ではおもしろがっている。目が躍っているのが見てとれたが、それもつかのま、彼女はすぐにうまく内心の思いを隠した。そういうことにかけては、マーグリットは百戦錬磨の達人のようだ。

わたしはエロイーズとマーグリットに失礼すると断ってから、早足でカフェを出ていくヴァネッサのあとを追った。

「あのひとたちとお友だちだったのなら、無理に連れだしてごめんなさい。でも、あの女とテーブルを囲むなんて、とてもがまんできなくて」ヴァネッサはいかにもいやだというふうに、ぶるっと体を震わせた。「カフェの入り口からでも、奥の席にいるあの女の声が聞こえたわ。彼女、いったいなにを話していたの？」

「正直にいうと、さっぱりわからないの。とにかく、わたしを救いだしてくれてありがとう」

わたしとしても、あの姉妹とお茶を飲みたかったわけではない。社交上の義務として、やむなく同席しただけだ。ヴァネッサのうしろめたさを微塵も感じさせない掟破りの行動には、感心するばかりだ。彼女はしたいことをするのに慣れている――場合によっては、したくないことはしないのだろう。

そこは称賛するが、わたしはわたしであって、彼女ではない。

「どういたしまして。あのね、あなたにわたしの船室を見ていただこうと思ったの。わたしには異常な点はみつけられないんだけど、あなたならみつけられるかもしれないでしょ」

「別の目で見るのは、悪いことではないわね」

# 12

船の前部にある階段からCデッキに降りて、通路を進む。ヴァネッサの船室もスイートルームだが、わたしたちの船室の倍も広く、ずっと豪華な特別室だ。船の中央部、つまり船を動かしている動力部に近い場所だが、そんな気配はほとんど感じられない。この先、海が大きく荒れることがあっても、彼女はあまり影響を受けずにいられるだろう。

室内を見まわす。ヴァネッサの視線を感じる。

「困っている叔母さまを救ったときは、どういうことをなさったの？」

一瞬、考えこむ。探偵のまねごとをしたのは確かだが、くわしいことをいわずに彼女を納得させるには、どう説明するのがいちばんいいだろう？

「数カ月前に叔母の友人宅の敷地で若い雇い人が殺されたの。それで、叔母にたのまれて調べてみたのよ。警察が犯人を特定する手伝いをしたわけ」

ヴァネッサの顔を見て、さらなる質問がとんでくるかと内心で身構えたが、関心がなさそうだと見てとり、彼女は自分自身の問題で頭がいっぱいなのだと判断した。

ヴァネッサは肘掛け椅子に腰をおろし、片手をひらひらと振った。「じゃあ、同じことをなさって。魔法の力を発揮してくださいな、ジェーン」

わたしは返事をする時間も惜しんで、室内を調べはじめた。目の届く範囲にかぎられるが、居間には違和感を覚えるようなものはなにもない。書きもの机は使われていないようだし、椅子に置いてある丈長のコートと、ヴェルヴェットのクラッチバッグはヴァネッサのものだろう。それを別にすれば、見るべきものはなにもない。寝室に行く。ドアを開けると、詰め物をした赤いソファと、ふたつの舷窓に掛かっているシルクのカーテン——開いている——が、オーク材の壁板に調和している光景が目にとびこんできた。室内に入り、ちょっと立ちどまってから化粧台に向かう。化粧台の上には、女性用のこまごました品々しかない。腰に両手をあてて、室内をぐるっと見まわす。ベッドは二台。少し小さめのほうのベッドは使われた形跡がない。大きめのベッドは雑にカバーがめくられている。まだスチュワードが掃除に来ていないのはまちがいない。来ていれば、完璧にベッドメイクがしてあるはずだ。一面の壁を占めているワードローブを開けてみる。衣類がぎっしり詰まっていると思っていたのだが、予想に反して、空っぽのハンガーしかなかった。

「あなたの服はどこ?」居間のヴァネッサに訊いてみる。彼女が椅子から立ちあがる音が聞こえた。寝室に入ってきたヴァネッサは、急に気まずい表情になった。

「へんでしょ。でも、わたしは知らないわ」

思わず眉がつりあがってしまう。なぜいまのいままで彼女がこのことをいわなかったのか、疑念が湧く。

「知らなかったって、どういう意味かしら?」

「今朝起きて、なにを着ようかとワードローブを開けたら、これしかなかったの」いま着ている服を手で示す。「残りの服がどこにいったのか、わたしは知らない。メイドにどうしたのかと訊いてみるつもりだったのよ」ヴァネッサは宝石をはめこんだ腕時計に目をやった。「もうじき来るはずだわ。そうすれば、このささやかな問題は解決できるでしょうね」

〝ささやかな〟問題とは思えないが、わたしはやれやれとばかりに頭を振ってワードローブの扉を閉めて、もう一度寝室のなかを見まわしてみたが、違和感を覚えるものはなにもなかったし、男がこの寝室を使ったという痕跡もまったく見あたらなかった。

浴室に行ってみる。洗面台の小さなカウンターには、ヴァネッサの化粧品や美容用品が乱雑に散らばっているが、男性用の品はなにもなかった。髭一本すら落ちていない。小さな屑籠を手にとってなかをのぞいてみたが、やはり、なにもない。マイルズ・ヴァン・デ・メートルが浴室に足を踏みいれたことを示すものは、なにひとつなかった。

居間にもどると、電話が鳴った。ヴァネッサは動こうとしない。

「電話に出なくていいの？」

ヴァネッサは顔をひきつらせ、いやだとばかりに頭を振った。「出ても、向こうはなにもいわないの」

ヴァネッサはできるかぎり感情を抑えていたが、声に緊張感がみなぎっているのは聞き逃しようがなかった。

「ヴァネッサ、なにを隠しているの？　なにごとが起こっているのかいってくれなければ、助けようがないわ」

　さまざまな表情が浮かんでは消えたあげく、ヴァネッサは完全に感情を抑えこんだ。「べつにたいしたことじゃないわ。電話が鳴って受話器を取っても、向こうはなにもいわないだけ」

「交換手に訊いてみた？　どこからかかってきたのか、交換手ならわかるはずよ」

「船内の公共の場所ですって。毎回、ちがう場所なの」ヴァネッサは肩をすくめたが、無理をして平常心を保とうとしているのがありありとわかる。「残念ながら、いったい誰が電話してくるのか、突きとめる方法がないのよ」うつろな笑い声が響く。「そのうち、電話機のフックを引っこぬいてやるわ」

　わたしはすわり心地のいい椅子のひとつに腰をおろし、もう一度、居間のなかを見まわした。これほど広ければ、レドヴァースも快適に寝られるだろう。奥の壁にソファを押しつければいい——というような思いを、わたしは小さく頭を振って押しのけ、当面の問題に意識を集中した。

「ご主人からの電話だとは思わない？」あえてのんびりした口調で訊く。

　ヴァネッサはまた肩をすくめた。「あのひとがそんなことをする理由がわからない。電話をかけてきて、なにもいわないのはなぜなのかしらね？」

「なにも聞こえなかった？　息づかいとか、背景の人の声とかは？」

　ヴァネッサはくびを横に振り、灰色の曇天（どんてん）が広がる窓の外をみつめるだけで、なにもいわなかった。

わたしも黙りこんだ。奇妙な電話のことと、ヴァネッサの消えた衣服のことが気になる。謎だ。どちらもヴァネッサの作り話だとは思えない。そんなことをしても、彼女の得になることなどなにもないように思える。彼女の衣服がどこに消えてしまったのか、そして、誰にしろ、何度もこの船室に電話をしてきているのに、受話器がとられてもひとこともいわないのはなぜなのか。

沈思黙考はドアのノックの音に破られた。椅子から立ちあがりもせずに、ヴァネッサはお入りと声をかけた。小花模様のモスリンの服を着た若い女が入ってきた。

「レベッカ！　よかった。ミセス・ヴンダリーとわたしはあなたに訊きたいことがあるの」若い女にそういうと、ヴァネッサはわたしに顔を向けた。「ジェーン、わたしのメイドのレベッカ・テスッチよ」

レベッカは浅く頭をさげた。まっすぐなブロンドの髪はボブカットにしてあり、魅力のある顔だちによく似合っている。短く切りそろえた前髪の下の大きな緑色の目が、下から掬うようにわたしをみつめている。

「まず最初に、わたしの服はいったいどこにあるの？」ヴァネッサはするどい声で問いただしたが、くつろいだ姿勢に変化はない。

「お召し物でございますか、マム？」レベッカはおずおずと訊きかえした。

「そうよ、おばかさん。わたしの服よ。あれを全部、いったいどこにやったの？」

このやりとりのあいだ、レベッカの顔には恐れと困惑が交互に表われた。心底困惑している。

恐れの表情は、仕事を失うのではないかという不安だろうか。あるいは、裏になにか別の理由があるのかもしれない。どちらにしろ、わたしは彼女を責める気にはなれなかった。ヴァネッサの居丈高な口調に、わたしもいたたまれない思いをしているからだ。

「一昨日の夜、お召し物は全部、クロゼットに入れておきましたから、クロゼットにあるはずです」

「それが、いまはないのよ」ヴァネッサの声は石のように硬い。

レベッカは頭を振った。目がうるみ、いまにも涙があふれそうだ。それを見て、女主人の服がどうなったのか、彼女はなにも知らないのだという印象を受けた。

「何着か、クリーニングに出したんじゃないの?」わたしはやさしく訊いた。

レベッカは急いで目をしばたたき、うなずいた。「はい、ご指図どおりに、ドレスを何枚かランドリー袋に入れて、係のひとが持っていけるようにこのお部屋に置いておきました。でも、クリーニングに出したのは、三着か四着だけです」

わたしはうなずいた。このあと、ランドリー室に行き、係の者がランドリー袋を持っていったかどうか確認しよう。

「それはあとで確かめてみるわ。ところでね、レベッカ、ミスター・マイルズ・ヴァン・デ・メートルの荷物を見たかどうか憶えてる?」

レベッカはヴァネッサとわたしの中間あたりに視線を向けて答えた。「はい、マム」

「それがいつなくなったか、わかる?」

「いつと、正確なことはいえません。あたしが気づいたのは、ミセス・ヴァネッサが気がつかれたときと同じでしたから」

「そう」少しも役に立たない情報だ。「それじゃあ、ミスター・ヴァン・デ・メートルを最後に見かけたのは、いつかしら？」

レベッカはもじもじして、わたしの目を見ようとしなかった。

「ご主人をお見かけしたことは、一度もありません」

わたしは驚きを隠せなかった。居丈高な口調のヴァネッサと、おずおずとした口調のメイドとを交互にみつめる。メイドは両手をこねくりながら、床をみつめている。

「モンテカルロに滞在していたあいだ、レベッカには数週間、お休みをあげたの。それに、彼女の部屋はDデッキの二等船室よ。必要があれば呼ぶから、そのときだけこの船室に来ればいいといっておいたのよ。マイルズとのプライベートな時間を守りたかったから」ヴァネッサは眉間にしわを寄せた。「そうね、夫とレベッカが顔を合わせたことがないのは、まちがいないと思うわ」

新婚なのだ。第三者に邪魔されたくないという気持はわかる。だが、それがいまとなっては裏目に出てしまった。レベッカがマイルズを見ていれば、貴重な目撃者になったのに。

「レベッカ、この部屋でご主人の荷物を見たのはいつだった？」

「一昨日の夜、ミセス・ヴァネッサがディナーをとっているあいだに、お持ち物の整理をして、クロゼットにしまうようにといわれましたので、そうしました」ちらりとヴァネッサに目をやってから、わたしに視線をもどす。「いくつかトランクがありましたが、あたしはおくさまのお荷物にしか手を触れませんでした。昨日の朝、呼ばれてこちらに来たんです。そしたら、おくさまのトランクしかなかったんです」

「そのときの時間を憶えてる?」

レベッカはまたちらりとヴァネッサを見てから答えた。「十一時ごろだったでしょうか?」

事実を述べているのか、質問なのか、よくわからない口調だ。わたしはレベッカに礼をいった。ヴァネッサはレベッカに夕方まで用はないといってさがらせた。レベッカが船室を出ていくと、わたしもドアに向かい、ドアが閉まらないうちにドアノブをつかんだ。

「なにをなさるつもり?」ヴァネッサは椅子にすわったまま体をひねって、そう訊いた。

「ちょっと確認したいことがあるの」しゃがんで、ドアノブのあたりをよく見てみる。いくつか傷があるが、どれも、古い傷か長年の使用によって傷んだものだ。何者かが鍵以外のなにかを使って錠を開けようとしてこしらえた、新しいひっかき傷はない。だからといってなにがわかったわけではないが、少なくとも、調べた意味はあった。ヴァネッサの衣類が消えたこと以外には、彼女の船室にはなにも手がかりがないのだから、いまはなんであれ、気づいたことは頭に入れておくつもりだ。

ドアを閉めて、ヴァネッサのそばにもどる。「ドアの錠がむりやりにこじあけられた痕跡はないわ」

ヴァネッサはいくぶんか感銘を受けたらしい。「そんなところを調べてみようなんて、思いつきもしなかった」

わたしは肩をすくめた。「ミスター・ヴァン・デ・メートルの捜索で、なにか新しい知らせはあった？」

優雅な婦人は目玉をくるっと回し、椅子の肘掛けにいらいらと指先を打ちつけた。

「ドクター・モンゴメリーが来て、捜索はつづけていると請け合ってくれたけど、それ以上のことはなにもいわなかったわ。ほんとうに捜しているのかどうか、あやしいものよ」指先の動きが止まり、彼女の顔を苦しげな表情がよぎった。「昨日、シェルブールに寄港したあとのことは、なにも聞いていない。マイルズは下船しなかったとしか、いうことがなかったんでしょう。彼が下船するつもりだったなんて、わたしには想像もできないわ」

そんなことはいうまでもないとばかりに軽い口調だったが、いましがた、ほんのつかのまだったが、彼女の顔をよぎった苦しげな表情を見たわたしは、彼女の軽い口調にだまされはしなかった。

残念ながら、消えた男をみつけようと、乗組員たちが船内をくまなく捜索している可能性は薄いというほうに、わたしも同意したくなった。シェルブールに寄港したとき、わたしはオープンデッキにいて人の動きを見ていたとはいえ、見逃したことも多々ありそうなので、わざわざそれをヴァネッサにいう気はなかった。確実なことをなにもつかんでいないのに、マイルズはまだ船内にいると、根拠のない希望にすがっている彼女に、そう、ぜったいにそうだと請け合うことなど、できるわけがない。

「そろそろ……そのう、夫のところにもどらないと」〝夫〟という語はまだすんなりと口にできず、どうしても口ごもってしまう。それを他人に悟られないことを願うばかりだ。「でも、午後にはまた、あなたのために調べてみるわ。なにかわかるかもしれない」

「あら、すごい。そうね、わたしはテニスでもするわ」

わたしはちょっとあきれて小さく頭を振って、ドアに向かった。


ヴァネッサの船室を出たわたしは、まず最初に、彼女の衣類がクリーニングに出されたかどうか、ランドリー・サービスに確かめることにした。そこまで歩いていくあいだは、考えごとをするにはうってつけの時間となった。

ヴァネッサ・フィッツシモンズのことがよくわからない――新婚の夫が消えてしまったことで、心底、動転しているとは思う。だが、全体的に見て、彼女は無頓着すぎる。彼女のあっけらかんとした態度は、単なる隠れみのなのだろうか――推測というか、想像をたくましくすれば、そうだといいきってもいい。

ヴァネッサのメイド、レベッカ・テスッチは有望な助けになりそうだ。とはいえ、彼女がマイルズと一度も顔を合わせたことがないというのは、じつに奇妙だ。だが、彼のことを質問したとき、レベッカはいかにもいいにくそうに返事をしていた。なにか隠しているのだろうか？それとも、仕事を失うのを恐れているだけ？　いまいえるのは、レベッカは、ヴァネッサの服がすべて消えてしまったことに困惑しているということだ――それはまちがいない。なにがあったにしろ、衣服消失にレベッカは関わっていない、というほうに賭けてもいい。

　認める気はさらさらないが、まったく未知の女のトラブルに鼻を突っこまないようにという、レドヴァースの忠告は正しかったかもしれない。その一方で、ヴァネッサに対する船長や上級船員やドクターのそっけない態度を思い出すと、血が煮えたぎる思いがする。わたしはこの目で確かに彼女の夫を見たのだ。彼が実在しているのはわかっている――決して想像の産物ではない。なのに、なぜ彼が消えたのか、見当もつかないのだ。この件は、わたし自身の結婚生活を、神の前で貞節を誓ったあと、それほど時間がたたないうちに事態が恐ろしいほど悪化してしまったことを、いやでも思い出させる。夫のグラントは外面がよくて、誰からもチャーミングで好ましい人物だとみなされていた。だから、私生活では怪物そのものだとわたしが訴えても、決して信じてもらえなかっただろう。

　グラントが戦死し、埋葬されて、もう長い年月がたったというのに、わたしはいまだに、彼の本性を話しても、誰にも信じてもらえないのではないかと恐れている。

　暗い記憶を頭の奥に押しやり、マイルズのことを考える。わたしたちが追っているスパイが彼だということはないだろうか。マイルズのことはなにも知らない。そのうえ、彼は船内のどこかに忽然と消えてしまったのだ。スパイを捜しているという話を聞きつけて、即刻、身を隠したのでは？　それはありうると思うが、では、どうやってその話を聞きつけたのかはわからない。なんといっても、この船がサウサンプトン港を出てまもなく、彼は姿を消したのだから。

それでもやはり、ヴァネッサに彼のことを尋ねるだけではなく、彼の背景調査を手配してもらうよう、レドヴァースにたのんでみよう。忘れないように、そのことを頭の隅っこにメモしておく。レドヴァースはヴァネッサの件に深入りするのをいやがるかもしれないが、この件とスパイのあぶりだしの件とが結びつく強い可能性を、無視するわけにはいかないのではないだろうか。

ほかの容疑対象者のことを考える。ヴァネッサの消えた夫のことや、彼女の船室で次々に奇妙なことが起こっている件に鼻を突っこんでも、レドヴァースの影の上司に対する義務を果たすことはできる。いちどきにふたつの件を追うのは、決して無理なことではない。レドヴァースがわたしには無理だとみなしているにしても、わたしには自信がある。いま現在、わたしは自分の自由な時間を使って、片方の件を調べているのだ。今日、レドヴァースはナウマンと接触し、三人の容疑対象者の船室を捜査する予定だった。それに関して、わたしの協力は無用なのだと思うと傷ついてしまうが、それは考えないでおこう――なんの役にも立たない。わたしたちにとってほんとうに重要なのは、必要なことを探りだすということなのだから。誰がなにを成し遂げるか、というのは問題ではない。

Cデッキを進んでいくと、ランドリー室がみつかった。狭い受付エリアにさりげなく入る。船内のこういう施設に足を運ぶ船客は多くないようだ。船客がクリーニングをたのみたいときには、船室にあるランドリー袋に洗濯物を入れ、係の者がそれを回収する仕組みなので、裕福な船客がわざわざここにやってくる理由は、ほとんどないからだ。受付には誰もいなかった。わたしは数分待ってから、ためらいがちに「ハロー」と声をかけた。

「はい」受付エリアの奥のドアの向こうから声が聞こえた。また少し待たされ、ようやくそのドアが開いた。同時に、奥の部屋から話し声や作業している音がどっと流れでてきた。ついでに蒸気も流れてきて、それと同時に、制服の上にスモックのようなタイプのエプロンを着けた若い女が、せかせかとやってきた。

「なにかご用でしょうか、マム？」

「ヴァネッサ・フィッツシモンズの衣類のクリーニングは、まだすんでいないのかしら？」わたしはヴァネッサではないのだが、そんなことはひとこともいわずにそう訊いた。

「ちょっとお待ちください……」若い女はカウンターのうしろに行き、伝票の束をめくりはじめたが、やがてちょっと顔をしかめ、別の束をあらためだした。捜していたものがみつかるまで、少々時間がかかった。「ああ、ミセス・フィッツシモンズ。はい、お預かりしていますが、まだクリーニングはできていません。もちろん、できあがり次第、お部屋にお持ちいたします」

「それはうれしいわ」ヴァネッサのふりをつづけることにする。「よかったら、伝票を見せていただける？」

若い女は礼儀正しくうなずいて、伝票をよこした。それに手を触れるまでもなく、伝票の表にも裏にもびっしりと書きこみがあるのがわかった。ざっと眺めてみる——膨大な数の服。それぞれの服の名称の横の四角い囲みに、回収済みの印がついている。長いリストの下にヴァネッサ・フィッツシモンズのサインがあった。残念ながら、そのサインがヴァネッサの筆跡なのかどうか、わたしには判別できない。もし彼女の筆跡ではないとすれば、本物そっくりに書くのにはさぞ苦労しただろう。

「これ、持っていってもいいかしら？　船室でちょっと確認したいことがあるの」

若い女はひと房の褐色の髪を耳のうしろにかきあげ、足を踏みかえた。「あたしどもにはその伝票が必要なんですよ、マム」

「写しを渡しておくのはどう？」

「ああ！　それならよろしいかと思います。ですが、あたしが書きます。ちょっと時間がかかるかと……なにしろ、数が多いので」

わたしはうなずいた。「けっこうよ。待ちます」

気の毒に、若い女はヴァネッサが船に持ちこんだ大量の服を一着ずつ、几帳面に書き写していった。なにしろ、長いリストなのだ。完璧を期していねいに書き写していくために、おそろしく時間がかかった。ようやく写しが完成して、わたしは原本の伝票を手にすることができた。ランドリー室を出ると、それまでの辛抱が切れてしまい、思わず足早に歩きだしてしまった。あとでヴァネッサに伝票を見せて、サインが彼女のものかどうか訊いてみよう。そうではないほうに賭けたい気分だ――もしヴァネッサが自分であの大量の服をクリーニングに出したとすれば、服が消えてしまったと騒いだのは嘘だったことになる。だが、それなら、なぜ、そんな嘘をつく必要があったのか。あるいは、ヴァネッサは現実を把握することができなくなっているのだろうか。どちらもなんだかピンとこない。

通路を曲がり、わたしたちの船室につくと、まだ考えこんだまま、ドアを開けた。ドアを閉めると、軽い驚きの声が聞こえた。

はっとして声のほうに目を向けると、居間と寝室の境のドアが開いていて、そこにレドヴァースが立っていた。バスタオルを巻いただけの恰好で。大判だとはいえ、バスタオルはバスタオルにすぎない。しずくを垂らしているレドヴァースは、いかにも気分がよさそうだ。

# 13

「ご、ごめんなさい！　ノックするべきだったわね……と、とにかく、外に出るわ！」そうはいったものの、わたしは動かなかった。うなじから顔にかけて、急速に赤く染まっていくのが感じとれるし、口のなかが一気にからからに乾いてしまっただけではなく、動きたくても動けなくなっていたのだ。

レドヴァースがこほんと咳ばらいする。そのおかげか、ようやくわたしはくるっと体の向きを変えることができた。外には出ずに、ドアとにらめっこすることにしたのだ。このほうがむしろ穏当な行為といえるのでは。体の向きを変える寸前に、レドヴァースの目がちかっときらめいたのが見えた。それを思い出しながら、わたしはドアに目玉をくるっと回してみせた。

「ノックする必要はないよ。ここはきみの部屋でもある。きみがどこに行ったのかわからなかったので、汗を流そうと思ったんだ。運動施設でたっぷり汗をかいたんでね」

「ええ、そうね。いい考えだったと思うわ」わたしは〝動転〟しているわけではない。レドヴァースのバスタオル姿が脳に焼きつき、記憶に刻まれてしまったが、それは決していやではなかった。

背後で衣ずれの音がしている。「ちょっと待ってくれ」

その音で、背後でなにが進行中なのか想像したりしないように、わたしはおしゃべりを始めた。「カフェで、エロイーズ・バウマンと妹さんに出くわしてしまったの。それで、むりやりに引きとめられて、いっしょにお茶を飲む羽目になったのよ」

「ピアノのあるラウンジは避けるんだろうと思っていたよ」レドヴァースの声には愉快そうな響きがこもっている。

「あのひとたちがいたのはもうひとつのラウンジじゃなくて、カフェよ。でも、カフェにもピアノがあったの。わたしはたまたま彼女たちに出くわしてしまった。ちょっと歩きまわっていただけなのに」ジッパーの音が聞こえ、わたしは早口になって話をつづけた。「エロイーズの話はほとんどわけがわからなかった。そこにヴァネッサ・フィッツシモンズが現われて、わたしを救いだしてくれた。ヴァネッサさまさまってところね。あなたにも理解できると思うけど、今後は断固としてエロイーズを避けるつもり」

「もうこっちを向いてもいいよ」

ふりむくと、レドヴァースはあいかわらず目をきらめかせている。濡れた髪に手を走らせ、癖っ毛をなでつけようと苦心していた。

「ずいぶん手早いのね」

「特別な推進力のおかげでね」

「あら」

「ドアのほうを向かずに、寝室に入る手もあったのに」

わたしは何度か口を開けては閉めた——魚のようにぱくぱくと。先ほどのレドヴァースの姿が頭に焼きついていることを認めたくはない。しかし、寝室に入るには、彼のすぐそばを通らなくてはならなかったのだ。いや、認める気はない。レドヴァースはいつだって、なんでもおもしろがるひとだから。

ようやくいうべきことを思いついた。「そうだけど、そうあっさりと、あなたを気楽にさせたくなかったもので」最高の皮肉とはいえないが、いってみる価値はある。

糊のきいた白いシャツの襟元にツイードのネクタイを結びながら、レドヴァースは次の話題を慎重に選んだようだ。「ヴァネッサからなにか情報を得られたかい？」

どうやら休戦する気らしい。先ほどの言を謝罪する必要はないと判断したようだが、まあ、これは謝罪に近い。わたしは受け容れることにした。

「そうたいしては。船内の捜索は成果がないみたい。それから、ヴァネッサのメイドと話をしたけど、少しも助けにならなかった。彼女、マイルズに一度も会っていないのよ。奇妙な話よね」

「確かに、それは奇妙だ」

レドヴァースは締めたネクタイの端を揺らしながら、袖口にカフリンクを留める作業にかかっている。右のカフリンクを留めるのに苦労しているのを見て、わたしは手を貸すことにした。

彼の手をどかし、カフリンクを留めようと指をのばす。

「ありがとう」

これだけ近いと、すがすがしい石鹼のにおいと、彼が愛用しているコロンの松の香りが鼻孔をくすぐる。わたしがすぐに気絶するたぐいのかよわい女のタイプなら、くらくらとめまいがして、とうに気絶しているところだ。失神こそしなかったが、一度はカフリンクを留めそこなってしまった。右の分が終わり、左の分を留めながら、なんの話をしていたのか忘れてしまった自分に気づき、必死で記憶をたぐる。

「あなたの陸の連絡者に、マイルズ・ヴァン・デ・メートルの経歴を調べるよう、たのんだほうがいいと思う。彼がわたしたちが捜しているスパイでは?」

レドヴァースの疑心が動きだしたのを感じたが、わたしはカフリンクを留めている自分の指先から目をそらさなかった。わたしの指は突然にソーセージに変わってしまったのか? カフリンク一個を留めるぐらい、むずかしいことではないはずなのに。

「それはありえない」レドヴァースはそういってから、少し間をおいた。わたしの指の動きがいっそうのろくなる。

「だが、完璧を期したほうがいいな」

レドヴァースはちょっと顔をうつむけて、わたしの作業を見守った。わたしはすばやく目をあげたが、すぐに視線を指先にもどした。急に指が動くようになり、カフリンクを無事に留めることができた。何歩か大きくあとずさりをして、彼の心地いい香りから逃れる。

わたしの懸念をレドヴァースが受け容れてくれたので気がらくになり、ヴァネッサにかかってくる奇妙な無言電話や、ランドリーに出された多量の衣服の件は話さないことにした。

「ところで」レドヴァースはわたしをみつめた。「昼食につきあってくれるかい？」

わたしは自分の姿を見おろした。見苦しくない恰好だが、もう少し身だしなみをととのえたほうがいい。「ええ。でも、ちょっと待ってちょうだい」寝室のドアに向かう。「少しなら待てる？」背後に声をかける。

「まあ、なんとか」

「よかった」ドアを閉め、一瞬迷ってから、ドアをロックした。

バスルームで顔を水で濡らして気持をおちつかせる。髪に櫛を入れ、口紅を引いてから、居間にもどる。何分もかかっていない。

「手早いね」

「特別な推進力のおかげね」先ほどのレドヴァースの言をそのまま投げかえす。

レドヴァースは笑い、腕を曲げてわたしにさしだした。昼食の用意ができたというトランペットの合図が鳴り響くなか、わたしたちは船室を出た。

「いいタイミングね」

「まったく、そのとおり。またアラカルト・レストランにするかい？　エロイーズ・バウマンにはもううんざりしているみたいだから」

「まったく、そのとおり。だけど、あのレストランでは、お金を払わなきゃいけないんじゃないの？」

レドヴァースは肩をすくめた。「ふたり分なら、そうたいした額にはならないよ」

レストランに着くと、すぐに小さなテーブルに案内された。大きなシュロの木の陰なので、ちょっとしたプライベートな空間になっている。昼食は楽しかった。ふたりとも、先ほどの船室でのぎごちないなりゆきには触れなかったし、ヴァネッサの消えた夫のことも話題にしなかった。もっと安全な話題に終始する。

「今朝はなにか収穫があった？」そう訊きながら、ビーフ・ウェリントンにナイフを入れる。いかつい名前の料理だが、牛ヒレ肉とフォアグラのパイ包み焼きのことだ。

「ナウマンはじつに闘志のあるスカッシュ・プレイヤーだった。わかったのはそれだけだね」レドヴァースの目がきらめいた。「きみとのおしゃべりはとても楽しかったと、またいっていたよ。じっさい、今朝、オープンデッキできみに会えなかったのが残念だという顔をしていた」

わたしはレドヴァースをみつめたが、彼はナウマンのようすを、単なる情報として語っているにすぎないようだ。ハインズ・ナウマンに嫉妬している表情が見えたら、内心で喜ぶところだが、そんな気配すらなかった。もちろん、彼は感情を表にださない注意ぶかいタイプなので、うまくとりつくろっているのかもしれない。わたしは内心で肩をすくめた。

「あら……ご親切だわね」

レドヴァースは片方の眉を少しつりあげた。「親切心から出たことばなのかどうか、わたしにはわからない。だが、彼はきみとのつきあいを楽しみにしているから、きみは有益な情報をつかむのに最適な立場にいる、といえるかもしれない」

自分は必要な人員なのだと思うと、心臓の鼓動がはねあがった。認めるのはつらかったが、自分がレドヴァースの捜査の役に立っているとは思えなかったのだ。だが、それをレドヴァースにいう気はなかった。「ほかのふたりはどうなの？」

「ふたりとも船の専属クルーだから、近づくのは、ちょっとむずかしい。きみにしたって、バンドリーダーのブルーベイカーと気楽におしゃべりする機会など、そう簡単にはつかめないだろうな。なにしろ、彼がクルー専用の居住エリアを離れるのは、バンドの指揮をするときだけなんだ。わたしにとってはいちばんめんどうな相手だ」

「話をするために、クルー・エリアに入りこむつもりなの？」

レドヴァースは微笑した。「わたしにはわたしのやりかたがある」

それはどうも。

レドヴァースはわたしのあきれ顔を無視した。「きみはすでに写真師のバンクスと話をした」

そのとおり。「彼のことでなにか新たな報告をもらった？」バンクスがどんな〝個人的な理由〟でニューヨークを離れたのか、知りたくてたまらない。

レドヴァースはくびを横に振った。「事務室に行って、メッセージが届いているかどうか確認しなければ。今朝、確かめたときには、なにも届いていなかった」

メッセージを確認するために、一日に何度も事務室に出入りしなければならないレドヴァースにとって、無線通信士のマッキンタイヤと友人関係にあるというのは、絶好のめくらましだろう。

「写真室に行くには、またなにか新しい理由をみつけなくちゃ」

レドヴァースはくびをかしげた。「何度も写真室に行くのはあやしまれるようで、いやなんだね。だったら、今日の午後に写真を撮ったらどうだい。フィルムを使いきったら、現像に出せるだろう?」

そうか。わたしがうなずくと、レドヴァースはわたしの目を見ていった。「ただし、気をつけて」

なにか特別な点に気をつけろといわれたのか、それとも、単なる注意なのか、よくわからないが、わたしは請け合った。「ええ、気をつけるわ」

昼食後、わたしは船室にもどって箱型の写真機を手にしてから、オープンデッキに行った。何枚かスナップを撮ると、デッキチェアに腰をおろしてナウマンを待ってみた。レドヴァースから聞いたナウマンの話からすると、彼が来る可能性は高いような気がする。

デッキチェアにすわったまま、オープンデッキの光景を一枚、撮った。ロンドンのおしゃれな街、メイフェアにある通りを歩くように、船客たちがそぞろ歩きをしている光景だ。それから写真機を大西洋に向けてシャッターボタンを押したが、寒くてぶるっと震えてしまい、ファインダーから目が離れた。ファインダーをのぞかずに自分の目で見ても、どこまでも水と波があるだけで、その単調な風景を破ってくれる鳥すら、一羽も飛んでいない。この風景を何枚もフィルムにおさめる必要はない。

デッキチェアに体をあずけ、ナウマンのデッキチェアとのあいだにあるテーブルに写真機を置く。そのときになって、膝掛けが必要だと気づいた。風は吹いていないが、ひどく空気が冷たくて、このままじっとしていれば凍えてしまうだろう。膝掛け収納室に行こうとした、ちょうどそのとき、ドビンズがそれを持ってきてくれた。「ドビンズ、うれしいわ。どうもありがとう」

若者の顔がぽっとピンク色に染まったが、態度は変わらなかった――スチュワードとしてのプロフェッショナルな態度を崩さない。が、顔に笑みがはじけた。

「なにかお持ちしましょうか、ミセス・ヴンダリー？　お茶でも？」

「そうね、おねがいするわ」

ドビンズは船内に引っこんだ。それを見送っていたため、ちょうど通りかかったヴァネッサのメイドが視野に入った。茶色のウールのコートを着ていて、コートに合った釣り鐘形の帽子(クローシェ)をかぶっている。そっとうかがうように周囲を見てから、息を詰めるようにしてわたしに近づいてきた。

「お捜ししてました、ミセス・ヴンダリー」

「どうしたの、レベッカ？　よかったら、すわらない？」

レベッカはわたしのすすめに恐れおののいたようだ。「とんでもありません、マム。ほんとうは、あたし、このオープンデッキに上がってきてはいけないんです」

レベッカはふりかえった。誰かにあとを尾(つ)けられているのかと思ったが、わたしたちを見ている者は誰もいないし、こちらを気にしている者もいない。

「誰かになにかいわれたら、わたしがあなたを呼んだことにすればいいわ」

レベッカはうなずいたが、たいして安心したわけではなさそうで、怯えた態度は少しも変わらなかった。何度も口を開いたが、そのたびにまた閉じてはくちびるを噛んだ。

「どういうご用かしら？　わたしになにか話したいの？」

レベッカは決意したらしく、顔を引き締めた。「前にお会いしたとき、あたし、嘘をついたんです。そのことをいいたくて」

驚いて眉がつりあがってしまった。「どういうこと？」

「ミス・ヴァネッサの前ではいいたくなかったんですが、あの船室でほかのかたのトランクを見たことはないんです」つらそうな表情で頭を振る。「ミス・ヴァネッサのご主人に会ったことがないというのはほんとうです。でも、じっさいに誰かがお部屋にいたかどうか、あたしにはわかりません、ミス・ヴァネッサのご主人のことですが」

レベッカの目が不安と恐怖を語っている。彼女が作り話をしているかどうか、わたしには判断できない。また、あきらかに一等船客には見えない彼女が、一等船客用のオープンデッキにいることを、誰かに見咎（みとが）められるのを恐れているのか、それとも、まったく別の理由があるからなのかもわからない。わたし自身は、この船旅用に用意した厚手のウールのコートを着ている。上質の高価なコート。船旅が終わっても、このコートもほかの衣類も返却しなくていいのがうれしい。どれも、とうてい自分で賄える額のものではないからだ。そのため、一等船客用のオープンデッキにいるレベッカの気持が多少は理解できる。しかし、彼女のうろうろと泳いでいる目やおどおどした態度は、それ以上のなにかがあることを示している。

「ミセス・フィッツシモンズは作り話をしていると思う?」

レベッカは肩をすくめた。「混乱なさっているだけでは? それに、ミス・ヴァネッサは注目されるのがお好きなんです」

わたしはレベッカをじっとみつめた。「彼女のメイドになってどれぐらいになるの?」

「それほど長い期間ではありません。数カ月前、どうしても仕事が必要だったときに、ミス・ヴァネッサに雇っていただいたんです。最初に船に乗る直前のことでした」顔をしかめる。「船旅はこれで二回目なんです。一回目のときより、今回のほうがつらいですね」

「一回目は、彼女といっしょにヨーロッパに渡ったときね?」

「はい、マム。でも、大陸に着いてしばらくすると、解雇されました。おかしなことだと思いました」

レベッカの話が真実なら、確かにおかしい。雇ったばかりのメイドの人柄もなにも知らないままヨーロッパに同行させ、ヨーロッパに着いてしばらくすると解雇したのに、その数週間後には再雇用して、アメリカに帰る船旅に同行させる——じつに不可思議だ。

「解雇されたときには、けっこうな額のお金をもらいました。またあたしを必要とするときがくるまで、そのお金で自由に楽しみなさいって」

少なくともヴァネッサには、世界を半周して到着した異国の地で、この若い女を無責任にほっぽりだす気はなかったのだ。気前よく金を与えているのだから。

「でも、あなたはそうしなかった?」

レベッカはまた恐怖の表情を浮かべた。「いただいたお金で楽しんだかと？　いえ、そのう、そのほとんどを電信為替で、アメリカのママに送りました。弟や妹たちを養う費用の足しになるように。取り分けておいた残りのお金は、安い部屋を借りて、一日に一度だけ、ちゃんとした食事をするのに使いました」

「よくわかったわ」レベッカを安心させてやる。彼女はもじもじと足を踏みかえ、周囲に目をやってから、端から端まで見ようとするように、体全体をひねってオープンデッキを見まわした。わたしの位置からは、レベッカの背後は見えないが、彼女の不安そうなそぶりのせいで、こっちまで不安になってきた。誰かに監視されている？　それとも、レベッカの不安が伝染して、わたしまで妄想しはじめた？　写真機をかまえて、レベッカの背後の写真を撮ろうかと思ったが、彼女をこれ以上、怖がらせたくはない。

「ミセス・フィッツシモンズの船室のスチュワードに会ったことはある？」ドビンズから聞いたスチュワードの話は、いま聞いたレベッカの話とは異なっていた。スチュワードはマイルズのトランクを見たといったのに、マイルズ本人のことを話すのは拒否したのだ。そのせいで、彼はマイルズの正体を知っているのではないかという疑念が生じた。それに、このわたしは、マイルズ・ヴァン・デ・メートルが実在していることを知っているのだ。この目でちゃんと見たし、彼がヴァネッサとオープンデッキにいる写真も見た。彼は顔を隠そうとしていたけれども、現実に存在している人間であることは確かだ。ではなぜ、いまになって、レベッカは彼が存在していないかのようなことをいうのだろう？

レベッカは片手でフェルトのクローシェを押さえて頭を振った。「ミス・ヴァネッサはスチュワードのことで文句をいってました。飲みすぎて仕事をちゃんとしない、と。船室にはめったに来なかったんです。ミス・ヴァネッサは船長に苦情をいうつもりだとおっしゃってました」

それは興味ぶかい話だ。ヴァネッサはわたしに、そんなことはひとこともいわなかった。彼女に船室を見てほしいといわれたとき、そういうこまごまとした情報を教えてくれるものと期待していたのだが。とはいえ、自発的にとはいいがたいけれど、無言電話のことや多量の衣服が消えたことは話してくれた。とすると、おそらく、スチュワードの件はどうでもいいと思って、あえて話さなかったのだろう。

「でもね、レベッカ、わたしはミスター・ヴァン・デ・メートルを見たのよ。船がサウサンプトン港を出るとき、オープンデッキにいたわ」おだやかな口調でいう。

一瞬、レベッカはたじろぎ、次いで体をこわばらせた。くちびるがぎゅっと引き締まり、一本の線となった。「ほかのかただったんじゃないですか、マム。あたしはミス・ヴァネッサが結婚なさったとは思っていません。それに、船室には、ミス・ヴァネッサ以外のかたのトランクはなかったんです」

レベッカがこの話に固執する理由はなんだろう？　彼女自身の考えではないのでは、という疑念が生じてきていた。なんにしろ、レベッカが〝自分は見た〟あるいは〝見ていない〟というはるのはなぜだろう。もっとも、いまここで、それを追及する気はない。

そのかわりに、ポケットからランドリーの伝票を取りだした。「これ、見たことがあるわね、レベッカ?」

伝票を手にとったレベッカの目が大きくみひらかれた。「いいえ、マム。これはあたしが出した伝票ではありません。あたしが出したのには、数点しか書きこまれていませんでした」

わたしはうなずいた。「それじゃあ、サインは?」

レベッカは伝票をひっくりかえして、長いリストの最後のサインをみつめた。そして、頭を振った。「ミス・ヴァネッサのサインだと思いますが、まちがいないとはいえません」困惑した顔で、伝票を返してよこす。「ほかにミス・ヴァネッサがお書きになったサインを見たことがないので」

それは理にかなっている――彼女がヴァネッサに雇われてからまだそれほど期間がたっていないし、雇われたあとも、べったりとヴァネッサのそばにいたわけではないのだ。ランドリー伝票のことは、直接ヴァネッサに訊いてみよう。

「でもなぜ、服を全部、ランドリーに出したのかしらね?」わたしがそういうと、レベッカは困惑して眉根を寄せた。先ほどまでの不安や恐怖の表情は消え、目が泳ぐこともない。きれいな緑色の目がわたしをみつめている。今回初めて、彼女がほんとうのことをいっているのがわかった――この件に関しては。

「わたしにもわからないのよ、レベッカ。でも、事情を調べてみるつもり」

わざわざ話しにきてくれてありがとうと礼をいうと、レベッカは急ぎ足で階段室のドアに向かった。風はないが、あいかわらず、クローシェを片手でしっかり押さえている。風はなくても空気が冷たいせいだろう、今日はオープンデッキに出ている船客は少ない。デッキチェアにすわっているひとはまばらだし、そぞろ歩いているカップルもほんの数組だ。だが、そのうちの誰ひとりとして、わたしやレベッカを見ていなかった。だのに、誰かに監視されている気がしてならない。レベッカも同じ感触をもっていたようだ。

　無意識に指先で、塩がこびりついたデッキチェアの腕木をこすりながら、広大な海と灰色の空を眺めて考えこむ。ヴァネッサの船室担当のスチュワードがドビンズにいった話と、レベッカの話には齟齬がある。それに、彼女の怯えた態度で、わたしも誰かに監視されているような気がしてきたのだ。そのことをよく考えてみる。監視している者は見あたらなかった。だが、もしほんとうに誰かが監視していたとすれば、その誰かは、レベッカがマイルズのトランクを見ていないということと、ヴァネッサの夫は実在しないと思っていることをわたしに告げさせて、わたしを納得させられるかどうか、確認したかったのではないだろうか。その誰かとは、もしかすると、マイルズ・ヴァン・デ・メートル？　それとも、それが当のマイルズだと、レベッカが思いこんでいる人物だろうか？

　わたしに嘘をつくことで、レベッカになんの得があるのだろう？　トランクの件で、彼女が真実をいっている可能性は？　彼女はほんとうにマイルズのトランクに気づかなかったのかもしれない。それはそれとして、ヴァネッサの夫は実在しないといいつのっているのはなぜだろう？　このあと、わたしがヴァネッサにレベッカに聞いたことを話せば、レベッカはいやでもそれを認めるしかない。そうすれば、ヴァネッサはレベッカを解雇するかもしれない。だが、レベッカにはいまの仕事が必要なのだ。彼女が母親と弟妹の暮らしを支える手助けをしているのなら、いまの仕事を失ってもいいとは思わないだろう。

デッキチェアから立ちあがろうとした、ちょうどそのとき、ナウマンが階段室のドアから出てきた。やむなく、わたしはまたデッキチェアに腰をおちつけた。ナウマンと会話をすること。わたしにとってはそれが優先事項なのだ。レベッカとマイルズ・ヴァン・デ・メートルとに対する疑問は、あとまわしにするしかない。

なにかが進行中なのに、全体図が見えない。そこにもってきて、レベッカが水をかきまわして泥で濁らせてくれた。ひとつだけ確かなのは、ほぼ全員が嘘をついているということだ。

## 14

「こんにちは、ジェーン」わたしのそばまで来ると、ナウマンは陽気に声をかけてきた。軽く会釈(えしゃく)をして、彼のデッキチェアに腰をおろす。見ると、私物のトラベル用膝掛けを持参していた――どうやらしばらくデッキチェアにいすわるつもりらしい。それはつまり彼と長くおしゃべりができるということなのだが、その一方で、レベッカのあとを追う機会が失われることでもあり、わたしとしては喜んでいいやら、不満がつのるやら、なかなか複雑な気分だ。

「こんにちは、ハインズ。オープンデッキに出てくる気になられて、うれしいわ。こうしてお会いできるんですもの」

「同感です」ナウマンはまじめな顔でそういった。「今朝は、あなたのご主人とスカッシュを楽しみましたが、そのために、あなたとごいっしょする機会を逃すのは残念でしたよ」そういって、まぶしいほどの笑顔を見せた。「でも、あなたはここにいた！　おかげで、スカッシュも、あなたにお会いすることも、両方楽しめるわけです」

わたしはナウマンに笑みを返したが、そこにドビンズが現われた。そして、わたしたちのデッキチェアのあいだにある小さな木のテーブルに、お茶のカップを二客置き、それぞれのカップに小型のポットからお茶をついだ。

「ほかになにかお持ちしますか？」ドビンズはまっすぐにわたしを見て、そう訊いた。

「いいえ。ありがとう、ドビンズ」自分の声に困惑がまじっているのがわかる。なぜドビンズはナウマンのカップも持ってきたのだろう？

「きみ、ありがとう」ナウマンは微笑して、ポケットに手を入れてフラスクを取りだした。自分のお茶のカップにたっぷりと中身を注いでから、尋ねるようにわたしを見た。わたしはくびを横に振り、ドビンズが去っていくのを見送った。ナウマンに視線をもどす。わたしの目に疑問が浮かんでいたのだろう。訊きもしなかったのに、ナウマンがいった。「こっちに向かう彼の姿を見かけたんですよ。あなたのスチュワードだと気づきましてね」ナウマンの勝ち誇るような笑みを見て、わたしの胃がひきつった。望ましい反応とはいえない。「それで、もうひとつ、カップを追加してもらったんですよ」

わたしは微笑し、自分のカップを口もとに運び、お茶をすすりながら、けげんに思った。なぜナウマンは、ドビンズが私たちの船室のスチュワードだと知っていたのだろう？　それよりも気になるのは、なぜそれを明かしたのかという点だ。ナウマンは単に観察力に長けているのか、それとも、わたしたちを観察しなければならない理由があるのだろうか？　緊張して、肩に力が入ってしまう。

深く息をして、緊張をほぐす。いまは演技をするだけだ。いくつもの疑問は、あとでレドヴァースと検討しよう。

昨日と同じように、ナウマンは礼儀正しく、かつ、チャーミングにふるまっている。彼のきさくな態度と、率直にわたしの意見を求めるようすに気持がなごみ、じきにわたしは自分の役割を演じるのがらくになった。おかげで、彼はともすればわたしの気を惹こうとするのをやめて、まともな話題で話がはずむようになった。特に、音楽の話で盛りあがった。音楽の話題になると、ナウマンは驚くほど長広舌をふるうようになった。しかし、彼はすぐにそれを自覚し、あやまるだけの礼儀をわきまえていた。

だが、そろそろ失礼するという時間になっても、有益な情報はさっぱり得られなかった。なんの成果もなく、欲求不満を抱えて、わたしは船室にもどった。ナウマンにどんな話を聞きたかったのか、自分でもよくわからないのだが、アメリカのジャズに対する底なしの熱い思いよりも、もっと役に立つ情報を期待していたのは確かだ。

船室のドアを開ける前に、わたしはそっとノックした。どうぞというレドヴァースの声を聞いてから、ドアを開ける。彼は肘掛け椅子にすわり、舷窓の向こうを流れていく雲をぼんやりと眺めていた。

ドアを閉めたわたしは、彼のそのようすが気になった。「ずっとそこにすわって、窓の外を眺めていたの？」

レドヴァースはくすっと笑った。「考えていたんだよ」

「それがあなたの流儀なのね」

まあねというように、レドヴァースは小さく頭を振ったが、顔には笑みが浮かんでいる。

「ナウマンからなにか情報を引き出せたかい？」

わたしは満足とはほど遠いため息をつき、小さなテーブルの前にそろえてある木の椅子を一脚、引き出してすわった。「成果なし。でも、そうね、彼にジャズの話題を振らないほうがいいことはわかったわ。しゃべりだしたら止まらないから」わたしはクローシェをぬぎ、テーブルに置いた。「だけど、ちょっと気になることがあるの。特に昨夜来のことで」

なぜ彼がわたしたちの船室のスチュワードがドビンズだと知っているのかという疑問を話し、ドビンズにお茶のカップの追加をたのんだこともいった。

レドヴァースの眉間にしわが寄る。「昨日、ドビンズがきみを、専用のデッキチェアに案内したのを見ていたんじゃないか」

「でも、彼が自分のデッキチェアにすわったのは、それからちょっと時間がたっていたから、わたしとドビンズを見たとは思えない」デッキチェアにすわったあと、わたしは自分だけの世界に入りこんでいたので、ドビンズが去ってからナウマンが現われるまで、どれぐらいの時間差があったのか、正確なことはわからないのだが、数分以上はたっていたと思う。

レドヴァースはうなずいた。「用心を怠らないようにしよう。今夜は、彼に息をつかせてやることにして、ブルーベイカーに焦点を合わせよう」

レドヴァースもわたしと同じ懸念をもったとわかり、安心した。「バンクスはどうなの？それに、マイルズ・ヴァン・デ・メートルは？」消えた新婚の夫、マイルズの経歴を調べてほしいとたのんだことを、わたしは忘れていない。彼こそが、わたしたちが捜しているスパイかもしれないのだ。

わたしの質問に、レドヴァースは頭を振った。「ヴァン・デ・メートルのことはまだ報告がきていない。だが、バンクスのほうは報告があった」

室内を見まわしたが、テーブルにはそれらしい書類はなかった。レドヴァースは暗号を解いたあと、メッセージの文書をどうしたのだろう？　どこにあるのだろう？

いらだったけれども、せっかちに問いただしたりせずに、わたしはレドヴァースに先をうながした。「それで？」

「バンクスがニューヨークを離れた〝個人的な理由〟というのは、泥沼の離婚騒動だったんだ」

「まあ」期待はずれもいいところだし、わたしの推測はかすりもしていない。

「結婚相手の親戚がむやみに多かったので、彼としては、街にとどまっているのはいろいろとわずらわしかったんだろう。写真の助手と浮気したのが原因だったから、逃げ出さざるをえなかったともいえる」

思わずくちびるがほころびてしまうのを抑えきれない。「それはそうでしょうねえ」

「ま、そういうことだ」

あの律儀そうな小男が女たらしだとは想像もできないが、ひとを見た目で判断してはならないというい例だろう。

肝に銘じておこう。

レドヴァースは腕時計をのぞきこんだ。「ディナーの身仕度をするにはまだ早いな。ちょっとぶらつかないかい？」わたしが手にしている写真機に、頭をかしげてみせる。「フィルムを使えるんじゃないかな。まだ使いきっていないのなら」

わたしはくびを横に振った。「一枚か二枚、スナップを撮っただけ。フィルムはまだたくさん残ってるわ」

クローシェをかぶりながら、わたしは立ちあがった。レドヴァースとの仲が元のようにしっくりいきそうで、ほっとする。レドヴァースがなにを悩んでいたにしろ、彼は自分でそれを解決したらしい。よかった。レドヴァースは優雅に椅子から立ちあがり、わたしの手から写真機を取ると、わたしを先に立てて船室を出た。

オープンデッキに出て、そぞろ歩く。豪華なオリンピック号のあちこちや、思い思いに楽しんでいる船客たちを撮る。空は雲におおわれているが、海はおだやかなので、少人数のグループがシャッフルボード・ゲームに興じていた。元気いっぱいのゲームプレイヤーたちも数枚、撮ってみた。山高帽子の老紳士がにこやかに、わたしたちの写真を撮ってあげようかといってくれたので、親切な申し出を受け容れた。手すりを背にして立ち、レドヴァースがわたしの腰に腕をまわす。焼き付けした写真のことを思うと、ちょっと胸がときめいた。特別な一枚になるだろう。

ヴァネッサはスポーツが好きそうなので、どこかでなにかのスポーツをしているのではないかと、片目で捜してみたが、その姿は見あたらなかった。ランドリー伝票のサインのことを確かめに、ヴァネッサの船室に行ってみたいとレドヴァースにいおうかと思ったが、せっかくいい感じにもどったというのに、わざわざ彼女の名前を持ちだして、この雰囲気をぶちこわしにしたくはない。なので、単純に、レドヴァースの連れであることを楽しむことにした。

フィルムを使いきってしまってから、写真室に行く。レドヴァースは写真機のレンタル料金を払いながら、いかにも世間話という感じで、バンクスとニューヨークの彼の写真スタジオのことなどを話している。そのあいだ、わたしはレンタル用の写真機に興味があるふりをしていた。見ていなくても、バンクスがわたしにちらっと目を向けたのは感じとれた。わたしに聞こえないように、バンクスは声をひそめて話している。とぎれとぎれに聞こえた話から察するに、バンクスがニューヨークを離れたのは、元妻とのことが原因だと、レドヴァースに打ち明けたようだ。レドヴァースも声をひそめて、同情の意を表している。なんとかがまんして、ふたりの男をじろっとにらんでやりたい気持を抑える。にらんだりせずに、レドヴァースのそばに行くと、バンクスは焼き付けは明日には渡せるといった。わたしはありがとうと礼をいって、レドヴァースといっしょに写真室を出た。

小さな写真室から充分に離れたところまでいくと、わたしは気になっていたことを訊いた。

「離婚のことを白状させたのね？」

レドヴァースはうなずいた。「元のおくさんとの仲がひどくもつれたから、街を逃げ出すしかなかったそうだ」

わたしはくちびるをすぼめた。「ずいぶん手ぎわよく、そんな話を聞きだせたわね」

「わかりやすい男だよ。あの男に諜報活動ができるとは思えない。ばれないように浮気ができるとも思えない」レドヴァースはにやりと笑った。「それに、わたしは人好きのする性質(たち)だからね」

わたしは彼の腕をちょっと殴ってやった。ときどき、この男には腹だたしい思いをさせられる。

船室にもどったころには、ディナーの支度をするのにちょうどいい時間になっていた。

# 15

胸もとが広く開いていて、ひらひらした袖がついている、黒いヴェルヴェットのドレスを選ぶ。このドレスは――特に――体の線をきれいに見せてくれる。スカートの前は少し短くて、しかも裾に切れこみが入っているので、新しい黒と銀の靴の金属的なきらめきが見えるのだが、うしろ側は床に届くほど長い。幸いなことに、背中の露出部分は少ないので、いまだに消えない、腰の鞭の傷跡が見える心配はない。

居間にもどると、レドヴァースは一瞬、ことばもなく突っ立っていたが、すぐにすっと一歩足を踏みだし、きれいだと褒めてくれた。その声の自然な調子から、本心から出たものだとわかり、胸の内があたたかくなる。このうれしい気持はしばらくつづきそうだ。

レドヴァースは黒のタキシード姿で、いつものようにぴしりと決まっている。黒い癖っ毛も今夜はきちんとまとまっている。恰好のいい彼の姿は、これまでに何度も見たことがあるが、今回はことさらに絵のようだ。わたしはほとんど忘れかけていた――これからダイニングルームでフォーマルなディナーをとることになっているので、この彼とDデッキに降りていき、レセプションルームに向かうのだということを。

その現実に思いいたり、わたしは小さくため息をついた。「行かなきゃだめ？」

レドヴァースはくすっと笑った。「あいにくながら」そういって、わたしをざっと眺める。「盛装するのは、わたしはきみほど気にはならないが、わたしたちは一等船客らしい体裁を保つ必要があるんだよ。少なくとも、夜は」

わたしはうなずき、同じテーブルを囲むエロイーズの冗舌の嵐に耐えるために、心の内で踏んばる覚悟をした。案の定、わたしたちがテーブルに近づくのを待ちかねて、エロイーズのおしゃべりが始まった。

「いわせていただきますがね、ミセス・ヴンダリー、今朝、あなたをむりやりに引っぱっていった、あなたのご友人の態度ときてはまったく無礼千万でしたわね。あなたをどこかに連れ去る前に、ほんの少しのあいだでも、わたしたちと同席すべきでしたよ」

わたしは礼儀正しくうなずいたが、ヴァネッサに代わってあやまる暇もなく、エロイーズのおしゃべりはもう次の話題に移っていた。わたしの〝ご友人〟ということばが出たとたんに、視野の隅に、レドヴァースが顔をしかめたのが映った。彼には、午前中にエロイーズにつかまり、いっしょにお茶を飲む羽目になってしまったところを、ヴァネッサに救いだされたことは話してある。なのになぜいま、彼は不機嫌になったのだろう？　思わず横を向いて、彼の顔を正面から見ると、すでにしかめっつらは消え、あたたかい微笑を向けてきた。わたしも笑みを返し、メニューを眺めた。エロイーズがなにやら講釈をたれている声を、意識的に耳から閉め出す。給仕がやってきてアントレをなににするかと訊くと、エロイーズはメニューの料理はどれも好みに合わないから、自分の分はレアのプライム・リブステーキにしろと注文をつけた。

「エロイーズ」ダグラス・グールドが口をはさんだ。「無理をいうんじゃありませんよ。今夜の料理はどれもうまそうだ」

ついにグールドがあつかいにくい義姉にまっこうから意見したことに、わたしは内心で拍手した。マーグリットはあえて口を出さず、そのかわりに、ワイングラスを勢いよく空にした。

エロイーズは義弟をにらみつけた。「ダグラス、わたしの体調がデリケートなことは知っているでしょ」

給仕も含め、テーブルを囲んでいる面々は誰ひとりとして、彼女の言を信じなかった。

エロイーズはさらにいった。「特別な配慮をしてもらえるはずです。そういう特権のために、高い料金を払っているのですからね」

グールドはあきれて目玉をくるっと回したが、なにもいわずに撤退した。給仕はシェフに船客の求める〝特別な配慮〟を伝えようと、足早に立ち去った。エロイーズにリクエストした料理が届くのかどうか、わたしは興味津々だった。なにしろ、彼女の〝デリケートな体調〟は血のしたたるようなステーキを欲しているのだから。

ディナーは長々とつづいた。誰もほかの者と目を合わせたりせずに、料理を口に運ぶことだけに専念した。エロイーズの絶え間ない毒舌を料理の一品――それもとびきりまずい一品――とみなして辛抱(しんぼう)するしかなかった。エロイーズ本人は他人のことなどまるっきりおかまいなしで、ときおり、誰かのあいづちを求めながらしゃべりつづけた。あいづちなど必要ないのは確かだが。グールド夫婦が日々、これに耐えているのが不思議でたまらない。だが、ふたりが摂取しているワインの量から判断すると、それがエロイーズに対処するための手段なのだろう。

給仕はエロイーズの要求どおりにプライム・リブステーキを運んできたが、焼きかたがレアではないといって、突っ返されそうになった。けっきょく、かわいそうな給仕にさんざん文句をいったあげく、エロイーズはそれをしぶしぶと受け容れた。わたしは給仕のせいではないと諫(いさ)めようとしたが、レドヴァースに腕を引かれて、彼女に理を説く無謀を思いとどまった。食後のコーヒーを飲み終えると、レドヴァースとわたしはそそくさと逃げ出した。背後から、明日の朝は今度こそ邪魔されずにお茶を飲もうと誘う、エロイーズの声が追いかけてきた。わたしは返事をしなかった。なんだか、罠にかかった獣のような気分だ。彼女の仲間に引きずりこまれないように、片脚を犠牲にしてでも罠から逃れるしかない。

レドヴァースといっしょにダイニングルームを出て、ひと息つく。口ほどにものをいう目と目をみかわしてから、ふたりしてわっと笑い声をあげた。

「すさまじかったな」レドヴァースはいった。

「ほんと」

わたしは彼の腕を取り、Aデッキの一等船客用ラウンジに向かった。

ラウンジはすでに混みあっていて、ステージ近くでは楽団員たちが待機していた。楽団員たちがステージにあがり、各自が楽器を抱えて席につくのを、バンドリーダーのキース・ブルーベイカーは辛抱づよく待っていた。ライトをあびて、金髪がきらめいている。あとで、レドヴァースはブルーベイカーと話をする機会をもてたのかどうか訊こうと、頭のなかにメモをする。

バンドリーダーに疑念をもたれた場合、レドヴァースはクルーから船客の立場にもどるために、どんな説明をするつもりだったのか、ぜひ訊きたい。ブルーベイカーの船室があるクルーの居住エリアに入りこむには、クルーのふりをするはずだからだ。もちろん、そんなことは教えてくれなかったので、じっさいにどんな策を弄するのか、わたしには見当もつかない。

ラウンジ内をざっと眺めてみると、次第に増えてくる人々のなかに、ハインズ・ナウマンがいないことに気づいた。ぜひとも彼と踊りたいわけではないし、ダンスフロアで気恥ずかしい思いをしたくもないので、彼がいなくても残念ではない。だが、ヴァネッサの姿は目に留まった。奥のバーカウンターの近くに立って酒を飲みながら、ふたりの若い男と話している。わたしは軽く頭を振り、空いたテーブルを捜して、人ごみをすり抜けるように進むレドヴァースのあとをついていった。空いているテーブルはひとつもないが、年配のご夫婦が占めているテーブルに、空いた椅子が二脚あるのをみつけた。礼儀正しくわたしたちが同席することを認めてくれたあと、ご夫婦はまたふたりだけのおしゃべりにもどった。今日の午後に夫婦で参加した、ブリッジゲームのことが話題になっているようだ。ディナーをすませた大勢の船客たちがにぎやかに騒いでいるのを見て、レドヴァースは給仕が注文をとりにくるのを待たず、自分で飲み物を調達しようとバーに向かった。わたしは微笑して彼を見送った。

レドヴァースを目で追っていると、自然にヴァネッサのいる場所に視線が向いた。その瞬間、ヴァネッサがふりむいたため、目と目が合ってしまった。ヴァネッサは片方の眉をつりあげ、手にしていたグラスをバーカウンターに置いた。彼女の身ぶりから察するに、若い男のひとりにそのグラスを見ているようにたのんだようだ。そして人ごみを縫うようにしてこちらに歩いてきて、わたしの隣の椅子にふわりとすわった。

「こんな騒ぎはもううんざりなんだけど、ダンスフロアを踊りまわりたくて、うずうずしているの」あいさつがわりに、ヴァネッサはそういった。「幸運なことに男性をふたりみつけたわ。ふたりとも喜んでパートナーになってくれそう」

どう返事をすればいいかわからなかったので、わたしは話題を変えた。「おかしな電話は、まだかかってきてる?」同席しているご夫婦にちらっと目をやったが、ふたりともまったくこちらを気にしていなかった。

ヴァネッサはくびを横に振った。「わからないわ。ずっと船内をうろうろしていたから。船室にいないようにしてたの」肩をすくめる。「それより、服がどこに消えたのか、そっちのほうが気になるわ。ディナーのために着替えるドレスもないのよ!」

ヴァネッサが着ているのは、今朝、彼女に会ったときと同じ服だった。服の行方が気になるのなら、なぜ自分で捜そうとしないのか、あきれてしまったが、それは単に、自分の代わりに誰かがなにかをしてくれるのに慣れているせいかもしれない。

「そのことで、わかったことがあるわ」

「え、わかったの? すごいわね。教えてちょうだい」

「あなたの服は全部、ランドリーに出してあった。クリーニングがすみ次第、船室に届けてくれるはずよ」もう届いているのに、ヴァネッサは船室にいなかったので、知らないだけかもしれない。ありそうなことだ。「ただし、ひとつ問題があるの。ランドリー伝票のサインは、あなたの名前だったのよ」

ヴァネッサはまじまじとわたしをみつめた。「そんなこと、ありえない。どうしてわたしが、服を全部いっぺんに、クリーニングに出したりしなきゃならないの？」

「さあね。でも、伝票にはあなたの名前が書いてある。あなた本人が書いたのかどうか、わたしにはわからない。伝票はわたしの船室に置いてあるわ――あとでお見せしましょう」

ヴァネッサは頭を振り、視線を泳がせて、しばらく遠くを見ていた。その顔からはいっさいの表情が抜け落ちていた。彼女がなにを考えているのか、まったく読めない。

「とにかく、服をみつけてくれてありがとう」ヴァネッサはこわばった口調でそういって、立ちあがろうとした。

「あとで、あなたの船室に伝票を持っていってもいいけど」

「その必要はないんじゃないかしら。明日、お会いしましょう」ヴァネッサはうわのそらといった感じで片手を振ると、そのままラウンジを出ていった。バーカウンターのグラスと、彼女を待っているふたりの若者を置き去りにして。

わたしは呆然としてヴァネッサを見送った。伝票にあったのは、彼女本人が書いたサインだと断言したわけではない。ただ、彼女の名前が書かれていたといっただけだ。彼女といっしょに伝票を見て、彼女本人のサインなのか、ほかの誰かが書いたものなのか、それを確かめる相談をするつもりだったのに、ヴァネッサは唐突に席を立って去ってしまった。彼女のことがどうにも理解できない。

テーブルの向こう側のご夫婦に目をやったが、ふたりとも、テーブルのこちら側でくりひろげられていたドラマには、いっこうに興味がなかったようだ。わたしは考えにふけった。

「あなたをひとりで放っておくなんて、ずいぶん思慮のないご主人ですね」

## 16

すぐうしろからナウマンの声が聞こえ、わたしはすわったままとびあがった。ふりむくと、ナウマンの笑顔が目にとびこんできた。よほど静かに近づいてきたらしく、気配すら感じなかった。

「ご主人は誰かにつかまったみたいですよ」

バーカウンターに目をやると、レドヴァースは中年の男と話をしていた——頭のてっぺんが禿げていて、腹の出っぱった男と。

「ですが、ぼくにとってはうれしいですね。なにせ、昨夜は涙をのんであきらめたダンスを、今夜こそはぜひにとお願いできるのですから」ナウマンが片手をさしだした、ちょうどそのとき、オープニングの曲が流れはじめた。

レドヴァースとわたしは、ナウマンに疑念を起こさせないように、彼を一時的に放っておくことに決めていたので、彼の申し出をやんわりと断ることばが舌の先まで出かかったが、それを封じて、わたしは作り笑いを浮かべた。こんな好機を逃すのはばかげているし、申し出を断れば、彼の疑念をかきたて、今後は用心してわたしに近づいてこなくなるおそれがある。ナウマンはさしのべた手を引っこめようとはしていない。わたしはほんのつかのま、ためらったのちに、彼の手を取り、立ちあがった。ダンスフロアに進みでる。すばやくバーカウンターのほうを見たが、レドヴァースはわたしのことを忘れているようだ。軽く肩をすくめて、ナウマンに抱きよせられるのを許した。幸いなことに、曲はスローな《ハウ・アム・アイ・トゥ・ノウ》だ。ジルバでなくてよかった。もちろん、フロアを一周することはできなかった。早々にナウマンの爪先を踏んづけてしまったのだ――わたしは顔をしかめて、誠意をこめてあやまった。ナウマンは愛想よく謝罪を受け容れたが、そのあとは、慎重に距離をとることを心がけるようになった。わたしはわたしで、さもダンスを楽しんでいるように演技をするのがせいいっぱいで、みじめな思いを嚙みしめている暇などなかった。わたしはほかの女性たちのようにダンスを楽しむことができない――リズム音痴なのだ。それどころか、醜態をさらさないよう、ステップに集中するのに必死だった。

ありがたいことに、ようやく曲が終わると、ナウマンは軽く頭をさげて、わたしをフロアから連れだしてくれた。

「顔が赤いですよ、ミセス・ヴンダリー。オープンデッキに出れば、気分がよくなるんじゃないですか」

作り笑いが凍りついてしまった。男といっしょにオープンデッキに出る。知らない男といっしょに。考えるだに恐ろしいが、ナウマンの信頼を得て、できるだけ情報を引き出すというのが、わたしの任務なのだ。なので、不安を抑えこんで任務を優先する。彼にエスコートされてラウンジを出る前に、テーブル席に立ち寄ってドレスとおそろいの上着（シュラグ）をつかみ、同席のご夫婦に失礼すると声をかけた。ふたりはほんの儀礼的なあいさつもそこそこに、おしゃべりをつづけた。わたしが来たときの連れとはちがう男と出ていこうとしているのに、気づいたかどうか。だが、わたしはあえてふたりに、ちょっとオープンデッキをぶらつくつもりだといいのこした。

ラウンジの重いドアを開けて通路に出る前に、ふりかえってみたが、レドヴァースは話に夢中になっていた。どんな話をしているにせよ、そっちに気をとられているのは確かだ。わたしがラウンジを出ていこうとしているのに気づいたようすさえない。彼がテーブルにもどったときに、あの年配のご夫婦がわたしのいったことを伝えてくれるといいのだが。とはいえ、そもそも、あのご夫婦はわたしが同席していたことすら、憶えていないかもしれない。

ナウマンといっしょに通路を進み、金属のドアを開けてオープンデッキのプロムナードに出た。とたんにぶるっと震えがきて、わたしはシュラグをきつく引き寄せた。風が冷たい。震えあがるほどではないにしろ、いまは特に冷たく感じる。ナウマンは自分の世界にひたりきっているらしく、わたしが気づまりな思いをしていることには気づいていないようだ。

灰色の霧が船全体をおおい、プロムナードを照らしている頭上の黄色い明かりが、ときどき霧にさえぎられて薄れてしまう。日中には絶え間なく表情を変える広大な海が、いまは闇に呑まれて暗く、なにも見えない。夜間の監視当直(ワッチ)についている船員たちが、自分たちの仕事の重大さを認識していることを強く願う。霧のなかからいきなり障害物が現われる光景が、ふっと頭に浮かぶ。かのタイタニック号は氷山に衝突して沈没した。それと同じく、いまも氷山が海をただよっているかもしれないのだ。

「今夜は……気が乗っていなかったようですね、ミセス・ヴンダリー」

どうやらナウマンは、わたしのへたなダンスのいいわけをみつけようとしていたらしい。わたしはくすっと笑った。「ダンスがへたなことをなにかのせいにできればいいんですけどね、ミスター・ナウマン。それは無理なんですよ。いままで一度もうまく踊れたためしがないんです。ちっとも上達しなくって。足、ひどく痛みます?」

ナウマンはくびを横に振り、愛嬌のある笑みを見せた。「いいえ、ぜんぜん」そういうと、それ以上、ダンスの話をしようとはしなかった。気まずい思いに変わりはなかったものの、ナウマンのその態度には好感度が上がった。さらにダンスの話をするのは誠意のないことだと、ナウマンは思っているのだろう。わたしは自分の持ち前の能力がなにか、承知している。そして、どんな能力が欠けているのかも。

わたしはため息をついた。「でも、気が乗っていなかったことは、認めなきゃなりませんね」

霧のなかで歩を進めながら、ナウマンはちょっとくびをかしげてみせた。

霧のせいで甲板が少しすべりやすくなっているので足に力が入り、靴の踵(かかと)の音が強く響く。それに、霧のなかでは音が大きく聞こえる。まるですっぽりとポケットのなかに入りこんでしまい、そのなかで足音だけが響いているようだ。ナウマンは礼儀正しく、わたしとのあいだに少し距離をおいているが、わたしは断固として船の中央部に近いところを歩いた。知らない男とふたりきりで暗いオープンデッキを歩いているのだ。いつもより神経をとがらせてしまう。

任務のためとはいえ、うかうかとナウマンの申し出を受けてオープンデッキに出てきてしまったことを、いまさらながら後悔している。

「この船に乗っている女性で、トラブルを抱えているかたがいるんですよ。ご主人がみつからないんですって」

尋ねるようにナウマンが眉をひそめたので、わたしはヴァネッサ・フィッツシモンズと、彼女が陥っている苦境の基本的なことだけをざっと語った。ダンスに〝気が乗らなかった〟理由として、真実をちょっぴり話しても、ナウマンを傷つけることにはならないはずだ。どんないわけをするよりも、たとえちょっとだけにしろ、真実を語るほうが説得力がある。わたしが船上で知り合った友人のことを心配し、彼女の夫を捜す手伝いをしているのであれば、ナウマンの動向を調べているわけではないと思わせることができそうだ。その点では、ナウマンにかぎらず、ほかの誰かが対象になることもあるまい。それに、真実を語れば、ナウマンもその話に気持を奪われて、ほかのことを忘れるかもしれない。わたし自身、知らない男とふたりきりで、暗いオープンデッキをそぞろ歩いているということに神経をとがらせるより、ヴァネッサの件に意識を集中するほうがずっと平静でいられる。もしここでわたしの身になにかが起こったとしても、目撃者はいない。プロムナードをここまで歩いてきたあいだ、誰かとすれちがうことすらなかったのだから。

「聞くからに、その女性にとってはいい話とはいえないようですね。でも、なぜあなたはそんなに気になさるんですか？」

わたしは肩をすくめた。わたしが巻きこまれたのは、まったく個人的な理由なのだ。それを説明する気はない。「彼女を見ると、妹を思い出すので」わたしに姉妹はいない――その点では兄弟もいない――が、そういったほうが説明しやすいし、信憑性もあるように思う。

案の定、ナウマンはわかったというようにうなずいた。「ああ、なるほど。家族が困っていたら、捨てておけませんからねえ。そうですよね？」

わたしはあいまいに微笑した。

「ぼくも妹のためなら、なんでもしますよ」

わたしは横目でナウマンを見た。「妹さん？」

そのとき、いきなり船がぐわっと浮きあがり、足もとがよろけてしまった。ナウマンが手をさしのべて、わたしの腕をつかみ、もう一方の手を腰のあたりにまわして支えてくれた。

「気をつけて。いきなり大波が襲ってきますからね」

わたしは礼をいって、彼の手から身を退いた。ナウマンの両手がだらりと下がる。

少し間をおいてから口を開く。妙にあせっているふうに見られたくない。「妹さんの話、どういうこと？　妹さんのために、あなたはなにをなさっているの？」

好機を逸してしまったようだ。ナウマンは硬い微笑を浮かべた。「体が弱くてね。それだけのことです。いやあ、楽しい話題とはいえませんね」

もっとくわしく聞きたかったが、彼の声音から、その話題はそこまでだとわかった。もやもやと欲求不満がこみあげてきた。ナウマンはもう少しでなにか重要なことを打ち明けようとした――わたしの直感はそう語っている。

わたしはこほんと咳ばらいしてから、また歩きだした。ナウマンも歩きだす。ふたりでプロムナードを一周した。

「彼女のご主人が、乗組員たちが捜そうとも思わない場所に隠れているとは思えなくて。あなた、なにか思いつきません？」

「なんともいえません。でも、彼らが熱心に捜しているとは思えませんね。こんなに大きな船なら、身をくらますことも簡単にできそうですし」ナウマンは手すりの向こうに目をやり、暗い海のかなたをみつめていた。「あるいはひそかに船を下りたのかも。彼がどこに行ったのか、誰も知らない」

ナウマンの話しぶりがとてもおちついていたので、脅されているという感じはしなかったが、それでも、肌が粟だった。この男と暗いオープンデッキに出てきたのは賢明ではなかった。ちょうど階段口に近づいたとき、その金属のドアが開く音がした。いったい誰が来るのかと、恐怖と安堵が入りまじる思いで息が詰まった。

「いったいどこに行ったのかと思ったよ」明るい階段口から暗いオープンデッキに出てきたのは、レドヴァースだった。彼の姿を見て、ほっとしたどころではなかった。わたしは詰めていた息を吐いた。

「おくさんがちょっと暑そうだったんですよ。それで少し涼んだほうがいいかと思い、付き添っていたんです」ナウマンはいいわけがましい口調でいった。

「それはありがとう」レドヴァースはにっこり笑ったが、その笑顔の裏に緊張が見てとれた——彼のことを多少は知っているからこそ、わたしにはそれがわかった。誰にでもわかるとは思えない。「妻はのぼせ性でしてね」

わたしは前に進みでて、レドヴァースの腕をつかみ、男ふたりにほほえみかけた。「プロムナードを一周するのをつきあってくださって、どうもありがとう、ミスター・ナウマン。おかげで楽しかったわ」

ナウマンはまじりけなしの笑みを見せた。「あなたのご友人のトラブルが解決するように願ってますよ」

わたしは軽く頭をさげた。「わたしも」

「では、また明日、お会いしましょう、ミセス・ヴンダリー。では失礼、ミスター・ヴンダリー」

ナウマンはレドヴァースと握手してから、レドヴァースが現われた階段口のドアの向こうに消えた。

残ったわたしたちはしばらく黙りこんでいた。やがてレドヴァースが口を開いた。「賢明な判断だったといえるのかな?」

片方だけ肩が上がる。「そうとはいえないわね。でも、なにもなかったわ」

「海に突き落とすぐらい、じつに簡単にできるんだよ。たのむから、夜間にあの男とふたりだけになるのはやめてくれ」レドヴァースは硬い口調でそういうと、わたしを胸に抱きよせた。

おかげで体じゅうが暖かくなったというのに、わたしは震えあがっていた。悲鳴と水音を残して、大西洋の藻屑と消える――わたしはそういう瀬戸際にいたのかもしれない。レドヴァースのいうとおりだ。わたしはひとことも反論できなかった。マイルズ・ヴァン・デ・メートルもそういう運命をたどったのだろうか。その疑問が頭に浮かぶ。

レドヴァースは抱擁をといたが、片方の手はわたしの二の腕をつかんだままだった。「なにか興味ぶかいことがわかったかい？」

レドヴァースの体が離れてしまったのを残念に思いながらも、彼の質問にはしっかり答えようと、意識を集中した。「ナウマンは妹さんのことをいってた。妹のためならなんでもすると」

「どういう意味か、説明があった？」

わたしはなさけない思いでくびを横に振った。「いいえ。ちょうどそこに大波がきて船が揺れ、話をさえぎられたの。そのあとは、妹さんのことはなにもいわなかった」

レドヴァースはゆっくりとうなずいた。「だが、いずれまた、きみのほうからその話題をもちだせるんじゃないかな」

「もちろん」ナウマンの鎧(よろい)にひびが入ったのだ。ならば、そのひびをさらに広げ、穴をこじあけるまでだ。そうするだけの時間はまだある。航海はあと数日つづくのだ。

「わたしは監視をつづける。いままでよりもっときびしく」

わたしは反論せずに話題を変えた。「バーカウンターで話をしていたひとから、なにか聞きだせたの？　会話がはずんでいたみたいだけど」

「いや、あいにく、そうはいかなかった。つまらない話ばかりだったが、わたしは礼儀正しく相手をしたよ。あの男はニューヨークの三流政治屋でね。顔見知りになっておいてもむだではないと思う」

あの男の顔には見憶えがないが、わたしはボストン生まれのボストン育ち。ニューヨークの政治家集団とは縁がない。まったく別の世界に棲息している獣たちの集団だと理解している。

「ブルーベイカーは？」レドヴァースとの距離はごく近く、周囲にはひとけもないのはわかっていたが、その名前を口にするときはつい声をひそめてしまった。「今日は話ができたの？」

レドヴァースはくびを横に振った。「いや。だが、じきに彼の履歴に関する情報がなにか届くはずだ」

わたしはうなずいた。ブルーベイカーとどうやって話の糸口を作るつもりなのか、それを訊こうと思ったのだが、レドヴァースがふいにわたしの腕を強くこすりはじめた。「冷えきっているね。なかに入ろう」

レドヴァースが開けてくれた階段口のドアからなかに入る。

「正直なところ、そんな薄物をはおっただけでオープンデッキに出るなんて、信じられないよ」

わたしは肩をすくめた。わたしのいでたちが防寒用としてはお粗末きわまりないのはまちがいない。そこに彼が気づいていることがうれしかった。

ラウンジにもどると、ダンスフロアにはひとがあふれていた。奥に近いテーブルには空のグラスもなく、誰も席についていなかったので、レドヴァースとわたしはそこにすわった。飲み物の注文を受けようとせわしく客たちを見まわしている給仕をつかまえて、酒をたのむ。離れたところに、数人のドレスアップした人々のグループに加わって、話に興じているナウマンの姿が見えた。彼がわたしたちに気づいたとは思えないが、たとえ気づいたにしても、今夜はもう近づいてこないだろう。プロムナードのそぞろ歩きに、やましい思いはなにもなかったが、レドヴァースが現われてから、ふたりの男のあいだにちょっとした緊張感が生じたのはまちがいない。

ふりむくと、レドヴァースがわたしをみつめていた。わたしはちょっと赤くなった。「どうしたの？」

「いや、なんでもない」くちびるにかすかな笑みを浮かべて、レドヴァースは酒をひとくち飲んだ。「温まってきたかい？」

レドヴァースがすぐそばにいて、腕に彼の手が置かれているせいで、少しも寒くはなかったのだが、それはわたしが彼と共有したい思いではなかった。

「ええ、ありがとう」ジンリッキーをすする。「明日の予定は？」

「そうだね、ナウマンとスカッシュはしないだろうな」残念そうにくすっと笑う。

「ええ、そうでしょうね」ナウマンとレドヴァースは握手をして別れたが、レドヴァースはわたしのそばに残り、ナウマンは立ち去った。そのふたりがそう早々と、いっしょにスポーツに興じるとは思えない。

「ミスター・グールドを誘ってみようかと思っているんだ」

わたしはその話に興味をもった。「なにか特別な思惑があるの？」

レドヴァースは無造作に肩をすくめた。「彼は捌け口を求めているみたいだからね」

確かに。わたしはそういってから、また人々を眺めた。ちょうど曲を演奏し終えたバンドに、ナウマンが近づいていくのが見えた。ナウマンは小さな指揮台のそばで立ちどまると、身をかがめてブルーベイカーになにやら話しかけた。

レドヴァースにうなずいてその光景を示す。「あれ、どういうことかしらね？」

レドヴァースは頭を振ったが、眉間にしわが寄った。

白いタキシード姿のブルーベイカーは頭をかしげてナウマンの話に聞きいってからすばやくうなずき、楽団員のほうに顔を向けた。譜面をめくる音がして、次の曲が始まった。

「たぶん、曲をリクエストしたのね」わたしはそういったが、ナウマンはぶらぶらと歩いていき、重い木のドアを開けて出ていってしまった。「あるいは、そうではない」

「曲をリクエストしておいて、さっさと立ち去りはしないだろう」

バンドリーダーに目をもどすと、指揮棒がはなばなしく振りあげられて、アップテンポの曲が始まった。「いったいどんな理由があって、有力な容疑者候補のふたりがことばを交わす必要があるのかしら？」

「わからない。だが、それを探りださなければ」

ナウマンがいなくなると、レドヴァースもわたしも少し緊張がとけて、アメリカのジャズの良さについて、話が盛りあがった。エジプトでレドヴァースと出会ってまもないころ、彼と政治の話をたたかわせたことを思い出す。レドヴァースはしばしば、あえてわたしを怒らせる立場にまわる――が、今夜はふたりとも論議を楽しみ、いい終わりかたをした。ふと見ると、グラスが空になっていることに気づき、わたしがお代わりを注文してほしいとたのもうとした矢先に、レドヴァースは立ちあがって手をさしだした。驚いて彼をみつめる。そして、彼の誘いを受け容れていいものかどうか迷いながらも、彼の手を取っていた。

「今度はわたしと踊ってもらいたい」

彼に手を引かれるままに立ちあがる。「わたしがヘタなことは知っているでしょ」

レドヴァースはくすくす笑った。「よく知っているよ」

ダンスフロアに出たところで、曲が変わってスローなワルツになった。小さく安堵の息を吐く。レドヴァースの足を踏んづけることになりそうだが、動きの激しいチャールストンやジルバにくらべれば、ステップに気を遣えるぶん、ずっとマシだ。はでな動きのダンスだと、わたしのパートナーが身体的負傷をこうむる機会が増大するのだ。ダンスパートナーというより犠牲者というべきか。

レドヴァースに抱きよせられる――パートナーとの適切な距離よりもほんの少し近くに。足を踏んづける危険が大きくなると警告しようとしたとき、レドヴァースはわたしの耳もとにささやいた。「夫婦らしく見せなければ」

わたしはため息をつき、体の力をぬいた。彼の腕に身をゆだね、なんとか彼の爪先を避けて足を踏みだした。夢のような夜だ。それと認識しないうちに、わたしはロマンスの世界に入りこんでいた。夫婦をよそおっているつもりだが、レドヴァースとの関係は現実そのもの。最初の曲が終わって、彼がすばやくキスをしてよこしたのに抗(あらが)いもしなかった。

　先ほどナウマンと踊ったときにはなにも感じなかったが、いまはレドヴァースがあまりに近く、気持が熱くなってくる。ナウマンとのダンスもそれなりに楽しかったけれど、レドヴァースに抱きかかえられているだけで肌がほてり、キスを受けたくちびるも熱い。彼に出会ったころは、こういう身体的な接触が怖くてたまらなかったが、亡夫との結婚生活で受けた目に見えない傷は、長い年月を経て、ようやく癒されつつあった。レドヴァースは信頼に値する男(ひと)だ。この道をこのまま進んでいくにしても、きっとなにかで衝突するだろう――たとえば、ヴァネッサ・フィッツシモンズを助けたいというわたしの気持に対する、彼の反応がいい例だ――が、最終的には、レドヴァースはいつも彼らしい決着をつける。わたしもきっぱりと過去と訣別し、いまを生きるようにすべきなのではないだろうか。

　そう、心のバリヤーの最後のひとつを乗り越えるときがきたのだ。わたしがひとことといいさえすれば、レドヴァースは船室の居間で寝るのをやめるだろう。

# 17

翌朝目覚めると、わたしはダブルベッドにひとりきりだとわかって驚きはしたが、満ちたりていた。思いきり体を伸ばす。わたしが猫なら、ごろごろと喉を鳴らすところだ。居間でレドヴァースが動いている気配がする。朝食を注文しているらしい。彼がもう起きているのに驚きはしない。つねに短い睡眠時間しかとらないようにしているひとだ。一夜をともにして、その翌朝に、彼の隣で目覚めることができれば、すてきな気分になれただろうに。

もっと意識がはっきりしてくると、昨夜のことが頭によみがえり、軽いパニックに襲われた。わたしにとって、男性と親密な関係を結ぶのはとてもむずかしい問題だったが、昨夜は、過去の恐怖がよみがえるようなことはまったくなかった。記憶に残ることがあるとすれば、それは過去の恐ろしい記憶をぬぐいさってくれるたぐいのことばかり。それに、レドヴァースはわたしの腰の傷——グラントのむごい仕打ちの跡——を見ても、いやな顔をしなかったし、かといって、見ないふりもしなかった。それもわたしの一部だと、すんなり受け容れただけだ。彼のやさしさを思うと、彼の見識に対する疑いがきれいに晴れていく気がする。ほほえみながらシルクのガウンをはおり、顔を洗ってリフレッシュしてから、新しい一日を始めようと寝室のドアを開けた。

レドヴァースは頬へのキスと、熱いコーヒーとで迎えてくれた。わたしは満面の笑みで応え、豪華な朝食がのっているテーブルについた。料理の皿をおおっている銀の蓋を持ちあげたとき、ドアがノックされた。

「はい？」レドヴァースが応える。

「ドビンズです」

レドヴァースはわたしを見た。わたしは肩をすくめ、バスケットからトーストを取ってバターを塗った。なんといっても、ドビンズはわたしたちのスチュワードなのだ。ガウン姿を見られてもいっこうにかまわない。

ドビンズが室内に入ってきて、静かにドアを閉めた。レドヴァースはなにかを期待するように彼を見たが、ドビンズは軽く頭を振った。「ミセス・ヴンダリーにお話があります」

わたしはすわりなおして姿勢を正し、頬ばっていたトーストをのみこんだ。「なにごとなの、ドビンズ？」

ドビンズはテーブルに近づいてきた。レドヴァースはたっぷりと皿に料理を盛りつけている。昨夜の運動で食欲が刺激されたのだろう。

「ちょっと情報が手に入ったんです。レベッカ・テスッチの船室のことで」

「まあ、よかった。どこ？」

「D61です」ドビンズはそういいながら、几帳面（きちょうめん）な角ばった数字が記された小さなカードをよこした。

「助かったわ。どうもありがとう、ドビンズ。同室のひとはいるのかしら？」レドヴァースが眉をひそめているのが見えた。食べているたまごのせいではなさそうだ。

「います。そのひとの名前も必要ですか？」

わたしはくびを横に振った。「必要ではないわね」同室者は、たまたまその船室に割り振られたにすぎないだろう。

ドビンズはレドヴァースに目を向けた。「今日はなにかご用命がありますか？」

レドヴァースはくびを横に振った。「いや、いまのところはなにもないよ、ドビンズ。変更があれば知らせる」

ドビンズが出ていくと、静寂が残った。静かすぎるぐらいに。ドビンズが残していった張りつめた空気は、バターナイフで切れそうな気がする。不安を押し隠すためだけではなく、冷えないうちにと、わたしはせっせと朝食を食べたが、レドヴァースは料理を口に運ばずに、じっとにらんで考えこんでいる。

しばらくして、ようやくレドヴァースは目をあげた。「ミセス・フィッツシモンズの件には、もう手を出さないと思っていたよ、ジェーン」

わたしは眉をつりあげた。「あなたにそう思わせたのなら申しわけないけど、でも、そうじゃないわ」

「そっちに時間を割くのはむだな気がする。特に、わたしたちにはほかに集中すべきことがあるのだから」

頭に血が昇り、わたしは腕を組んだ。「あなたがそんなふうに思っているなんて、残念だわ。だけど、わたしたちがドイツのスパイをあぶりだそうとしている矢先に、マイルズ・ヴァン・デ・メートルが船内で姿を消したという事実をどう考えているの？　偶然だと？　わたしは可能性を見過ごすべきじゃないと思う。それに、わたしは本来の調べごとの合間に、困っている女性の手助けができればいいと思っているだけよ。それならかまわないでしょ」

声をはりあげたりはしなかったが、かなり熱くなっているのは否めない。そもそも、マイルズを捜すのに、いいわけをしなくてはならないというのががまんできない。わたしたちの主要な仕事に結びつける必要はなくても、困っている女性を助けるというわたしの意思を支持してくれると期待していたのに。わたしにはいちどきにふたつのことをさばく能力がないと、みなされているように思える。

「この先、捜査はわたしひとりでやろうと思っているんだが」

これには、今度こそ、心底腹が立った。「いままでだってそうだったでしょ、ちがう？　この先も、ブルーベイカーとバンクスの捜査も聞きとりも、あなたひとりでやるというのね。あなたはいままでも、わたしが尋ねないかぎり、なにもわからない闇のなかに置き去りにしているのよ。わたしはあなたの捜査に協力して、それなりの役目を果たしているつもりだったし、その気持に変わりはないわ！」

それは本心だ。わたしはちゃんと調査するつもりだった。この数日、レドヴァースがわたしよりも多くの情報を得ているのはまちがいない。その情報をわたしに教えるのを忘れているのか、あるいは、これまでもそうだったように、わたしと共有しようという気がないのか。

「今回の任務に関して、上層部にきみを信頼してほしいと説得するのに、わたしはかなり大きなリスクを負った」

この言にひどく傷ついた理由は自分でもわからない。冷静に考える時間もないうちに、レドヴァースは強い口調で追い打ちをかけてきた。

「彼女の件に巻きこまれてほしくないんだ！」

レドヴァースは声高にそういった。かつてのわたしは、どなられただけで心身ともに萎縮してしまったが、今回はひるみもせずに背筋をのばし、静かにナプキンをたたんでテーブルに置いた。ちらりと目を向けると、レドヴァースは固く顎を引き締めていた。

このまま言いあらそってもむだだ。有益な結果など望めない。いまは、双方ともに頭に血が昇っている。

わたしは立ちあがり、ふらつく足どりで寝室に向かった。背後から、レドヴァースの探るような声が追ってきた。

「どうするつもりだい？」

「あなたは理性を失ってるわ。また理性的に考えられるようになったら、そういってちょうだい」寝室に入ってドアを閉め、ロックをかける。そして、わっと泣きくずれた。

感情が高ぶったせいで、ふたつの点で記憶を揺さぶられてしまった。この数年、わたしはかたくなに心を閉ざし、誰であれ、男性には気を許さずにすごしてきた。なのに、初めて心身を許した夜をすごしたとたん、相手は豹変した。これまで、レドヴァースと真剣にいいあらそったことはない。少なくとも、双方ともに頭に血が昇った状態でいいあいをしたことはないし、亡夫グラントとのみじめな結婚生活の記憶が、いまのように、おそろしいほど鮮明によみがえったこともない。どうしてこんなことになったのだろう？　なにが引き金になったのか。心を許し、話をしたい相手だから、築きあげてきた壁をみずからこわしたというのに、その男はわたしを支配したがっている。昨夜の親密な時間を思うと、気分が悪くなってきた。涙で顔がぐちゃぐちゃだ。熱い風呂に入ろう。

　レドヴァースは声をはりあげたが、だからといって、身体的な脅威を感じたわけではない。彼が手をあげるのではないかと、恐怖を覚えたわけでもない。それは多少の慰めになったが、気休めにすぎない。

　熱い湯に身をひたし、湯がぬるくなってくるまでそのままでいた。冷めてくる湯につかり、船の揺れにつれて動く水面を眺めているうちに、ぶるっと震えがきた。涙は完全に乾いている。

　かなり長い時間バスルームにこもっていたが、その間（かん）ドアがノックされることは一度もなかった。レドヴァースはわたしが席を立つのを止めなかった。それは追いかけてきて口論をつづけようとするより、もっと悪い態度に思える。口論をつづけたいわけではないが、彼の無関心ともいえる態度には呆然としてしまう。

　目が赤く腫れているけれど、そんなことはかまいはしない。グレイのウールのセーターに、それにマッチするプリーツスカートを着て、何度か深呼吸する。レドヴァースと顔を合わせる覚悟はできていないが、どうせそうしなければならないのだ。なんといっても、わたしたちには果たさなければならない任務があるのだから——なにもないよりはましだ。わたしはさっとドアを開けた。

居間には誰もいなかった。

心臓が足もとに落ちていく思いを味わいながら、ドア口に立ちつくす——心臓がそんなところまで落ちていくなんて、思いもしなかった。だがすぐに、脳裏に思い浮かべた架空の足で、心臓を元の場所にまで蹴りあげる。いままで、これほど疎(うと)まれたことはない。

寝室にもどり、ドアをロックする。ベッドに横になり、閉ざしたまぶたの上に、水で濡らしたタオルを置いて冷やす。眠ったのではない。考えていたのだ。目の腫れがひいていくうちに、ひとつの思いが浮かんできた。仕事に徹すること。レドヴァースと距離をおくこと——これは、できるかぎりということだが。とにかく、与えられた任務を遂行し、レドヴァースに心を奪われてしまわないようにする。特別な感情をシャットアウトするのだ。いますぐに。

だが、もう手遅れかもしれない。

## 18

なにか日常的なことをしたくて、船室を出てオープンデッキに向かった。ナウマンのデッキチェアが空いているのがうれしい。彼が待ちかまえているのではないかとなかば恐れていたのだが、彼のデッキチェアはまちがいなく空いている。わたし専用のデッキチェアに腰をおろすと、そばの小さなテーブルにお茶のカップがのっているのに気づいた。まだ片づけられていないのだ。手袋をはめていない手でカップにさわってみると、カップは冷えきっていた。少なくとも、ナウマンはここに長居をしていたわけではなさそうだ。海の冷たい空気にさらされるからには、熱いお茶が入っていたカップでも、早々に冷えきってしまうだろう。なので、ナウマンがどれぐらい前までここにいたのか、それを推測するのはむずかしい。また、彼がもどってくるかどうかもわからない。わたしとしては、今朝は男と話すのはもういいという気分だった。ナウマンは、ここにいたあいだに新鮮な空気をたっぷり堪能したと思いたい。

わたしのデッキチェアには、ドビンズが膝掛けをていねいにたたんで置いてくれていた。それを胸のあたりまで引きあげてくるまる。夜のうちに気温が下がり、いまは冷たい潮風が髪を乱しているが、そんなことはどうでもいい。ただひたすら海を眺める。波がうねる灰色の海と灰色の空との境目が判然としない。だが、細い水平線が厳然と双方を分けている。今日でなければ、こんな光景を嘆いたかもしれない――海と空があるだけで、ほかにはなにも見えない光景を。だが今日は、いまこのときは、この光景に心を惹かれた。焦点の合わない目を休ませるためには、この単調な景色がふさわしい。

レドヴァースを思うたびに目がうるんでしまう。これではいけない。あの厄介な男のことをむりやりに頭から追い出し、ヴァネッサ・フィッツシモンズの消えた夫のことを考える。

この目でマイルズ・ヴァン・デ・メートルを見たのでなければ、彼がじっさいに存在するかどうかわからなくて、ヴァネッサを信じきれず、かなり迷っただろう。ヴァネッサのメイドはマイルズに一度も会っていないし、ヴァネッサの船室のスチュワードはマイルズの存在を認めるのを拒否している――だのに、彼のトランクを見たという証言を取り消そうとはしない。思わず頭を振ってしまう。マイルズのトランクが消えてしまったこと、ヴァネッサの船室に何度も無言電話がかかってくること、そして、ヴァネッサの衣類がごっそりなくなっていたこと。この三つの出来事を合わせて考えると、誰かがヴァネッサ・フィッツシモンズに悪質なゲームを仕掛けているように思えてならない。それにしても、ランドリー伝票にヴァネッサ本人のサインがあったといったとき、彼女の反応は奇妙だった。わたしが彼女の話を信じていないと思ったから、ああいう反応をしたのだろうか。今日はぜひとも、彼女と話をしなければ。

レドヴァースはそれをいやがるかもしれないが、ヴァネッサが捜している男と、わたしたちが正体を突きとめようとしているスパイとが同一人物である可能性は、まるっきりゼロとはいえないのではないだろうか。マイルズに関してもっといろいろなことがわかり、彼がいまどこにいるのか判明しないかぎり、わたしは彼をスパイ容疑対象者のリストからはずす気はない。ふと、レドヴァースが事務室に行って、無線通信士のマッキンタイヤに新しいメッセージの有無を確認しているかどうかが気になった。だが、それはさておくことにして、なんとか意識を集中する。

ナウマンとブルーベイカーについて、ちょっと考えてみよう。少なくとも、昨夜のふたりはおかしかった。ナウマンはバンドリーダーになにやら話しかけていた。曲をリクエストしたのならば、さっさとラウンジを出ていったのは奇妙といえる。あのふたりが共謀している可能性は？ スパイはひとりではないのか？ レドヴァースときちんと話ができるなら、この疑問を突きつめたい。

顔に冷たい風が突きささり、目の奥が鈍くうずく。そういえば、今朝はコーヒーを飲みそこねた。それだけではなく、おなかがぐうっと鳴り、朝食もちゃんと食べていないことを思い出した。ため息をつき、体をひきはがすようにしてデッキチェアから立ちあがる。船内にもどり、写真室の前を通りかかったとき、昨日現像にだしたフィルムの焼き付けができているのではないかと思いついた。立ちどまって考えたあげく、写真室には寄らずに、まっすぐカフェに向かうことにした。いまはまだ、写真を見る気になれない。特にレドヴァースといっしょに写っている一枚は。それを思っただけで、裏切り者の涙腺がゆるんでくる。必死で涙を堪える。

通路の角を曲がると、ヴァネッサのメイドのレベッカの姿が見えた。呼びとめようと口を開いたが、なぜか声をかけるのがためらわれた。レベッカは通路を進み、奥の角を曲がった。一瞬待ってから、文句をいっている胃を無視して、彼女のあとを追った。角を曲がると、前方に茶色のウールのコートを着たレベッカの姿が見えた。足早に一等船客用のオープンデッキに向かっている。前にわたしを捜して一等船客用のオープンデッキに来たとき、レベッカが神経をとがらせておどおどしていたのを思い出した。それなのに、また一等のオープンデッキに行くつもりなのかと驚いた。オープンデッキに出ると、レベッカは大きな煙突の下で立ちどまり、周囲をすばやく見まわしてから、〈関係者以外立ち入り禁止〉と記された階段室のドアを開けた。わたしはゆっくりと歩を進め、彼女がドアの向こうに足を踏みいれるのを待った。

臆病そうなメイドがクルーの居住エリアでなにをするつもりなのだろう？　立ち入り禁止区域に足を踏みだすと、床は木ではなく金属だった。レベッカがまた角を曲がるのが見えた。ここは船客が入りこむのを見越して造られたエリアではない。全体は白く塗られているが、船客用の通路や階段室に見られるような美しい装飾はいっさいない。天井も壁も金属の床も白一色で、簡素そのものの造りだった。

角まで行って、そっと向こう側をのぞくと、レベッカはある船室のドアをノックしていた。ドアが開き、彼女は船室のなかに入った。レベッカを見守ることだけに集中していたため、誰かが背後から近づいてくるのにまったく気づかなかった。足音すら耳に入らなかったのだ。レベッカが入っていった船室に向かおうと、足を踏みだしたとたん、肘をつかまれた。

「マダム、このエリアにお入りになるのは禁じられていますよ」男の声はきびしく、愛想のかけらもなかった。

声の主を見ると、制服姿の上級船員だった。必要以上に力をこめてわたしの肘をつかんでいる。鋼のような声にぴったりマッチした冷たい褐色の目。胸のネームタグにはベンスンと記されている。

「まあ、ごめんなさい。友人を追ってきたんです。彼女に用があったもので、彼女しか目に入らなくて」わたしは邪気のないこと、迷子になってしまったことを伝えようとベストを尽くした。

船員はなにもいわなかったが、その目がわたしのいいわけなど信じていないと語っている。

「ここはクルーの居住エリアです。船客がお入りになることは許されていません」

船員はわたしの肘をつかんだまま、わたしが行きたかったのとは逆の方向に引っぱっていった。わたしはレベッカが入っていった船室にすばやく最後の一瞥(いちべつ)をくれると、ため息をついて、ベンスンに実力行使で立ち入り禁止区域から追い出されるのを甘受した。そのエリアを離れると、ベンスンは手を放したが、わたしが一等船客用のオープンデッキにもどるまで、黙ってうしろからついてきた。

あっさりとオープンデッキにもどったわたしは、うしろからついてくる船員をじろりとにらんだだけで、カフェに向かった。レベッカが誰の船室に入ったのか、それを確認できなかったのが不満だったが、ベンスンの態度から得るものはあった――レベッカが入った船室はおそらく、クルーの居室なのだろう。問題は、誰の居室なのかということだ。ヴァネッサとは関係のないことかもしれないが、レベッカが誰と会っているのかは、ぜひ知りたい。

カフェに入ると、午前のこんな時間のせいか、店内にはほとんど客がいなかったので、すぐにテーブルを確保することができた。熱いコーヒーを注文する。フィンガーサンドイッチの盛りあわせもたのむ。どちらも早々に運ばれてきた。まずは、皮を剝いたキュウリとチーズのサンドイッチを食べる。コーヒーをひとくち飲むと、温かさが骨にまでしみいった。カップ一杯のコーヒーでは、凍った心を解かすほどのぬくもりは得られないが、少し気分がよくなった。カップが空になると、ため息をついて受け皿にもどし、カフェを出た。一瞬、ぼんやりと通路に立ちどまってしまう。船室にはもどりたくない。まだレドヴァースと顔を合わせたくない。なので、写真室に行って、バンクスに会うことにした。

「お部屋に届けさせようかと思っていたところなんですよ」あいさつがわりに、バンクスはそういった。

「ちょっと忙しかったの」

バンクスの手には、写真の入った厚ぼったい封筒の束がある。封筒を選別している彼をじっと観察する。

「現像中に画像を拝見しましたが、写真家の目をお持ちですね」

朝から試練つづきだったから、バンクスの褒めことばはあたたかく身にしみた。写真を趣味にしようとは思ったことはなかったが、それをまじめに考えてもいいかもしれない。

「みなさんにそういっているんでしょ」

バンクスは鼻を鳴らした。「とんでもない」そういって一通の封筒をさしだした。

封筒を受けとり、それをカウンターに置く。バンクスはちょっとくびをかしげた。

「いまごらんにならないんですか？」

「楽しむ時間ができたら、そうするわ」それ以上、うまいいいわけを思いつけない。だが、写真を見ているうちに、裏切り者の涙腺がゆるみ、涙がこぼれてくるかもしれない。そんなところを他者に見られたくない。

「そんなにお忙しいんですか？」バンクスの皮肉な口調に、わたしは思わず目を細くせばめて彼をみつめてしまった。バンクスは降参というように、両手をあげた。「いえ、ちょっとお訊きしただけですよ」

ひとしきり彼をみつめたあと、わたしは封筒を手にして振ってみせた。

「どうもお世話さま」

このバンクスはスパイ容疑の対象者だ。これ以上会話を重ねて、不要なことを口走ったりしないほうがいい。

バンクスはうわのそらであいさつを口にしながら箱のなかの封筒を整理して、その箱をカウンターの下にしまいこんだ。

わたしは写真室を出ると、胸に抱えた封筒のことを考えないようにして、オープンデッキに向かった。

# 19

専用のデッキチェアにくずおれるようにすわる。写真の入った封筒をかたわらの小さなテーブルに置き、膝掛けで体をくるむ。今朝の出来事を考えていると、こちらにやってくるレドヴァースの姿が目の隅に入りこんできた。闘いを予想して、体がこわばる。膝掛けの下で、デッキチェアの肘掛けをしっかりつかむ。彼を見たら泣いてしまいそうなので、うまずたゆまず波がうねっている灰色の海から、目を離さなかった。彼が隣のデッキチェアにすわる気配が伝わってくる。そのまま、ふたりとも黙りこんでいた。緊張が高まっていく。わたしは自分が爆発してしまうのではないかと恐れた――口にしたとたんに後悔するようなことを、いってしまいそうで。

「説明したくてね」レドヴァースが先に口を開いた。

意外なことばに、わたしは気をくじかれ、あやまりにきたのではないのかと訊きかえしたくなった。彼のほうからあやまるのが当然だと思っていたのだが、それは口にせず、黙りこんでいた。彼のほうを見ずに、軽くうなずいて先をうながす。

レドヴァースは深く息を吸った。「わたしの兄は嘘つきだった。嘘ばかりついていた」

なんと。意外な話を耳にすることになった。眉根を寄せ、彼を見ないという決意も忘れた。

わずかに顔を横に向けると、少し前のわたしと同じように、レドヴァースは水平線をみつめていた。

「子どものころからそうだった。最初は他愛のない嘘だったけどね。花瓶を割った、玄関ドアを開けっぱなしにした――いつもわたしのせいにされた。兄のパーシヴァルがやったと、いくらわたしが抗弁しても、罰を受けるのはわたしだった」

わたしは怒りの声をあげそうになったが、レドヴァースはかまわずに話をつづけた。

「じっさいになにかをしたから罰せられたのではなく、嘘をついたと思われたからだ」レドヴァースは頭を振った。「成長するにしたがって、ますますひどいことになった。兄は誰も見ていないときを狙って、わたしの犬を蹴とばした。スリルを味わうために。地下室で火を燃したときは、家政婦がいちはやく気づいたおかげで、我が家は全焼しなくてすんだ」

「そういうことも全部、あなたのせいにされたの？」ほかにもまだいろいろな話があるのではないかと思ったが、レドヴァースがあえて黙っているのなら、それをほじくりだすつもりはない。とりあえず、いまのところは。

レドヴァースは肩をすくめた。「いくつかはね。全部ではなかったが。そのころには、抗弁してもむだだと学んでいた。母はパーシヴァルを溺愛していた。よくある話だ。母の目には、彼の悪い点はひとつも見えなかったんだ」

少年レドヴァースの胸中を思うと、怒りと心痛とで、わたしの心臓ははりさけそうだった。

「パーシヴァルのどんな嘘をも、母は信じた。兄はご婦人たちを魅了して支配する力があった」

「おとうさまはどうだったの?」

「父は家族に無関心だった。仕事ひとすじで……そう、政府の仕事をしていたのでね、それ以外のことには関心がなかったんだ」

わたしは体ごと向きなおり、レドヴァースの横顔をみつめた。「孤独な子どもだったのね」

たえず変化する海をみつめたまま、レドヴァースはまた肩をすくめた。さまざまな出来事を雄々しく受けとめようと努めているのだとわかるが、それでも、彼がいまだに過去の傷を引きずっているように思えてならない。

「わたしは犬を飼っていた。一日の大半をその犬といっしょに外ですごすか、そうでないときは図書室にいた」

「それで、なにがあったの?」

「家を出る時期がくると、わたしは犬も連れていった。ちなみに、犬はミスター・ジョーンズという名前だった。パーシヴァルはあいかわらずだったが、ついに、自分の非を認めざるをえないことをしでかした。所属していたクラブで、けんかをしたあげく、ウルジー卿の前歯をへし折ったんだ。父は兄に選択の余地はない、軍隊に入るしか道はないといった。兄はそうしたよ」レドヴァースは顔をしかめた。「軍隊に入り、しばらくはうまくやっていた。だが、戦争が始まると、パーシヴァルは部下たちや祖国に忠誠を捧げるより、ドイツに秘密情報を売るほうに多大な価値を見出したんだ」

思わず息をのんだ。レドヴァースはわたしに顔を向けた。悲しげな目だった。

「以前、きみに兄は部下たちに殺されたといったと思う。射殺されたんだ」

わたしはうなずいた。

「彼らは上官であるパーシヴァルがなにをしているか、そしてその罪を彼らにきせようとしていることを知った。なにしろパーシヴァルは天才的に嘘がうまい。軍事裁判にかけられても、弁舌巧みに嘘をつき、なんとかいいのがれてしまうだろう。部下たちはそれを恐れた」

「恐ろしい」レドヴァースの話のどの部分が恐ろしかったのか、自分でもよくわからない。正直なところ、パーシヴァルみずからが運命を引き寄せたように聞こえたからだろう。部下たちの独善的な正義を支持する気にはなれないが、気持は理解できる。ことに、相手が天才的な嘘つきで、何度もいいのがれて他者に罪をきせていたとすれば。

レドヴァースは口をつぐみ、しばらく海を見ていたが、またわたしのほうを向いた。

「天性の嘘つきといっしょに育ったせいで、わたしはつらい時期をすごした。そしていま、きみはそういう嘘つきにいいくるめられているように思える。何年ものあいだ、母がそうだったように。ヴァネッサ・フィッツシモンズはパーシヴァルと同じにおいがする。彼が嘘をでっちあげたときと同じにおいがするんだ」

わたしがヴァネッサの件に巻きこまれていることに対し、レドヴァースが怒りと抵抗を示した理由が、いきなりすとんと腑に落ちた。そして、彼がなぜ家族のことをめったに話そうとしなかったのかも理解できた――ファミリーネームを使いたがらないことも。〝ディブル〟という姓には、それにつきまとういやな記憶しかないからだろう。

レドヴァースの話はそこで終わったわけではなかった。

「だが、わたしはきみを信頼すべきだった。きみの直感は、わたしの母のそれよりも、ずっと優れていることを信じるべきだった。たとえヴァネッサが嘘をついているにしても、そのせいで、きみの心がこわれて、そのあげくに死んでしまうことはないと思う」

「おかあさまはそうだったの？」

レドヴァースは少しだけ顎を引いた。わたしは手をのばし、彼の手をぎゅっと握りしめた。

「お気の毒に」

「わたしもそう思うよ」静かな声で、レドヴァースはそういった。

いまこそわたしも説明しなければならない。「あなたに信じてもらえていないとわかったとき」のろのろと話しだす。「グラントと結婚していたときと同じだと思ったの」

わたしがそういうと、レドヴァースは声に出しては訊きかえさなかったが、重ねた手を開いて指をからめてきた。黒っぽい目がどういう意味かと訊いている。

「グラントはとても外面(そとづら)がよかった。だから、家のなかでは……そのう……あんなことをしていると……わたしがいっても、誰にも信じてもらえないと思った」結婚していたとき、わたしが夫に身体的精神的暴力を受けていたことは、前にレドヴァースに打ち明けている。

レドヴァースは握った手に力をこめてつぶやいた。「そうか」

「だから、ヴァネッサが自分の身に起こっていることを訴えても、誰にも信じてもらえないようすを見て……どうしても放っておけなかった。それに、わたしは彼女の夫をこの目で見たし。

だのに、ヴァネッサの訴えがまじめに受けとられていないのを見ると、わたしは自分もまた、誰にも信じてもらえないとあきらめていたころのことを思い出して……」わたしは頭を振り、あらためてレドヴァースのお兄さんのことと、亡夫グラントのことを考えた。「あなたとわたしには、人好きのする嘘つきにふりまわされたという共通点があるわね」

「これまでそういうふうに考えたことはなかったけれど、確かにきみのいうとおりだな」

わたしたちは指をからめて手を握りあったまま、しばらく沈黙した。

レドヴァースがまたわたしの手をぎゅっと握った。「きみの直感を信じると約束するよ、ジェーン」

「まちがっているかもしれなくても？」

「そういう疑問が出てきたときには、ふたりでよく話しあえばいい」

わたしはこっくりとうなずき、深く息を吸った。「そうね、いまは時間がないし」いまこそ、わたしが得た情報をすべてレドヴァースに話せる。同時に、それを聞いた彼が、たったいま約束したことを態度で示してくれるかどうかもわかる。なので、ヴァネッサの船室づきのスチュワードが目撃したことと、ヴァネッサのメイドのレベッカがわざわざこのオープンデッキまで来て、わたしに語ったことのあいだの矛盾点について、レドヴァースに話した。

「それをきみに話すために、メイドはきみを捜してここまで来た？」レドヴァースは眉根を寄せて考えこんだ。

「そう。で、スチュワードのほうは、ヴァネッサの夫を見たかどうか、証言するのを拒んだん

そうか、レドヴァースはエジプトのカイロ近郊での、そしてイギリスの田舎での、わたしした
んじゃないかな。たとえ短いあいだでも、ともに同じ時間をすごしたのならば」
レドヴァースは顔をこちらに向けて、わたしの目を正面からみつめた。「それはひとによる
い絆を結べると思う?」
まま、早急に結婚してしまったせいじゃないかしらね。出会ってから数週間で、どうやって強
とは思わない。ああいう態度をとるのは、ふたりが時間をかけてたがいを知り合うことがない
いるのは、まさにその点だろう。少なくとも、いくぶんかは。「でも、彼女が嘘をついている
その気持を抑えこんでいるときもある」レドヴァースがヴァネッサのひととなりをあやぶんで
「わかりにくいひとなのは認めるわ。夫が急にいなくなって、心底動転しているときもあれば、
から。
ここは慎重にことばを選ばなければ、レドヴァースのお兄さんのことを聞いたばかりなのだ
レドヴァースは静かにいった。「きみはヴァネッサをどう見ているんだい?」
関係者以外立ち入り禁止のクルー・エリアにレベッカが入っていったことを。そして、
わたしは残りの情報も話した——ヴァネッサの消えた衣服のこと、無言電話のこと、そして、
「ええ」
としか考えられないな」
「彼はマイルズ・ヴァン・デ・メートルを見たが、それをいわないように金をもらった。そう
ですって——トランクを見たことは認めたのに」

ちふたりの生命を賭した危険な追走のことをいっているのだ。ちょっと喉が詰まったが、咳ばらいして先をつづける。この感情はあとで分析すればいい。もっとあとで。いまはさまざまな感情が入り乱れていて、それを解きほぐすには時間が必要なのだ。

「それはそうだと思う。でも、彼女はいま、その事実を突きつけられているのよ。思いもしない出来事に困惑し悩んでいるけど、それを態度に出したくないだけじゃないかしらね」わたしはちょっとくびをかしげた。「彼女は、トラブルに見舞われたからといって、ヒステリックになる性質（たち）の女性ではないと思う。でも、彼女のサインがあるランドリー伝票のことでは、反応がおかしかった。衣服をクリーニングに出したと、なぜもっと早くいわなかったのかということと思い合わせても。だって、彼女の服がほとんど消え失せているのをわたしが知ったのは、彼女にたのまれて、部屋のなかを調べていたときだったのよ。だのに、クリーニングに出したとはひとこともいわなかった」

レドヴァースはうなずいた。「おかしな事件がつづいているようだな」

まったくそのとおり。

「陸（おか）からの最新のメッセージでわかったのは、その件のおかしな点を補強する内容だった」

レドヴァースが息を継ぐのも待てない気分だ。「なんて内容？」

わたしの性急な問いかけに、レドヴァースはちょっと笑みを見せたが、すぐにまじめな表情にもどった。「ヴァネッサの夫だという男のことは、いくら調べてもなにもわからなかったんだ」

ふっと息を吐く。なにも判明しなかったという結果ではなく、もっとすごい情報を期待していたのに。

「調査はまだ続行中？」

「もちろん。彼らに調査範囲を広げるように指示した」

レドヴァースがいつも口にする〝彼ら〟というのは、わたしには影のような存在でしかない。いったいどういう人々なのか、さっぱりわからないが、尋ねないほうがいいのはわかっている。

「きっとなにかみつかるわよ。だって、わたしはその男を見たんですもの。レベッカがなんといおうと、彼が実在しているのはまちがいないわ」

わたしは思いきって、写真室に侵入したことと、顔を隠しているマイルズ・ヴァン・デ・メートルのスナップ写真をみつけたことを白状した。わたしの夜間の冒険談を聞いても、レドヴァースはまったく動じなかった。

「きみのいうとおりだな。新婚の花婿が、花嫁といっしょの写真を撮られるさいに顔を隠すとはじつに妙だ。最初(はな)から、写真を撮られることを想定して、用心していたのかもしれない」レドヴァースはわたしの手をまたぎゅっと握りしめた。「マイルズも容疑者リストに追加しておくべきだという、きみの意見は当を得ている。ナウマンとブルーベイカーをリストからはずすためには、まだ捜査をする必要があるが、写真に撮られるのをいやがって顔を隠し、その後、船上で行方をくらました男は容疑対象者になる」

「でも、どこにいるのかわからないのに、どうやって彼のことを調べればいいの？」我ながら愚痴っぽい口調だ。「船長はもとより船員たちも協力的だとは思えない。ほんとうに船内を捜しているのかどうか、疑わしいぐらい」

「それもまた妙な点のひとつだ。船長というのは、船客とクルーの全員に対して責任を負う立場にある。船長が陣頭指揮をとって、船内をくまなく捜索するのがふつうなのだが」

行方の知れない船客に関して、ビセット船長はまったく関心をもっていない。レドヴァースがその点に言及してくれて、わたしはほっとした。「それじゃ、異常といえるのね？」

レドヴァースはうなずいた。「ビセット船長は積極的に動こうとしていない。それは船長としてあるまじき態度といえる」

「船長のこと、なにかわかってる？」

「わたしがなんでもわかっていると思うのはなぜかな？」

あきれ顔をしてやる。「宿題はちゃんとやるひとでしょ」

レドヴァースのくちびるがかすかにほころんだ。わたしたちの仲が元にもどりつつあることに安堵して、わたしのくちびるもほころんだ。今度はわたしが握っている手に力をこめると、お返しに、レドヴァースの手にもちょっとだけ力がこもった。

「戦時中、ビセットはこれよりも小さな船の船長だった。運悪く親指を負傷し、治療のために船を下りて数日間陸にとどまっていなければならなかった。そしてそのあいだに、彼の船はUボートに攻撃されて、クルーともども沈没してしまったんだ」

「なんてこと」

「自分も船や部下たちと運命をともにしなかったことで、さぞ強い罪悪感を覚えただろうね」

なるほど。それで彼がなぜあれほどぶっきらぼうな態度をとるのか、説明がつく。船長というのは、船全体の責任を負うだけではなく、裕福な船客たちを愛想よくもてなすことも仕事のひとつなのだ。少なくとも、ある程度は。しかし、ビセット船長は接客を気持よくこなしているようには見えない。戦時中に部下のクルーを全員失ったからだろうか。そういう経験をすると、周囲の人間とは距離をおきたくなるものだろう。とはいえ、戦時中に悲劇を体験したことが、ヴァネッサの消えた夫の捜索に消極的だという説明になるとは思えない。

そのとき、シェルブール港で垣間見た光景が頭に浮かんだ。封筒から写真の束を出し、ぱらぱらとめくる。

「どうしたんだい？」レドヴァースの目がきらっと光った。

捜していた写真をみつけ、それを彼に渡す。「見て」

「いつ撮ったものだね？」

「シェルブールに寄港したとき。船長が埠頭にいるひとから封筒を受けとるなんて、おかしくない？　第一、船長が埠頭に下りて、積み荷が船内に運びこまれるのをみずから監督するのもおかしいと思う。そんなこと、上級船員の誰かに任せればいいことでしょ」

レドヴァースは写真をじっくりとみつめた。「まったく異例のことだな」手のひらに写真を打ちつけながら目をあげる。「これが船内を捜索させたくない理由かもしれない」

どういう意味だろうか。わたしはくびをかしげた。

「積み荷の数が多すぎる」レドヴァースはまた写真に目を向けた。「それに、封筒が相当に分厚い」

そのとおり。「写真を撮ったときに、わたしもそう思った。それに、シェルブールでの乗船客はそれほど多くはなかったわ」

「トランクや箱に入っているのは、衣類や生活用品だけだろうか？」

あ、もしかすると。「密輸品？」

レドヴァースは肩をすくめた。「この船の行き先では、酒類は大いに歓迎される。そういう品が積みこまれるのを、ビセットは黙認しているのかもしれない」

それなら、分厚い封筒の説明がつく――たぶん、封筒の中身は金だろう。そして、かぎられた場所以外、船客には船内をうろついてほしくないというのも、船長の意向だろう。

レドヴァースは写真を封筒に入れ、その封筒を上着の内ポケットにしまった。

わたしは片方の眉をつりあげた。「まだ全部見ていないのよ」

レドヴァースはにやりと笑った。「あとで返すよ。だが、それまでは安全な場所に納めておくほうがいい。わたしたちには、いつこれが必要になるかわからないからね」

〝わたしたちには〟ということばの響きが耳に快い。

「それで、ミセス・フィッツシモンズの件でのわたしたちの次の予定は？」

レドヴァースにそう訊かれ、一瞬、息が詰まった。今度は〝わたしたちの〟ときた。事態はどんどん好転している。「じゃ、手伝ってくれるの？」

ハンサムな顔が大きくほころんだ。片頰にえくぼ。わたしの心臓はひとつ鼓動を飛ばした。

「もちろん」レドヴァースは請け合った。

レドヴァースとのチームが復活した。安堵のあまり、感きわまってしまいそうだ。感動が血管のなかを駆けめぐり、手足の先にまで届く。この先、わたしたちにどんなことが起こるかわからないし、残りの航海のあいだ、レドヴァースがどこで夜をすごすかもわからないが、少なくとも、わたしたちの歩調はそろった。それこそがいちばんたいせつなことだ。

さらに相談を重ねて、わたしたちは役割を分担し、調べを続行することにした。レドヴァースはヴァネッサの船室づきのスチュワードをつかまえて、率直な返答を引き出す――レドヴァースならドビンズよりもうまく追及するだろう。その点はまちがいない。それからビセット船長と話をする。船長の態度や口ぶりを観察して、船員たちがじっさいにマイルズの捜索をしているのかどうかを探りだそうというのだ。だが、この問題では、レドヴァースといえども、あまり成果は期待できないかもしれない。

わたしはヴァネッサと話をして、ランドリー伝票の件でなぜおかしな反応をしたのか、問いただしてみる。そして、結婚する前にはマイルズがどんな暮らしをしていたのか、ヴァネッサが知っていることを話してもらう。うまくいけば、彼がどこの出身なのか、探りだす手がかりが得られるかもしれない。その一方で、ヴァネッサのメイドであるレベッカが、クルー・エリアにいる誰に会いにいったのかを調べてみるつもりだ。ヴァネッサの身に起こっている一連の事件とは、まったく関係がないかもしれないが、レベッカの行動は、わたしに疑心を植えつけたのだ。

レドヴァースとわたしは、ヴァネッサとマイルズの一件を追うだけではなく、本来の任務をおろそかにしないことも確認しあった。昨夜、ブルーベイカーとナウマンがどんな会話をかわしたのか、それを探りだす必要があるし、どちらがドイツ政府のスパイなのかを特定する必要があるのだ。レドヴァースは再度、ふたりの船室を調べてみるといった。今回も、手伝ってくれとはいわれなかったが、わたしは文句をいったりはしなかった。

それにしても、マイルズ・ヴァン・デ・メートルをどうやって捜せばいいのだろう。船はシエルブールに寄港した。それでもなお、彼はこの船のなかにいるのだろうか？

# 20

心身ともに百ポンドは軽くなった気分で、ヴァネッサを捜そうと、船の公共エリアを見てまわる。レドヴァースとはキスをして別れた。ふわふわした心もちで、なにがあろうと地に足がつきそうにない。

が、それはまちがっていた。

ヴァネッサはカフェにもラウンジにもいなかったので、彼女の船室に向かう。彼女のことだから、船室にこもっているのがいやで外に出ているはずだが、ジムやトルコ式蒸し風呂を見てみる前に、とりあえず彼女の船室に行ってみようと思ったのだ。

ヴァネッサは船室の前の通路にいた。ヒステリックに取り乱している。どういうことなのか、判断できない。いろいろと異様な出来事がつづいているなかで、ヴァネッサがこれほど取り乱している姿は初めて見た。男がふたりがかりで彼女をなだめようと躍起になっている。ひとりはドクター・モンゴメリーだ。もうひとりは一等航海士。誰あろう、あのベンスンだった。数時間前に、わたしをクルーの居住エリアから手荒なほど容赦なく追い出した、あの男だ。彼がいるということは、ヴァネッサにとっても、わたしにとっても、いい徴候とはいえない。

「だけど、ここはわたしの船室なのよ。誓ってもいい。キーが合わないけど、わたしの船室にまちがいないわ。乗船してからずっと、この船室を使っているのよ」ヴァネッサの声が詰まり、頰を涙がつたう。

わたしはヴァネッサに近づき、彼女の腕に手をおいた。ヴァネッサはその場にくずおれそうなほど安心した表情になった。

「ああ、ジェーン」泣き声でわたしの名を呼ぶ。

男たちはすばやくわたしを一瞥（いちべつ）してから、またヴァネッサに視線をもどした。

「ミセス・フィッツシモンズ、こんなところではなんですから、とにかく船室のなかに入りましょう」ドクター・モンゴメリーが低い声で、なだめるようにいった。

ヴァネッサはさらにヒステリックになった。「だって、キーが合わないのよ！　だからあなたたちに来てもらったんじゃないの！」手にしたキーを剣のように振りまわしている。

ドクターが手をのばして、おだやかに彼女からキーを取りあげた。それを手のなかでころがしてから顔に近づけ、しげしげとみつめた。軽く頭を振ると、隣の船室の前まで歩いていき、キーを鍵穴にさしこんだ。キーはあっさりと回った。ドクターはドアを押し開けた。

「鍵が開きましたよ。さあ、なかに入りましょう」

ヴァネッサは驚きの目でふたつの船室を交互に眺めた。涙が止まる。わたしも驚いた――前に訪ねたとき、ドアに記されていたルームナンバーは、C41だった――それはまちがいない。

ヴァネッサはすがるような目でわたしを見た。

「ええ、あちらはあなたが使っていた船室ではないわ」わたしはドクターがドアを開けた船室を指さしながら、低い声でいった。「でも、とにかくなかを見てみましょう」

ヴァネッサは頭を振りながらわたしについてきた――C43の船室に。男ふたりはすでになかに入っている。船室に入ったとたん、ヴァネッサの身のまわりの品々があるのがわかった。隣のC41の船室で見たときと同じように。だが、こちらの船室はイメージがちがう――家具がどれも壁ぎわに引っこめて置いてある。

「わたし、頭がおかしくなったのかしら?」背後で、ヴァネッサがつぶやいた。

わたしはくびを横に振ったが、口に出してはなにもいわなかった。あまりにも奇妙で、信じがたい。寝室をのぞいてみたが、前に見たのと同じ品々があった。ヴァネッサの私物だが、その置きかたが前の寝室とはかなり異なっている。クロゼットを開けてみる。ポールの片端に衣類がほんの数点、固まって掛かっている。彼女の衣服はまだランドリー室からもどってきていないのだ。そのため、誰が船室交換をしたにせよ、大いに手間がはぶけただろう。というか、手間をはぶくために、まず最初に、多量の衣服をクリーニングに出したのではないだろうか。

居間にもどると、男ふたりは肘掛け椅子にすわり、ベンスンがヴァネッサにソファに腰をおろすように手まねで勧めていた。ヴァネッサは両手をもみしぼり、しぶしぶ彼の指示に従おうとしていたが、わたしは彼女を押しとどめた。ベンスンはいらだちをあらわにしたが、わたしはそれを無視してヴァネッサの前に立ち、背中を盾にして彼の視線をさえぎった。

「今日はどこにいたの?　船室を出たのは今朝の何時ごろだった?」声を低く抑えて訊く。男たちに聞こえないといいのだが。

ヴァネッサは両手をのばしてわたしの片手をつかんだ。うるんだ目は赤くて悲しげだが、涙はこぼれていない。「あなたはわたしを信じてくれるの?」

わたしはうなずいた。

ヴァネッサは安堵の吐息をもらしたが、わたしの手を放そうとはしなかった。「朝食のあと、プールで少し泳いだわ。コースを何度か往復した」そこでちょっと考えこんでからあとをつづけた。「それからトルコ式蒸し風呂で二、三時間すごして、リラックスした」また目がうるんできた。「船室にもどったら、キーが回らなかったの」

男たちのどちらかが咳ばらいしたが、わたしは軽く頭を振って無視した。

「プールでは私物はどうしたの? 蒸し風呂では?」

「係員が保管していたはずよ」

なるほど。わたしはヴァネッサに男たちのほうを示してうなずいてみせ、同席をうながした。そしてふたり並んで小型のソファに腰をおろした。

さっそくベンスンが話しはじめる。「ミス・フィッツシモンズ」

「ミセス・フィッツシモンズです」ヴァネッサが訂正する。

わたしは彼女の手をぎゅっと握って励ました。

ベンスンはヴァネッサの声が聞こえなかったかのように、平然と話をつづけた。「ミス・フィッツシモンズ、どんなものでしょうね。あなたのお荷物は、ここに、この船室にあるようですが」雑然と散らばっているヴァネッサの私物を手で示す。

「混乱して、ルームナンバーをまちがえたようですね。安静にして休息なさったほうがよろしいのでは。ドクターが喜んでその手助けをしてくれますよ」

ベンスンはドクターに意味ありげな視線を向けた。わたしはかちんときた。

「あのね」口をはさもうとしたとたんに、すばやくさえぎられてしまう。

「あなたにお訊きしているのではありません」ベンスンは目を細くせばめてわたしをみつめた。「それに、今朝、あなたがどこにいたか、忘れてはいませんよ。船客立ち入り禁止エリアに入りこんでおられた――いまは、その件を船長に報告すべきではないかと思えてきましたよ」

「なんの話なの、ジェーン？」ヴァネッサはまた動揺した。「ミセス・ヴンダリーは、わたしがC41の船室にいたのをちゃんと見ているのよ。そこにわたしの荷物があったのも。誰かがそれをこっちに移したんだわ」

ヴァネッサに同調し、わたしは力をこめてうなずいたが、口はつぐんでおいた。あのときはすでに写真機を借りていたのに、ヴァネッサの前の船室を写真に撮っておかなかった自分を、内心でののしる。少なくとも、写真がなんらかの証拠になっただろうに。

ヴァネッサとわたしがふたりして作り話をしているとでも思っているのか、男ふたりは嘆かわしいという目でこちらを見ている。あるいは、ヴァネッサとわたしを妄想の世界の住人だとでもみなしているのか。

「どうもありえない話のように思えますよ、ミセス・フィッツシモンズ」ドクター・モンゴメリーは礼儀正しく、ヴァネッサにきちんと〝ミセス〟と呼びかけた。ベンスンは彼女が結婚していることを頭っから信じていないようだが。

「わたしはベンスン一等航海士のいうとおりだと考えています。あなたには休息が必要ですよ」そういって、足もとに置いてある黒い小型の鞄に手をのばし、小さな薬包を取りだした。

少なくとも、それが剣呑な薬ではなく、ヴェロナールのような睡眠薬だといいのだが。

ドクターは浴室に行って、じきに半透明に曇ったグラスを持ってもどってきた。水に薬を溶かしてあるようだ。グラスの中身を小さなスプーンでかきまぜる。わたしはヴァネッサを見て、くびを横に振った。「あんなものは必要ないわ」

ドクターはわたしたちの前に立った。「ええ、必要ありませんね、ミセス・フィッツシモンズ。ですが、これをお飲みになることをお勧めしますよ。気分がよくなります」

ドクターは長いあいだに培ったとおぼしい口調でいった。聞く者に従わなければという気にさせる口調だ。

ほんのつかのま、ヴァネッサはためらったが、のろのろと手をのばしてグラスを受けとった。そしてわたしに、うっすらと寂しげな笑みを見せた。「ずっとよく眠れないの。確かに、ちゃんと休んだほうがいいでしょうね」

気持がくじけたような声音が気に入らなかった。おかげで、わたしの背筋は鋼のごとくしゃんとのびた。

「彼女がベッドに入るのを手伝います」男ふたりに強い口調でいう。「そのあと、お話は外でできますわね？」いちおう相手の意向を尋ねるいいかたをしたが、抗弁を受けつける気はない。

とはいえ、男たちがわたしの意を汲んだ行動をとるかどうかまではわからなかった。だが、ドクター・モンゴメリーはうなずき、ベンスンをうながして出ていった。わたしは寝室に向かうヴァネッサについていった。彼女は着替えもせずに、服を着たままベッドに横になった。血走った目はまぶたに閉ざされたが、低いつぶやきが聞こえた。

「ごめんなさい」

ヴァネッサがなにをあやまっているのかわからなかったが、あやまるべきは通路にいる男たちのほうだと思う。

通路に出ると、ベンスン一等航海士がすぐさま話しかけてきた。「あなたの〝ご友人〟は病気ですよ、ミス」

「ミセスです」わたしはわきに垂らした両手をこぶしに握り、ぶっきらぼうに訂正した。内心では、ベンスンが待ってましたとばかりに話しかけてきたのに驚き、彼に先手をとらせたことを悔いた。

ベンスンは恐縮したようすも見せない。「では、ミセス」そういって肩をすくめ、話をつづけた。「二、三日、船室にこもって休んでいるのがいちばんだと思いますよ。ほかのお客さまのご迷惑になるといけないので、ドクターに彼女のめんどうを見てもらうことにします」ベンスンがそういうと、ドクターは小さくうなずいた。

「彼女の話は嘘じゃないわ。わたしは彼女と隣の船室で会ったし、彼女の持ち物もそこにあったのよ」

男たちは目を見交わした。「あなたもルームナンバーを混同しているんじゃありませんか。ミス・フィッツシモンズの船室は、C43のスイートにまちがいないんですから。あなたも少しお休みになったほうがよろしいかと思いますよ、マダム」ベンスンの顔が意地の悪い薄笑いでゆがんだ。「ドクターの鞄には、薬がたっぷり入っているはずです」

いまこのときほど、図体の大きなふたりの男に物理的な暴力で対抗したいと思ったことはない。だが、わたしが抵抗すればするほど、否応なく薬を盛られてベッドに追いこまれる羽目に陥るだろう。冗談ではない。わたしはひきつった笑みを見せて、その場を去った。

これで終わったわけではない。とんでもない。

# 21

自分の船室にもどったころには、怒りもほぼおさまっていた。なかに入ってドアを閉めてから、狭い船室のなかをうろうろと歩きまわり、レドヴァースを待った。なにか手を打つべきだ。ヴァネッサが精神のバランスを崩しているわけではないことを、誰かに信じてもらわなければ。なぜなら、彼女の精神がおかしくなっていると見せかけたくて、何者かが巧妙に手を尽くしているからだ。

レドヴァースがどんな情報を得たのか、もちろん、それも知りたいが、いまはヴァネッサの安全を確保したい思いで頭がいっぱいだった。

永遠とも思えるほど時間がたったころ、ドアのキーが回る音がした。わたしは立ちどまり、レドヴァースが入ってくるのを見ると、またささやかな円を描いて歩きだした。「もどってくれてうれしいわ」

レドヴァースはなかに足を踏みいれると、わたしの動きを目で追いながら、静かに閉めたドアに寄りかかった。「どうやらミセス・フィッツシモンズとのおしゃべりは楽しくなかったようだね」

レドヴァースの指摘にとまどうことなく、わたしは立ちどまって、通路でいいあらそっていたヴァネッサと、ドクター・モンゴメリー、それにベンスン一等航海士の話から始めた。

レドヴァースは眉をひそめて歩を進め、わたしの腕をつかんで肘掛け椅子まで誘導した。わたしはため息をついて椅子に腰をおろした。レドヴァースに話を聞いてもらえると思うと、怒りが再燃して血が煮えくりかえり、強い懸念以外にはなにも感じられなくなった。

「もう一度、話してくれ」レドヴァースはテーブルの椅子を持ってくると、わたしの正面に据えて腰をおろした。膝に肘をつき、上体をのりだす。

わたしはもう一度、すべてを語った。今度は前よりもゆっくり話せた。「あの場に長居していたら、わたしも薬を盛られてベッドに追いこまれる気がした」とんでもないとばかりに頭を振る。「気のせいとはいえないわ。あれは明らかに脅迫よ」

レドヴァースは上体を起こした。見るからに不快そうだ。「気に入らないね」

「どの部分が？」

「どこもかしこも。きみはヴァネッサの素性や経歴を知っているのかい？　精神的な問題のある気質だとか？」

顔がゆがむ。彼はまたわたしの判断を疑っているのだろうか。その問題は片がついたと思っていたのに。わたしが口を開こうとすると、レドヴァースは片手をあげて制した。

「いや、わたしの気が変わったわけじゃないよ。彼女が精神に異常をきたしていると考えているわけでもない。いまのところは、まだ。だが、彼女には、そういう気質があるのかもしれないと思っただけだ」

肩の力がぬけた。こくりとうなずく。「そういうことはなにも知らないけど、彼女にそれとなく訊いてみる」顔をしかめる。「彼女が目覚めたら、ね。ドクターがどれぐらいの量の睡眠薬を投与したのか、わからないのよ」

わたしの気持を反映したかのように、レドヴァースの顔にいらだちの表情が浮かぶ。

「ところで、わたしから報告できることは、これといってないんだ。ヴァネッサの船室づきのスチュワードが誰かは突きとめて会ったんだが、質問の内容がわかったとたん、ひとこともいわずに、ふいに踵(きびす)を返して逃げてしまった。情報と交換に金を渡すという暇もなかったよ」頭を振る。「それに、船長は多用だとか。わたしを避けているとしか思えない」

「そう聞いても驚かないけど」

「だが、船長だとて、そうそうわたしを避けてばかりはいられない。ドビンズにたのんで、今夜、船長のテーブルでディナーをとる予約を入れた」

「わたしたちの顔を見て喜ぶとは思えないわね」レドヴァースに笑みを向ける。「でも、おみごとというところね。船長は逃げるに逃げられない聞き手になるしかないわ」

一瞬、ふたりとも黙りこんだあと、レドヴァースが口を開いた。「当然ながら、わたしたちの本来の任務を失念してはいけない」

まったくそのとおり。ヴァネッサの一件や、船員のひとりに脅迫された件もさることながら、わたしたちにはなすべき任務があるのだ。

「明日はオープンデッキに行って、ナウマンがいるかどうか確認するわね」

レドヴァースはうなずいた。「もし彼がそこにいるなら、そのあいだに彼の船室をのぞいてみよう。ブルーベイカーのほうは、バンドの指揮にかかりきりになる夜まで、待つしかないんだが」目がいたずらっぽくきらめく。「そのあいだ、きみはナウマンとダンスをすればいい。爪先をいやというほど何度も踏んづけてやれば、彼も心が折れて、なんでもしゃべってくれるかもしれないな」

わたしは舌を突きだしてやった。彼の反応ときたら、のけぞって大笑いに笑っただけだ。

ディナーまではまだ数時間あるので、わたしは船内の公共の場をぶらぶら歩いてみた。だが、ナウマンの姿はどこにもなかった。ついでにヴァネッサの船室まで行く。ドアをノックしても応答はない――眠っているのだろう。

欲求不満を抱えながら、各層のデッキをうろついているうちに、ディナーの身仕度をするべき時間がきてしまった。話をするべき相手あるいは話をしたい相手、どちらにしろ、誰にも会えないままだったが、ベンスン一等航海士には会わないように気をつけた。少なくとも積極的に顔を合わせる気はなかった。さんざん歩きまわったおかげで、けっこうな運動になった――思考を整理するにも欲求不満の解消にも有益で、心身ともに生き返った気分だ。

船長のテーブルでディナーというのは特別なので、いつもよりさらに装いに気を配る。レドヴァースはすっきりした仕立ての黒いタキシード、わたしはタイトな濃紺のシルクのドレス。背中はハイカットで、大きくくってあるネックラインはレースでおおわれている。いつもより大胆な装いだが、レドヴァースの目のきらめきと熱いキスのおかげで、自分が装いに負けていないとわかった。

一等船客用のダイニングルームに行くと、船長のテーブルにはまだ誰もいなくて、わたしたちが最初のゲストだった。レドヴァースはわたしたちのネームカードを、すばやく船長席の隣のネームカードと入れ替えた。

「今夜はどんな船客と同席しても好き嫌いはいえないよ」レドヴァースはそうささやくと、ネームカードを入れ替えた席にわたしを誘った。

誰と同席することになるのかと尋ねる間（ま）もないうちに、轟（とどろ）くような声が降ってきた。

「あらまあ！　ヴンダリーご夫妻じゃありませんか！　今夜はディナーをごいっしょできるなんて、うれしいかぎりですよ」エロイーズ・バウマンがマーグリットと義弟をしたがえて、のしのしと近づいてきた。わたしは反射的に顔をおおい呻き声をあげそうになったが、必死で歯をくいしばり、避けられない運命を甘受することにして、にこやかに同席者を迎えた。

「ビセット船長に話をするどころではないわね」レドヴァースにささやく。

レドヴァースはやれやれというように頭を振り、わたしの横の席にすわった。

エロイーズは席の配置を見まわした。「おかしいわねえ。船長の隣の席にしてとたのんでおいたのに。そんな注文すら、ちゃんと伝わらないんだから」

つい、息を詰めてしまったが、エロイーズはわたしに席を替われともいわずに、自分のネームカードのある席についた。

「今日びでは、優秀なスタッフを獲得するのは、ほんと、むずかしいものですよね。妹にはいつもそういってるんです。そうよね、マーグリット？」

マーグリットは返事をする気もないようだが、夫のダグラス・グールドは目玉をくるっと回し、近くにいた給仕を手まねで呼んだ。ダグラスは手にグラスを持っているが、それはもう空で、お代わりがほしいのだろう。いまごろ気づくなんて――今夜は観察眼が鈍っている。わたしにも早々に酒が必要なようだ。

エロイーズが私見を開陳しようとした、ちょうどそのとき、ビセット船長がやってきた。

「遅くなって申しわけありません。どうしても中座できない用がありましたもので」

一昨日のぶっきらぼうな態度は影をひそめていて、いかにも船長らしい声音と口調だった。船長は立ったまま、テーブルを囲む船客を見まわした。わたしに気づいたときには、彼の目がかすかに細くとがった。

「今宵はわたしのテーブルにおいでいただき、ありがとうございます。みなさん、おたがいにお顔を知っておいでですね。ディブルご夫妻はまぎわになってのご参加でしたが」

エロイーズが大きな声で笑った。「ディブルご夫妻って、誰のことです？　おかしな名前だわね。ビセット船長、まちがってますよ。こちらはヴンダリーご夫妻。ディブルじゃなくて、ヴンダリーですよ」

エロイーズは小さな子どもにいいきかせるように、わたしの姓をゆっくりと声高に口にした。船長の顔を見たわたしは、吹きださないようにするのがやっとだった。

船長はレドヴァースを見て、それからわたしに視線を移した。自分の発言は正しいと、わたしたちに肯定してもらえるものと思いこんでいるのは明らかだ。だが、レドヴァースもわたしも礼儀正しく微笑しただけで、説明する気のないことを無言で示した。わたしは船長の無礼をなじったりせずに口をつぐんでいたが、レドヴァースはいかにもおもしろがっているかのような顔をしていた。

船長はこほんと咳ばらいした。「失礼しました。誤解していたようです」どちらかといえば、わたしにではなく、レドヴァースにあやまっている。レドヴァースは軽く肩をすくめた。

本来、レドヴァースはよくよく必要な場合でなければ自分の姓を使わないし、これまでのところ、船内では、〝ヴンダリー夫妻〟で通している。船長はいったいどこで〝ディブル〟という名前を見たのだろう？　ディナーの前に旅客名簿を調べたのだろうか？　そこにレドヴァースの本名が記されていた？　まさか。そのへんの事情は、あとで彼に訊いてみなくては。

船長が席につくと、エロイーズは自分のように目の肥えた女性客には、船上での娯楽はものたりないと、長々と一席ぶちはじめた。とはいえ、船客が参加できる催し物はたくさんあるし、室内プールやジムなどの運動施設から蔵書の豊富な図書室にいたるまで、娯楽設備はととのっている。だが、エロイーズは満足できないらしく、その不満を船長に訴えたいようだ。それも、微に入り細をうがって。彼女以外の者は静かに食事をしていた。

「彼女の気をそらしてくれないか。船長に話しかける機会をつかむために」レドヴァースがそっと耳打ちした。

「ねえ、そこでなにを話しているの？　ほらほら、みんなにも聞かせてちょうだい」エロイーズの声が飛んできた。

とっさに思いついたことを口にする。「ご自宅ではどういうことを楽しんでいらっしゃるのかなと、夫と話していたんですよ、エロイーズ。なにかご趣味をおもちでしょう？」

エロイーズは満面に笑みをたたえ、わたしに目を据えると、彼女がいそしんでいる慈善活動について滔々（とうとう）とまくしたてはじめた。編み物が得意で、大量の靴下やミトンを編んでは貧しい人々に贈っているらしい。

「配色はどうでもいいんですよ。肝心なのは、格安の毛糸を使うことでしてね」

これを聞いたマーグリットは顔をしかめたが、エロイーズには見えなかったようだ。わたしはエロイーズの舌がどんな泥を掻きだすのか、ちょっと怖くなった。

「もちろん、あのひとたちはもらえるものならなんであろうと、うれしがります」エロイーズはそういった。

ほんとうにそうだろうか。疑わしいものだ。

その間（かん）、レドヴァースはさりげなく左側を向いて、低い声で船長になにやら質問していた。エロイーズの注意を惹いて「みんなにも聞かせてちょうだい」と呼びかけられないよう、充分に気をつけているのは確かだ。

レドヴァースはわたしの援護を必要としている。

エロイーズにうなずきながら、わたしはテーブルの面々を眺めていた。彼女の妹夫婦は出てくる料理をきれいにたいらげ、いまはデザートにかかっている。まるで、それにしか興味はないといわんばかりに熱意をこめて。チョコレートスフレの最後のひと匙がダグラスの口のなかに消えると、エロイーズはようやく、レドヴァースが船長を独占していることに気づいた。

「あらまあ、ビセット船長、今夜はあなたに満遍なくおもてなしをしていただかなければ」エロイーズは目も耳も充分に活用できるように、わたしを押しのけんばかりにして、ぐっと身をのりだした。

船長は短い顎鬚(あごひげ)をなでて、くすくす笑ってみせた。「いやあ、ごもっとも。ところで、今夜の催しにはぜひご参加ください。ラウンジで室内ゲームがおこなわれるはずです」

エロイーズはふふんと鼻を鳴らして椅子の背もたれに寄りかかったが、楽しめるかどうか参加してみようといった。

みんなのカップのコーヒーが残り少なくなると、レドヴァースはグールド夫妻に断りを入れた。「申しわけありませんが、わたしどもは船長にちょっと用がありますので」そういって立ちあがる。

船長はいくぶんか驚いたようだが、すばやくうなずいて同意を示し、椅子を引いて立ちあがった。そのようすでは、エロイーズから離れられるのなら、どんな誘いにも乗ったのではないかと思う。わたしもナプキンをテーブルに置き、レドヴァースに倣って立ちあがった。

エロイーズは眉をつりあげた。

「万事、順調だとよろしいですね」ダグラス・グールドは自分たちの運命を甘受するしかないとあきらめたようにそういったが、妻のマーグリットはちらりと嘆くような表情を見せた。この違和感はなんなのだろう。

「ええ、そうですね。みなさんがご心配なさることはありませんよ」レドヴァースはマーグリットに明るい笑顔を向けたが、すでに片手でわたしの腰のあたりを押して、前に進むようにうながしている。

「じきにまたお会いしましょう。楽しみにしていますよ」船長の先に立って歩きながら、レドヴァースは肩越しにそういった。

長い通路を進み、階段を昇って一階上のデッキに出る。ビセット船長は階段の昇り口でわたしたちの先に立ったので、レドヴァースに小声で話しかけることができた。

「どうやって彼を口説き落としたの？　脅迫したとか？」

「いや、そんな失礼なことはしていない」

好奇心が燃えあがって死にそうな気分だったが、いまはがまんして質問を控えるしかない。

トップデッキに出て、操船の中枢部であるナビゲーション・オフィスに入る。オフィス内は、ぴかぴか光る真鍮(しんちゅう)の装置や計器類でありとあらゆる空間が埋めつくされている。そこを通りぬけて、奥の船長室に向かう。

「さて、どういうご用かわかりかねますが、あの席から連れだしていただいて感謝します」ビセット船長はデスクについた。「お返しができますかな」

レドヴァースはきっぱりとうなずいた。

「ミスター・ヴンダリー、前にも申しあげたとおり、その男性の名前は旅客名簿には載っていないんです」そこで間をおいたので、船長がレドヴァースの姓がヴンダリーではないと疑っているのかと思った。だが船長はその問題を口にすることなく、椅子をくるりと回転させて、背後の小さな金庫を開けた。そこから書類の分厚い束を取りだす。わたしはすばやくレドヴァースに目で尋ねた。レドヴァースは軽く頭を振った。

「ご自分で確かめてください」船長はいった。

レドヴァースは書類の束を受けとり、ぱらぱらとめくっていった。ヴァネッサ・フィッツシモンズの書類のところで手が止まる。レドヴァースの少しうしろにいたわたしは、肩越しにのぞきこんだ。彼の指がヴァネッサの名前の下の行をたどる。〝同行者なし〟と書いてある。が、スイートの船室をふた部屋予約してあった――C41とC43。

確かに、どちらの船室にもヴァネッサの名前がある。

レドヴァースは船長をみつめた。「料金の支払いについてはなにも記入されていませんね」

船長はうなずいた。「そうですが、今日の午後、船室とりちがえ問題が起こったので、パーサーに調べさせたところ、ふた部屋とも予約時の現金払いでした」

残念だ。銀行為替(かわせ)手形を使ったのなら、誰の口座から支払われたのか、追跡できるのに。

「乗客一名が二つの船室を予約するのは、よくあることなんですか?」わたしは訊いた。

船長はわたしをじろっと見たが、返事はした。「いいえ。特に、おひとりさまで乗船の場合は。それに、ごぞんじのとおり、彼女はメイドのために二等船室も取っていますから、予約は全部で三室。ほかにわかっているのは、三室すべてが同時に予約されたということだけです」

書類を最後までチェックすると、船長のいうとおりだとわかった。レベッカ・テスッチの名前と船室も記載されている。頭がくらくらしてきた。この書類によると、レベッカは別として、ヴァネッサ・フィッツシモンズはずっと単独で旅をしていることになる。なぜ彼女はスイートの船室をふたつ予約したのだろう? なんの意図もなくそんなことをするとは、とうてい考えられない。

つかのま、不安になった――ヴァネッサに関しては、レドヴァースの見解が正しくて、わたしは稀代の嘘つきに丸めこまれてしまったのだろうか? だが、その不安はすぐに消えた。いまの状況に対するヴァネッサの恐怖と困惑は、まちがいなく本物だからだ。女優のリリアン・ギッシュであろうと、あれほど迫真の演技はできないだろう。それに、彼女はあらがうことなく素直に、ドクターが与えた睡眠薬を服んだ。演技をしているだけならば、そうやすやすと睡眠薬を受け容れたりはしないと思うのだが、どうだろうか?

そんなことを考えているうちに、ヴァネッサの消えた夫マイルズなら、彼女には気づかれないように、いっさいの計画を立てることができるのではないかと思いついた。それなら筋が通る――もっとも、それはそれとしても、マイルズの身になにが起こったのか、こんなゲームにいったいどういう意図があるのか、その説明はつかない。それに、一等船室がふたつ予約されていたのは、サウサンプトンを船出する以前に、この計画が練られていたことを示している。

レドヴァースはさらに船長に質問した。「それで、船内の捜索は？」

「いちおうあちこち捜してみましたが、これは密航者が乗りこんでいないかどうかを確認するための、通常の手順です」船長は肩をすくめた。「旅客名簿に記載されていない乗客は、ひとりもいませんでした」

レドヴァースは船長に礼をいって、わたしたちは船長室を辞去した。ドアが閉まるとすぐに、レドヴァースはわたしをひとけのないプロムナードに引っぱっていった。冷たい空気が肌に刺さり、わたしはシュラグをきつく引き寄せた。船は薄い霧のなかを航行していて、わたしたちもゆるく流れる霧につつまれた。レドヴァースは足を止めて周囲をうかがったが、見える範囲には誰もいなかった。

「あなた、乗船予約書に本名を書いたの？」小声で訊く。

レドヴァースはくびを横に振った。「旅客名簿には、ミスター・アンド・ミセス・ヴンダリーと記されているよ。どうして船長が〝ディブル〟という名を知ったのか、どうにもわからない」そういってから、ちょっと考えこむ。「わたしたちの任務について、ひそかに情報をつかんだのかもしれない」

「どう考えればいいのか、わからないわ。なにもかも」周囲には誰もいないと承知していたが、わたしは声をひそめたままでいった。

レドヴァースもまた警戒を怠らず、わたしのうしろの、霧が流れるプロムナードをさっと眺めた。

「今日、ヴァネッサに会ったとき、それから、キーが回らないとわかったとき、彼女のようすはどんなふうだった？」

こういう質問をされるだろうと予測していたので、すらすらと答えた。「ひどく怯えていたわ。あれが演技だったとは思えない。なにが起こっているのか、ほんとうにわからないという感じだった。それに、ドクター・モンゴメリーが処方した睡眠薬を、抵抗もせずにおとなしく服んだのよ」

レドヴァースはうなずき、わたしの二の腕に手をおいて目をのぞきこんだ。「わたしはきみの直感を信用している。きみもそれを疑ってはいけない」

なんだか皮肉に聞こえたが、そこを突く気はなかった。

「この船では、なにかおかしなことが起こっている」レドヴァースは断言した。

「ええ、そうだと思う。でも、どうすればいい？」

「いまのところは、ラウンジに行って一杯飲ろう。そのあとで、ドビンズに会い、なにか嗅ぎだせないか、話をしてみる」

ドビンズがなにか有益な情報を嗅ぎだせるかどうか、ちょっと疑問だったが、一杯飲ることに異議はなかった。

# 22

一等船客用のラウンジに向かう。楽団員たちが今夜の演奏の準備をしていた。レドヴァースがバーで飲み物を注文しているあいだ、わたしはラウンジのなかをさっと眺めた。知った顔はない――それもそうだ。わたしはヴァネッサ、ナウマン、グールド夫妻、エロイーズ以外の船客とは口をきいたこともないのだから。エロイーズとマーグリットはもうひとつのラウンジで、ビセット船長お勧めの催しに参加していると思われる。さぞ歓迎されているだろう。

奥のほうの目だたない小さなテーブルについているわたしのもとに、レドヴァースがグラスを持ってきた。これほど大勢の人間が入れる広い空間であっても、そこそこプライベートは守れるような気がするが、それも、わたしがレドヴァースのあたたかい、まっすぐな好意に、すっぽりとつつまれているからだろう。彼の思いをこめた視線を受けて頬が熱くなったが、ジンリッキーをひとくち飲んで、目下の問題に思考を集中した。レドヴァースが得意とする技法にのっとって、わたしも質問を重ねることにする。

「ヴァネッサの夫は旅客名簿に載っていないのに、どうやって船に乗りこんだのかしら？」

「いい質問だ。だが、まずは、この船旅の手配をしたのは誰か、それを突きとめる必要がある。ヴァネッサが目覚めたら、それを聞きだすことだ。マイルズ・ヴァン・デ・メートルがヴァネッサの名前で予約したという可能性が高いが」

「それなら筋が通るわね。彼女が船室の問題で困惑した説明がつくもの」そういって、ジンリッキーをすする。「それは、そもそも最初から、マイルズが計画を立てていたということよね。それにしても、彼はどこにいるのかしら？　ヴァネッサもわたしも、船内のどこかで彼を見たことはない。船員たちが船内をくまなく捜索したわけじゃないとはいえ、彼が船内のどこかに隠れているのなら、必ず誰かに見られていると思うんだけど」

「きみのいうとおりだ。そろそろみつかっていてもいい」

「彼がもうひとつの船室にひそんでいたのでなければ」そこなら、もってこいの隠れ場所になる。ヴァネッサが船室がふたつ、彼女の名前で予約されていたことを知らなかったとすれば。

レドヴァースとわたしは黙って目と目を見交わした。

「でも、いまはあの船室のことはわかってしまった。もう隠れ場所には使えない。それじゃあ、いったいどこにいるのかしら？」

ヴァネッサが乗船以来使っていたＣ41の船室を見てみれば、観察眼のするどいレドヴァースは、即座にヴァネッサの私物が移動されたことを見抜くだろう。計画を完全なものにするために、ヴァネッサが使っていたＣ41の船室は、誰も使っていなかった、ずっと空室だった、と見えるように細工したはずだ。

「シェルブールに寄港したときに下船した？　だが、誰にも見られずにそんなことができるかな？」

「埠頭はとても混雑していたわ。あのなかをすり抜けて、行方をくらますことはできると思う。でも、そうね、彼が下船するところを誰にも見られなかったとは考えられない」わたしはさらにつづけた。「それに、ヴァネッサの私物を、もうひとつの船室、C43に移したのは誰なのか？　メイドのレベッカが関係しているとは思えないけれども彼女が策略の一端を担う理由があるとすれば、それはなにかしら？」

レドヴァースはうなずいた。「それなりの報酬をもらうとか。だが、彼が下船して姿をくらますつもりだったとすれば、報酬は前払いだっただろう。彼女だって、こんな卑劣な策略に加担するのなら、端金ではうんといわなかったはずだよ。仕事をつづけていたかったのなら、よけいにそうだろう」

ため息が出る。「彼女、母親や弟妹のために、故郷にお金を送らなきゃならないっていってた。だから、いまの仕事を失うようなまねをするとは、どうしても思えないのよ」レベッカ・テスッチについてわかっていることは、ほかになにかあるだろうか。「たとえきつく追及しても、彼女はなにも認めないと思う。ひどい嘘つきなら話はべつだけど。でも、真実を語ってくれるのなら、その話はほんとうだと判断できると思う」わたしは頭をかしげた。「彼女の船室を見てみたほうがいいんじゃないかしら」

レドヴァースは片方の眉をつりあげた。「彼女の船室はふたり部屋だよ」

あ、それは忘れてた。

「そうだな、その件を、ドビンズへの協力要請項目のリストに追加しておくことはできる」

「ドビンズも気の毒ね」またため息が出た。「わたしたちのせいで、余計な仕事が増えて忙しくなって。スチュワードとしての仕事があるのに、わたしたちがいろいろなことを依頼するんですもの、彼自身のために使える時間なんて、いっときもないんじゃないかしら」

レドヴァースは軽く肩をすくめた。「彼ならなんとかこなせると思うよ。それに、面倒な仕事に対して、充分な埋め合わせを受けられるし」

「あなたたちが彼をこの船に派遣したの？　それとも、もともとクルーとして働いていたの？」

これは前にも訊こうと思っていた疑問だが、いまのいままで失念していた。

「わたしたちが派遣した仲間のひとりだよ」

「若すぎるみたいだけど」

レドヴァースはこれにはなにもいわず、頭を振っただけだった。「きみが明日の朝、オープンデッキで、そう……我らが友人をもてなしてくれれば、そのあいだに、わたしが彼の船室をチェックできる」

誰かに聞かれるかもしれないおそれがあるので、レドヴァースがナウマンの名前を口にしたくないのはわかる。バーは混みあっているし、わたしたちに注意を向けている者はひとりもいないにしても、あとで悔やむより、用心するに越したことはない。

「ドビンズだと、くまなく捜索するのは無理でしょうからね」ジンリッキーをすすりながら、その機会を利用してラウンジのなかを見まわす。バーの近くにナウマンがいる。わたしの視線が一点に止まったことにレドヴァースが気づき、彼もさりげなくそちらに目を向けるのが気配でわかった。

「噂をすれば影がさす」

「ほんとね」小声であいづちを打ち、グラスの縁越しにナウマンの観察をつづける。

ハインズ・ナウマンは上着の内ポケットに手を入れた。わたしはグラスをテーブルに置き、彼の手の動きを見守る。ナウマンはポケットから紙の薄い束を取りだした。その束から、折りたたんである紙を一枚抜きとり、残りはまたポケットにしまいこんだ。まじまじと彼をみつめているのは、自分でもわかっている。さりげなく視線を動かし、しかも、彼の動きを見守るのがいいとわかっているが、どうしても彼から目を離せない。レドヴァースは、ターゲットにはなんの関心もないというふりをしながら、しっかりと観察をつづけることができるのだ。見ないようにしているのに、どうしてなにも見逃さずにいられるのか、不思議でしようがない。

ナウマンはグラスをかたむけて一気に中身を飲みほし、バーカウンターにグラスを置いた。それからダンスフロアの端までぶらぶらと歩いていくと、バンドの演奏が終わるのを辛抱づよく待った。紙片は目だたない。というのも、それを握った手を、明るい色のズボンの横に垂らしているせいだ。彼が上着の内ポケットから紙片を取りだすところを見ていなかったら、それを手にしていることには、わたしも気づかなかっただろう。だが、見ていたからには、その紙片から目が離せなくなっている。

演奏中の《ちょっとキスして》が最後にさしかかると、ナウマンはダンスをしている人々のあいだを縫うように進み、バンドリーダーのブルーベイカーに近づいていった。この時点で、わたしはあからさまに彼を凝視した。視界の端っこに、わたしと同じ動作をしているレドヴァースの顔が見える。ナウマンはひょろっとしたブルーベイカーの肩をたたき、短くことばを交わしてから、手にしていた紙片を相手に渡した。ブルーベイカーはこくりとうなずき、受けとった紙片を指揮台の楽譜のあいだにはさみこんだ。ナウマンはその場を離れ、混みあったダンスフロアをすり抜けるように歩いてバーカウンターにもどると、すぐさま新たな飲み物を注文した。

「まあ」わたしはつぶやいた。「いったいどういうことなのかしら？」

「それはわからないが、いますぐブルーベイカーの船室を調べなくてもいいことはわかった」

そのとおりだ。「そうね、あの紙がなんにしろ、あれを彼がしまいこむまで待ったほうがいいわよね」ようやくレドヴァースに視線を向ける。「どうやってあれを手に入れるつもりなの？」

レドヴァースの目がおもしろそうにきらめいた。「楽勝だよ」

自信たっぷりの口調に、わたしは思わず目を細くせばめてしまった。

そんなわたしを見て、レドヴァースはいった。「制服を手に入れたんだ」

今度は深いため息が出た。「もちろん、そうでしょうとも」

次の朝、早くに目が覚めたわたしは、今度こそ隣にレドヴァースが寝ているものと思ったが、彼はいなかった。短い睡眠時間しかとらないのに、どうしてあれほどエネルギッシュに活動できるのか、これまた不思議だ。

果てしなく船旅がつづくような気がしているが、じっさいは、それが終わる日が近づいているのはわかっている。今日はもう日曜日で、今週の木曜日にはアメリカに着く。本来の任務とヴァネッサの件とに決着をつけたいのなら、なすべきことは山ほどある。わたしは勢いをつけて心地よいベッドから出ると、十五分もかけずに手早く身仕度をすませ、レドヴァースと朝食が待つ居間に行った。

レドヴァースはガウン姿で、のんびりと食後のお茶をすすっていた。わたしは急いでトーストとたまご料理にとりかかった。

「そんなに急がなくてもだいじょうぶだよ」レドヴァースはいった。「ゆっくり朝食を楽しむ時間は充分にある」

「今朝は時間がないのよ」熱いコーヒーに舌を焼き、ちょっと顔をしかめて、ふうふうと息を吹きかけて冷ます。「まずヴァネッサの船室に行って彼女が目覚めているかどうかを確かめてから、オープンデッキに行ってナウマンをおもてなしする」一気に飲めるように、コーヒーにミルクを入れてぬるくする。

レドヴァースは品よくお茶をひとくち飲んだ。「きみが飛びまわっているあいだに、わたしはドビンズと話をしよう」

「無理をしないでね」そういうと、レドヴァースがくすっと笑った。食事を終えて、行ってきますと手を振り、そそくさとコートに袖を通しながらドアを開ける。ちょうどドビンズがこちらに向かって通路を歩いてくるところだったが、立ちどまって彼とおしゃべりをする間も惜しんで歩きだす。ドビンズがなにか情報を持ってきたのなら、レドヴァースがそれを聞き、あとで教えてくれるはずだ。我らが若きスチュワードにはおはようと声をかけるだけにして、わたしは急ぎ足でヴァネッサの船室に向かった。

Ｃ43のヴァネッサの船室のドアを何度ノックしても、応答はなかったし、ドアノブを回してもロックされていた。どちらのドアもそうだった――念のために、ヴァネッサの前の船室Ｃ41のドアもノックして、ドアノブを回してみたのだ。ひょっとするとマイルズがドアを開けるかもしれないと、はかない期待をしたのだが、Ｃ41のドアの内側はしんと静まりかえっているだけだった。

ヴァネッサの新しい船室のドアをさらにノックする。ばんばんと音高くたたいてみたが、やはり応答はなかった。ため息をついて、オープンデッキに向かうことにした。朝のこの時間、通路には人が多い。わたしはレドヴァースほどすばやくロックを解除できないので、こんな人目の多いときにあの重宝な道具を使うわけにはいかない。この旅が終わったら、解錠作業を練習すること――わたしは頭のなかにそうメモした。

オープンデッキに出て専用のデッキチェアに向かうあいだも顔をしかめていたが、ナウマンが彼のデッキチェアにすわり、ブランディをたっぷり入れたとおぼしいお茶を飲んでいるのが見えると、すぐさましかめっつらを笑顔に変えた。しかし、彼の目の動きのほうが早かった。

「なにか心配事でもおありですか、ミセス・ヴンダリー？　お友だちのことでよくない知らせでも？」

わたしは深呼吸をしたが、またもや眉間にしわが寄るのがわかった。デッキチェアにすわり、膝掛けをくびまで引っぱりあげ、冷たい風を防ぐ。

「そうなんですよ。今朝は彼女の船室のドアをノックしても返事がなくて」

「ほかにもなにか？」

ナウマンにどこまで打ち明けるべきか、一瞬、迷った。だが、わたしがヴァネッサ・フィッツシモンズのことで頭をいっぱいにしていると思わせるのは、好都合ではないだろうか。とはいえ、見知らぬ人物にヴァネッサの個人的な情報を洩らすのは、友人として不実な気がする。しかも、相手はスパイ容疑の対象者なのだ。もちろんそれは、ヴァネッサとわたしが友人同士だという前提に立ってのうえでの話なのだが。正確にいえば、この前提は成立しない——わたしは個人的に彼女の状況に関心をもっているが、彼女とは顔見知り程度の仲でしかないのだ。

たぶん、ある程度、諸々の考えが顔に出てしまったにちがいない。というのは、ナウマンがやさしい笑顔を向けてきたからだ。

「あなたの頭にあることがお顔に出ていますよ。友人のことが心配なんですね。だから、あれもこれも気になってたまらない」

わたしは顔をしかめた。「ええ、彼女はとても厄介な状況にあるんじゃないかと思うんです」

そして、説明した——ヴァネッサの船室が変わっていたのを目撃したこと、彼女が睡眠薬を唯々諾々と服んだことを。

わたしの話が終わるころには、ナウマンの眉間にもしわが寄っていた。話し終えると、わたしは黙りこんだ。ナウマンも黙りこくっている。目の隅に、階段室から出てくるドビンズの姿が入りこんできた。わたしたちが並んですわっているのを見ると、ドビンズは意味ありげに時計に目をやってから、回れ右をして、また階段室にもどった。わたしに時間を稼げといいにきたのだろう。わたしがナウマンを引きとめているあいだに、彼とレドヴァースがナウマンの船室を手早く調べてくれるといい。わたしとしては、もう一度ヴァネッサの船室に行き、誰かが応答するまで、ドアをがんがんたたきたいのに、いまはこうして、ナウマンを引きとめるために、おしゃべりをつづけなければならないのだ。

ちらりと隣人を見てみると、ナウマンはフラスクを握りしめて、中身のブランディをお茶のカップに注いでいたが、なにやら考えこんでいるようすだ。ドビンズに気づかなかったのだといいけれど。

ナウマンが銀色のフラスクをポケットにもどしているあいだに、わたしはなんとか笑顔をこしらえた。「わたしの友人のことは、もういいわ。もっと楽しいお話をしましょう」

天候の話題はすぐに終わってしまった。さりげなくナウマンの家族のことに話題をもっていこうとすると、彼は目に見えて緊張し、それには返事をせずに、わたしに同じ質問をぶつけてきた。わたしは架空の妹のことを、母のことを、陽気に語った。が、すべてでっちあげで、真実に近い話すらない。本が好きで、小説をたくさん読んだ、あの多くの時間に感謝。おかげで、すらすらと作り話ができる。ただし、あとでこの話がむしかえされたときに、自分がどんな作り話をしたのか思い出せるだろうか。やや不安が残る。

ナウマンのとりつくろった態度を崩そうと、何度も探りを入れてみたが、ナウマンはそのたびにはぐらかし、質問を巧妙にかわすテクニックをもっているのがわかった。一昨日の夜、ナウマンは妹のことをちらりと洩らしたが、今回はどんなに探りを入れても、妹のことはまったく話題にはせず、わたしにヴァネッサのことを語らせた。彼に信頼してもらおうと、時間とエネルギーをそそぎこんだのだが、少しも手応えがない。どういう攻めかたがベストなのか、それもわからない。これに割ける時間は、もうあまり残されていないというのに。そうか、考慮すべきことが二件あるせいだろう。それで意識を一件に集中できず、どちらも中途半端になっている。

レドヴァースには認めたくないが、そういうことなのだ。

ナウマンとの会話は自然に気まずくなり、わたしはデッキチェアにすわったまま、もじもじと体を動かした。ナウマンからはなんの情報も得られず、ヴァネッサの件の調べも少しも進展がない。そう思うと、少しでもなにかを得たくて、気ばかりあせってしまう。

「どうかなさいましたか、ミセス・ヴンダリー？」

「え、いえ……もう一度ヴァネッサの船室に行ってみようかなと思って」

一瞬、ナウマンはわたしの顔を探るように見た。わたしはまたもや気持が顔に出てしまったのかと、忸怩(じくじ)たる思いだった。そして、またもや驚かされることになった――ヴァネッサの船室のことに話題を変えたので、ナウマンの気持も変わったのだろう。彼はこういったのだ。

「ぼくもごいっしょしますよ」

だが、この騎士道精神あふれる申し出こそ、わたしがもっとも望まないものだった。「その必要はありませんよ」

わたしは立ちあがり、膝掛けをたたんだ。ナウマンの申し出を断ったからには、もうこれ以上、彼と話をするのに耐えられなかったからだ。

ナウマンもわたしに倣って立ちあがったが、膝掛けは誰かがきちんとたたんで返却してくれるとばかりに、無造作にデッキチェアに放り投げた。

「いや、付き添いがいたほうがいい。あなたは心から友人のことを心配していらっしゃる。先ほどの話からすると……なにかおかしい気がします」

今度はわたしが彼の顔を探るようにみつめ、小さく頭を振った。いっしょに行くという彼の気持を押しとどめるような、適切な断りを思いつけない。ナウマンを同席させてもいいか、ヴァネッサに尋ねてみるべきだろうか？　それに、わたしが調査していることを、この男に知らせるべきだろうか？　そんなことをもたもたと考えているうちに、ナウマンはわたしに腕をさしだした。

不本意ながらも、わたしはその腕につかまった。ナウマンはヴァネッサに会う気満々のようだ。

# 23

ナウマンを連れてヴァネッサの船室に向かう。昨夜、彼女がベッドに寝たほう、C43の船室だ。ドアをノックしても、今朝と同じだった——沈黙が返ってきただけだった。だが、ドアノブを回してみると、今度はあっさり回った。驚いてまじまじとドアノブをみつめてから、ナウマンの顔を見あげた。

「今朝は開かなかったのよ」

「いい徴候とはいえませんね」ナウマンの額のしわが深くなる。「ぼくが先に」

わたしは小さく肩をすくめ、ナウマンを先に居間に入らせた。ドア口からのぞくと、居間には誰もいなかったが、寝室のドアは閉まっていた。ナウマンはしっかりした足どりでそのドアに向かった。わたしは急いであとを追い、彼の腕に手をかけて制止した。

「ここはわたしが先に入るわ」

ナウマンは反対しそうな顔になったが、黙ってうなずいた。女性の寝室に入るのは、男性である自分よりも、女性であるわたしのほうがいいと判断したのだ。

「いざというときは、ぼくはこのドアのこっち側にいますから」

おやおや。

ドアを開けてなかをのぞく。寝室の舷窓にはカーテンがきっちり引いてあって暗い。照明のスイッチを押して、なかをざっと見まわす。あやしい人間はいないし、おかしな物もない。開いているドアから顔を突きだして、ナウマンに異状なしと告げてから、静かにドアを閉めた。

ヴァネッサはまだ寝ている。よだれを垂らしたのだろう、枕の頰の下の部分が濡れている。エレガントな婦人には似つかわしくない光景だ。わたしはベッドの端に腰かけ、ヴァネッサの肩を揺すった。

「ヴァネッサ」

呼びかけに応え、呻き声が聞こえたがまぶたは開かない。ベッドサイドテーブルに置いてあったグラスを取りあげて明かりにすかしてみると、底に澱が溜まっていた。昨日、ドクター・モンゴメリーがヴァネッサに与えようと睡眠薬を溶かしたグラスだが、ヴァネッサがベッドに横になるのを手伝ったとき、このグラスを寝室に持っていった憶えはない。もちろん、ドクターならここにもどってきて、新たに薬を与えることは簡単にできる。ドクターがそうしたのだろうか。なにしろ、ヴァネッサは十二時間以上も眠っているのだ——一服の睡眠薬の効果がそんなに長くつづくわけはない。この船のクルーに対する不信感がつのる。わたしを威嚇して意向に従わせようとした、あのベンスン一等航海士のことを思い出すと、身ぶるいが出る。ドクター・モンゴメリーはヴァネッサに睡眠薬を投与しつづけて、船がニューヨークに着くまで、彼女を眠らせておく気なのだろうか?

前よりも少し強くヴァネッサを揺さぶる。ヴァネッサのまぶたがうっすらと開いた。

「ヴァネッサ、目を覚まさなきゃだめよ」

「いや……」

ヴァネッサはそうつぶやいたが、わたしは執拗に起こしつづけた。ようやく、彼女はまぶたを開き、なんとか上体を起こして枕に寄りかかった。

「コーヒーを持ってきてもらうわ」そういってドアに向かおうとすると、ヴァネッサのまぶたがまた閉じた。ドアを開けて顔を突きだす。ナウマンは肘掛け椅子にすわっていた。

「お友だちはだいじょうぶですか？」

「なかなか目を覚まさないの。コーヒーを注文してくれます？」

「もちろん。ぼくもお茶がほしい。あなたは？」

こんな事態のさなかに、静かにすわってお茶を飲む光景など、想像もできない。わたしはくびを横に振った。

ベッドのそばにもどると、ヴァネッサは枕に寄りかかってはいたが、まぶたはしっかり閉じていた。また眠りこんだらしく、口が半開きになっている。

「ヴァネッサ。目を開けて。訊きたいことがあるの」

「うーん、なぜ？」

「なぜなら、知っておきたいことがあるからよ。ねえ、ドクターはまたここに来た？　昨日、わたしがここを出たあとに？」

ヴァネッサの頭が右から左にゆらりと揺れた。〝ノー〟という意味だろう。だが、たとえドクターがもどってきたとしても、彼女が憶えていないのは無理もない。この部屋で楽団が演奏をしたとしても、彼女は眠りつづけていただろう。

「スイートを二室予約したのよね？　あなたが予約したの？」

ヴァネッサは小さく頭を振った。今度は眉根が寄っている。「マイルズよ。わたしはお金を渡しただけ」

眠たげな寝ぼけた声だ。この会話を憶えているかどうかもあやしい。こんな状態だが、彼女は真実をいっていると思いたい。嘘をつくほど剛胆だとは思えないのだ。わたしの贔屓目のせいかもしれないが。

寝室のなかを見まわしてみる。化粧台に目が留まる。キーが二本。ヴァネッサがまた枕に沈みこむがままにして、わたしは化粧台に近づき、二本のキーを手に取った。そっくり同じに見える。ナンバーが読みとれる——片方にはこの船室のナンバーが刻んであるが、もう一本にはヴァネッサが前に使用していた船室のナンバーが刻まれている。ヴァネッサが否応なく船室を移動させられ、現在の苦境に陥る原因となったキーが二本。

前の船室、C41のキーをポケットにすべりこませ、居間にもどった。ちょうどそのとき、ドアがノックされた。ナウマンがドアを開けると、若い給仕が飲み物を満載したトレイを持って立っていた。居間に招じられた給仕は、テーブルにトレイを置き、さっとおじぎをして去っていった。

「お友だちのために、コーヒーをカップに注ぎましょうか？」

ナウマンの問いに、わたしはくびを横に振った。ヴァネッサの飲み物に、他者の手を触れさせる危険をおかしたくなかったからだ。船客であろうと信用できない。ことに、ハインズ・ナウマンは。

ナウマンにこわばった笑みを向ける。「わたしがします。彼女の好みを知っていますから」

もちろん、それは嘘だ。ヴァネッサがコーヒーを好きかどうかさえ知らないが、彼女の目を覚まさせるには、カフェインを摂取させる必要がある。カップにコーヒーを注ぎ、ミルクも砂糖も加えずに、カップを寝室に持っていった。

ヴァネッサはまだかろうじて枕に寄りかかっていたものの、眠りこんでいる。その彼女を揺さぶる。かなり強く。彼女は身動きして、薄くまぶたを開けた。ふつうなら、診療室に押しかけて、ドクターにどうしてこんなに強い睡眠薬を投与したのかと問いつめるところだが、船のクルーとまたもや諍いを起こしたら、レドヴァースでもわたしの安全を守れるかどうか。

ヴァネッサの背中を支えて、コーヒーを飲ませる。ぐったりしているものの、ヴァネッサはなんとか自力でコーヒーを飲んだ。

「いつのまに来たの、ジェーン？　どうやってなかに入ったの？」

ヴァネッサが両手で持っているカップが、いつかたむくかわからないので、わたしはカップから目を離さなかった。

「ドアが開いていたのよ」小型の時計に目をやる。「少なくとも、わたしが来てから一時間はたっているわ」それほどではないと思うが、一時間近いのは確かだろう。

「友人といっしょに来たんだけど、そのひとは居間にいるわ。彼にだいじょうぶだといってくる。こちらを気にせずに、自由にすごしてもらわなくちゃね」

ヴァネッサはなにやらもごもごとつぶやいたが、さらにひとくちコーヒーを飲んだ。

ナウマンはもういないのではないかと、なかば期待して居間にもどる。しかし期待は裏切られ、彼はどこでみつけたのか、雑誌をぱらぱらとめくりながらお茶を飲み、辛抱づよく待っていた。

「アメリカの雑誌は、ドイツのとはだいぶちがいますね」

わざとくすくす笑ってみせる。「想像がつきますわ」彼の向かいの椅子に立ち、椅子の背に両手を置く。「手を貸してくださってありがとう、ミスター・ナウマン。コーヒーを注文してもらえて、ほんとうに助かりました」

ナウマンは立ちあがってうなずいたが、目に強い光が宿っている。「ぼくのことはどうかハインズと呼んでください、ミセス・ヴンダリー」

頭をちょっとかしげてわたしを見ているのは、わたしに彼と同様の好意を求めているのだろう。どうにも断りにくい――諸々の事情があるにせよ、わたしは彼に好意をもっているのだ。ヴァネッサの状況を話したときに、それをすんなりと受け容れ、助力を申し出てくれたことも好ましかった。

「それなら、わたしをジェーンと呼んでくださいな」

そういったとたん、ナウマンの顔を勝ち誇った表情がよぎったのを見てとり、いまのことばを取り消したくなった。しかし、その表情はすぐに消え、ナウマンは礼儀正しく船室を出ていった。

出ていく彼に、わたしは結婚しているのだと念を押そうとしたが、けっきょくなにもいわず、重いため息をついてから、閉まったドアをロックした。

寝室のドアの向こう側でヴァネッサが動く音が聞こえた。ドアは開けずに、声をかける。

「なにか手伝いましょうか?」

「いいえ、いいわ。ありがとう、ジェーン。お風呂に入って、さっぱりしたいの。コーヒーはまだ残ってるかしら?」

彼女の声には力がこもっていた。小さく安堵の吐息が洩れる。「ええ、カフェ並みにたっぷりあるわ」

浴室から湯がほとばしる音が聞こえてきた。疲労感を覚え、ぐったりしてしまったが、ポケットに入っているキーのことを思い出した。あの船室にこっそりしのびこむ好機は、いましかない。

# 24

船室のドアから頭を突きだし、通路の左右を見まわして、ナウマンの姿がないことを確認する。もうひとつの船室を調べることを、彼には知られたくない。そういう行動は、彼の前で演じているわたしという人間の印象には似つかわしくないからだ——友人のことを案じ、夫に従順な妻、という役には。

特に〝夫に従順な妻〟という役割には、なけなしの演技能力をめいっぱい要求されるのだ。

C41の船室に入る——最初にヴァネッサを訪ねたときの船室だ。誰も使ったことがないかのように、きちんとととのっている。居間を見まわしたが、異状はない。寝室を通って浴室を見てみたが、きれいに掃除されていて、清潔そのものだ。髪の毛一本落ちていない。失踪している男はもとより、誰かがいたという痕跡はひとつもなかった。

ため息をつき、寝室にもどる。引き出しはすべてチェックし、ベッドの下をのぞいたが、やはり目を引くものはなにもない。ベッドも化粧台も、床にしっかりとボルトで留めてあるのがわかっただけだ。居間のテーブルやデスクも同じだが、椅子は固定されていない。この予防的措置が無用のままで終わることを願う——嵐で家具が飛んでいくのを目撃するなど、ごめんこうむりたい。その光景を想像するだけで、胃がしくしく痛くなった。

ダブルベッドには誰も寝たことがないかのように、ぴしりとベッドカバーがかかっている。またため息が出る。つい、ベッドに腰をおろしてしまった。この巧妙な計画を立てた者は、なにひとつ手抜きをせずに実行したのだ。細部にまで目を配ったのは明らかだ――ここにあってはならないものなど、ひとつも残されていないのだから。

マイルズ・ヴァン・デ・メートルはここにはいなかった。少なくとも、いまはいない。居間にもどり、もう一度調べてみる。ふたりがけのソファのクッションを持ちあげてみたが、なにかの屑が落ちていただけだった。二脚の肘掛け椅子も調べてみたが、やはりなにもみつからなかった。唯一わかったことは、なにひとつ手がかりがないということだ。

少しばかり意気消沈してC43にもどり、居間の椅子に腰をおろす。数分待っていると、ヴァネッサが現われた。ようやく目を覚ましたときよりも、ずっといい状態に見えるが、長時間眠っていたというのに、目のまわりに隈ができている。

ヴァネッサはわたしの向かいの椅子にすわり、ポットに残っていたコーヒーをカップについだ。小さなピッチャーに入ったクリームを加え、持ちあげたカップの縁越しにわたしをみつめた。おちつきをとりもどしたようで、それがちょっと残念だ――この状態のヴァネッサ・フィッツシモンズから直截な返答を引き出すのは、なかなかむずかしいだろう。

「別の船室のキーを見たことがあった?」その返答によって、わたしがそれをみつけ、隣の船室に入ってみたことをいってもいい。

「いいえ、見た憶えはないわ。あなたは?」

ヴァネッサの声はおちついていて、口調も静かだったが、それが彼女らしい自然な話しぶりなのかそうではないのか、どちらともいえない。もちろん、ヴァネッサの言に関しては、本音なのかどうなのか、見分けるのがむずかしい。

一瞬、間をおいてから、わたしはくびを横に振って否定した。ポケットに入れてあるキーが熱を発しているようだ。化粧台に二本のキーが置いてあったことを、なぜ彼女にいいたくないのか自分でもわからないのだが、目の前にいるこの女を、心底、信じていいものかどうか、どうにも確信がもてないのだ。彼女は最初からキーを二本、持っていた? 昨日、彼女がC43のことなど知らないといったときは、疑う気などこれっぽっちもなかったが、前の船室を調べてみたあとでは、疑う余地はないといいきる気にはなれない。

その一方で、ヴァネッサが睡眠薬で眠りこんでいるあいだなら、誰だってこの船室に入りこみ、化粧台にキーを置くことはできる、とも思う。いちばんあやしいのは、ヴァネッサに追加の睡眠薬を投与したドクター・モンゴメリーだ——ドクターが犯人なのだろうか? それとも、ヴァネッサの話は疑わしいと人々に信じこませるために、マイルズがこっそりとこの船室にしのびこみ、キーを残していった?

疑問だらけなのに、信じられる者はほとんどいない。手助けをしてくれそうな人物でさえ、信じきれないのだ。ヴァネッサにはまたあとで来るといって、わたしは席を立った。彼女はわたしに感謝しているようだが、しばらくひとりでいたいという気持もありありとうかがえる。その気持はわたしにも理解できる。

わたしたちの船室にもどったが、レドヴァースはいなかったので捜しにいくことにする。そこにいるといいと期待して、まずはジムの室内コートをのぞいてみる。どんぴしゃり。ほかの船客とテニスのゲームを終えたばかりのレドヴァースをみつけた。小さなタオルで額の汗を拭いている。

「いいゲームでしたね」コートの向こうサイドの出入り口を通りながら、黒い髪の対戦相手が声をかけてきた。ボールが大西洋に飛びこんで、二度とみつからないのを避けるために、コート全体がすっぽりとネットにおおわれているので、コートへの出入り口は二箇所あるのだ。

「ジェーン！ どうしたんだい？」

「あなたを捜しにきたの」

「じつにタイミングがいいね。船室にもどろうと思っていたところなんだ——いっしょにもどろう」

レドヴァースのゆったりした歩調に合わせて歩きながら、彼がずいぶんと娯楽に時間を割いていることを考えていた——その効果はあるようだが。彼にとって、運動は必要不可欠なのだ。だが、彼がスポーツに興じている一方で、わたしは日々の時間のほとんどを調査に費やしている。なんだか癪にさわる。彼にも、ひそかに捜査すべき船室がいくつもあるのでは？

「楽しそうでうれしいわ」声にいらだちがこもらないよう、気をつける。

レドヴァースの目がきらめいた。「ああ、おかげさまで。だけど、心配しなくていいよ、おくさん。いろいろと収穫があるからね。さっきの対戦相手はジョン・マッキンタイヤだよ。その名前、聞き憶えがあるだろう？　船の無線通信士。いまは非番の時間で、テニスの相手を探していたんだ。試合をしてわたしが勝ったら、非番だけど、陸にメッセージを送ってくれると約束した」にんまりと笑う。「もちろん、わたしが勝ったがね」

　わたしは吐息をついた。「そう、なにかと重宝ね」

　レドヴァースはまじめな顔になった。「実践的といってほしいね。わたしは彼を味方につける必要がある――彼は無線で入ってくるメッセージをすべて知っているからね。わたしはどんなメッセージでも確実に入手しなければならない。だがそれは、彼とわたしのあいだだけの秘密にしておかなければならないんだ。暗号メッセージなら、なおさらだ」

　狭い通路にさしかかり、レドヴァースは手まねでわたしを先に行かせた。「ニューヨークに電報を打ってもらったよ」

　わたしが急に立ちどまったので、レドヴァースはわたしにぶつかってしまった。わたしは片方の眉をつりあげて彼のほうを向いた。

「〝ニューヨークのフィッツシモンズ一族〟のヴァネッサ・フィッツシモンズについて、もっとくわしいことがわかるかと思ってね」

　初めてヴァネッサに会ったとき、彼女が自己紹介したときの口調を、レドヴァースが正確になぞったため、思わず口もとがゆるんでしまった。そう、確かに傲岸な口調だった。

「先にいっておくけれど、あの女性を信用すべきじゃないことを証明したいがために、調べているんじゃないよ。あらゆる事実を把握しているほうが、こちらも動きやすいからだ」また歩きはじめたわたしの背中に、レドヴァースの声が静かに届いた。

船室に入るまでは舌を引っこめておくことにして、わたしは黙ってうなずいた。彼になにもかも——ヴァネッサに対して疑念が生じてきていることも含めて——ぶちまけるつもりだが、公共の場では誰が聞いているかわからないから、用心に越したことはない。それにしても、レドヴァースがわたしの懸念をいちはやく察して、緩和してくれたのはうれしかった。おかげで、わたしたちはチームなのだと再確認できた。いまのわたしは、ヴァネッサ・フィッツシモンズ本人と彼女が語った事柄とについて、あらためて考えなおすべきだ、これまでと異なる見かたをすべきだ、という思いに駆り立てられている。

船室に入ってドアを閉め、安全が確保されると、わたしはレドヴァースに報告した。まずは、ナウマンがヴァネッサの船室に同行するといいはったことから。

レドヴァースはトランクから着替えを取りだしながら眉間にしわを寄せた。「賢明だったと思うかい？」

「いいえ。でも、彼の申し出を受け容れるしかなかったわ。それに、わたしへの疑いをそらせるかなと思って。わたしが友人のトラブルに心を痛めていれば、ナウマンにしろ誰にしろ、ほかのひとのことに気を回す余裕なんかないわよね。少なくとも、ナウマンはそう思ってくれるんじゃないかしら」

ブルーベイカーがわたしたちの求めるスパイだといい、とは、さすがに口にしなかった。昨夜のふたりの接触を目撃したからには、どちらかを容疑対象からはずすことはできないからだ。

ナウマンが妙に親しげに接してくるのが、どうにもやりきれないけれど、そのほかの点からいうと、彼がスパイなどではないと判明し、容疑からはずれればいいと願っている。

わたしの説明にレドヴァースはうなずいた。「風呂に入るよ。そのあとでまたよく話しあう」微笑がなにやらよこしまな笑みに変わった。「それとも、風呂のなかで話をつづけたいかい？」

椅子からクッションを取って投げつけた。レドヴァースは笑いながら浴室に向かった。

レドヴァースが服を着こんで居間にもどってくると、わたしはすぐに前の話のつづきにとりかかった——今朝がた、ヴァネッサの船室のドアをノックしたが、応答はなく、ドアはロックされていた。だが、次にナウマンといっしょに行ったときには、ドアはロックされていなかった。わたしがオープンデッキにいたあいだに、ドアのロックが解かれたのは明らかだが、いったい誰がそうしたのか見当もつかない——が、ヴァネッサであるわけがない。彼女を目覚めさせることすらむずかしかったのだから。

それから、二本のキーのことと、もうひとつの船室を調べてもなにもみつからなかったことを話した。

「いい徴候ではないね。ドアがロックされていなければ、誰でも船室に入ってキーを置ける」レドヴァースはするどい目でわたしを見た。「だが、いま、きみはヴァネッサに疑念を抱いている」

わたしはため息をつき、肩をすくめた。そういうことだ。レドヴァースのいうとおりなのだ——誰であろうと、船室に入れればキーを置ける。それでもやはり、わたしの心にヴァネッサに対する疑念が芽生えたのはまちがいない。彼女は最初からキーを二本持っていたのでは？彼女はやはり、天性の嘘つきなのだろうか？

「ニューヨークからの報告を待とう。なにかわかるかもしれない」レドヴァースはそういった。

昼食のあとは、暇つぶしに、数人のクルーが演じる海の生物たちの生態という、じつにつまらない芝居を観た。ドクター・モンゴメリーもベンスン一等航海士も見かけずにすんでよかった。船客も何人か、ちょっとした役をふられて芝居に参加したため、さかんに笑い声が起こった。わたしの頭のなかを占めているさまざまな懸念とは、まったくかけ離れた光景だった。

船室にもどると、ディナー用に盛装したレドヴァースが、顔をしかめて手にした紙片をにらんでいた。

「なんなの？」

「マッキンタイヤがちょっと寄ってくれてね」紙片をさしだす。「ミセス・フィッツシモンズの身上書だよ」

「ずいぶん早いわね」

「深く追求するような事柄がなかったからだ。彼女は新聞の社交欄の常連だよ」

レドヴァースの声には残念そうな響きがこもっていた。現地捜査員の報告を読み、わたしも少しばかり苦い感情がこみあげてきた。

短い、断片的な報告文によると、ヴァネッサはフィッツシモンズの相続人ではあるが、順位の低いほうだ。とはいえ、ヴァンダービルトやロックフェラーという大財閥には及びもつかないにしても、贅沢(ぜいたく)な暮らしができるだけの潤沢な資産を持っている。靴墨で財をなした一族で、ヴァネッサはしばしば、とっぴな行動で新聞や雑誌の社交欄を賑わしているという。

「注目をあびたい性質(たち)みたいね」問題の女性に関して、簡潔にまとめられた報告文から目をあげる。

レドヴァースはうなずいただけで、なにもいわなかった。わたしはため息をついた。彼は彼なりに結論をだしたが、わたしはわたしで考えろということだろう。

報告文を最後まで読む。「彼女にとっていい報告とはいえないわ。それは確か。それに、彼女に精神的な問題はなかったみたいだけど。そのことも調べるようにたのんだの?」

レドヴァースはうなずいた。「その点に関しては、なんの徴候も見られない」

どさりと肘掛け椅子に腰をおろす。スチュワードのドビンズは、レドヴァースがもう居間では寝ていないことを察したら、この椅子を元の場所にもどし、もう一脚の椅子と並べるだろうか。そんな益体(やくたい)もないことをぼんやり考えてしまった。

「この報告文を読むかぎり、彼女は注目をあびたいがために結婚した、とも推測できるわね」頭を軽く振る。「でも、あの日、わたしは彼女の夫を見た。少なくとも、彼女といっしょにいた男を見た。だけど、それ以降、その男の姿は一度も見ていない」

「これは大きな船だ。それに、シェルブールに寄港したという事実も見逃せない」

わたしはこくりとうなずき、肘掛けの布地の模様を指先でなぞりながら考えこんだ。「夫の役を演じてもらうために、誰かを雇ったとか?」

レドヴァースは、テーブルの前に置いてある木製の椅子の一脚にすわり、椅子ごとわたしのほうを向いた。

「それも考えられる。だが、たとえそうだとしても、わたしはその男の姿を見ていない。それはなぜか。それに、きみは一度見かけたきりだし、それ以降は誰も見ていないしね」

それからしばらくのあいだ、わたしは黙りこくって肘掛けの模様をなぞりつづけた。指に触れる布地がなめらかで、さわり心地がいい。

「なにを考えているんだい?」とうとうレドヴァースが問いかけてきた。

「ヴァネッサが注目をあびたくて、入念に仕組んだことなのかしらね。でも、以前に彼女が注目の的となった出来事とは、重みがちがうみたい」

報告文には、ヴァネッサのとっぴな行動がいくつか、簡単に記されていた——お祭りに裸同然の恰好で現われ、酔ったあげくに噴水に飛びこんだ、とか。テレタイプ通信なので、報告文も短い。たぶん、もっとくわしく調べてあるはずだ。どちらにしろ、いい報せとはいえず、さらなる疑念が湧いてくる。

レドヴァースはうなずいたが、やはりなにもいわない。

「この報告では」手にした紙片を振る。「たいていは罪のない騒ぎばかり。そりゃあ、衝撃的ではあるけど、実質的な害はないわ」そこで、彼女が睡眠薬を投与され、なかなか目覚めなかったことを説明する。「同じレベルの出来事だとは思えないの。自分自身に害が及ぶようないたずらを仕組むとか、ドアをロックした船室に閉じこもるとか、そういうことをするかしら?」くびを横に振る。「前にいったとおり、船室が変更されていたことに、彼女はひどく驚いて怯えていたわ。あれほど迫真の演技ができるとは思えない。なにかが起こっているのよ」

レドヴァースのハンサムな顔をじっとみつめる。「あなたはどう思う?」

「いまきみがいったことに、ほぼ同意するよ。正確にいうと、船室が変わったとわかったときの彼女の反応から受けた、きみの直感を信じる」黒っぽい目がわたしの目をみつめている。

「だが、ミセス・フィッツシモンズの話をすべて鵜呑みにしないよう、気をつけるべきだ」

そのとおりだ。それには反論できない。

「今日、ドビンズに会った? 彼、ヴァネッサとハインズのことでなにか調べてくれたかもしれない」

わたしがナウマンをファーストネームで呼んだことで、レドヴァースの眉が一インチほどつりあがった。うなじが熱くなったが、レドヴァースから目をそらしたりはしなかった。

「いや、まだドビンズと話をしていない。会いたいというメッセージを残しておいたんだが、今朝はまだ彼を見かけていないんだ」小さく肩をすくめる。「ほかの船客の世話で忙しいんだろう。じきにここに来るはずだ。彼に短いリストを渡しておいたんで」

わたしはわかったとうなずき、ディナーのための身仕度をしようと寝室に行った。

# 25

一等船客用のダイニングルームには行かず、わたしたちはアラカルト・レストランのふたり用テーブルで、静かに夕食を楽しんだ。四六時中、役を演じている身にはいい気分転換になった。レドヴァースとふたりきりなのでリラックスできるし、公共の場とはいえ、素のわたしでいられる。

そのあと、ほかの一等船客にまじって、ラウンジに向かった。今夜はよく知られているピアニストが演奏するという。

「バンド演奏もあるの？」

レドヴァースはくびを横に振った。「今夜は休みだよ」いらだちがこもった声だ。バンドが休みとなると、ブルーベイカーの船室の捜索も延期せざるをえないからだろう。

ラウンジは満員だった。空いているテーブルはなかったが、バーカウンターにぽっかり空いているすきまがあった。おおっぴらにラウンジ内を観察するのに、もってこいの場所といえる。ざっと見まわしていると、驚いたことに、大勢の船客のなかにヴァネッサがいた。ラウンジのなかほどの小さなテーブルについている。奥の壁近くにドクター・モンゴメリーが立っていて、ヴァネッサを見守っているのも目についた。ヴァネッサのところに行って、ぐあいはどうかと訊く間もないうちに、ハインズ・ナウマンが彼女に近づき、小さく会釈して同席した。

「うまくいかないでしょうねえ」わたしはつぶやいた。「うん、うまくいかないだろうねえ」

レドヴァースもそのカップルに目を留めていた。

　ヴァネッサは警戒しているようすだが、ナウマンはありったけの魅力を総動員している。やがて、ヴァネッサのくちびるが少しほころんだ。こうなれば、ナウマンが彼女を笑わせ、取り入るのに成功するまで、そう時間はかからないだろう。

　ピアニストに視線を向けたが、ときどきラウンジ内を見まわしては、さりげなくヴァネッサとナウマンのようすをチェックした。そのたびに、ふたりの椅子が少しずつ近寄っているのがわかった。双方ともに身を近づけているのだ。たぶん、そのほうがたがいの声が聞きとりやすいからだろう。とはいえ、ほんとうにそれだけの理由だろうか。

「彼女は結婚したばかりの新妻よ」わたしはとがった口調でレドヴァースにそういった。

「まあね。ただし、それを確認したわけではないよ」レドヴァースは前かがみになってカウンターにもたれ、さりげなく片腕をわたしの背にまわした。彼の息がわたしの耳をくすぐる。

　わたしがにらむと、レドヴァースはくすくす笑った。背後の光景など無視している。「そんなにめいっぱい伸ばしていると、くびを痛めてしまうよ。それに、そんな態度だと、見張っているのがみえみえだと思わないかい?」

　力いっぱいとはいかないが、レドヴァースの脚を蹴ってやる。レドヴァースはちかっと目くばせしてよこした。おもしろがっているときのレドヴァースは、とことん癪にさわる。しかも、わたしをいきりたたせておもしろがる傾向がある。

ピアノ演奏が数曲終わったところで、船客たちは席を立ったり、おしゃべりをしたりしはじめた。体の向きを変えて背後を見ると、ヴァネッサとナウマンの姿はなかった。別々に出ていったと思いたかったが、そんなことはありそうもない。

ため息が出る。どうしてなにごともシンプルにいかないのだろう?

「もう一度、ナウマンの船室を調べてみたほうがいいね」レドヴァースが耳もとでささやいた。

「絶好の機会だ」

わたしはグラスに残っていた酒を飲みほし、カウンターに空のグラスを置いて、レドヴァースのあとについていった。

「いまが絶好の機会だと本気で思っているの?」他人の船室に無断で侵入しているのがみつかれば、捕まってしまうのはまちがいない。それよりも悪いことすら頭に浮かぶ。だいたい、レドヴァースは午前中にナウマンの船室を捜索したのではなかったのか?

レドヴァースは目算ありげにナウマンの船室に向かっている。目的の船室に着くと、レドヴァースが例の解錠道具を使うものと思い、その光景が他者の目につかないように、わたしは体の向きをずらして彼の盾となった。が、彼はくすっと笑って、ポケットからルームキーを取りだした。どうしてそんなものを持っているのか、あえて訊いたりはしなかった——黙って彼のあとについて船室に入り、内からロックしただけだ。

「午前中に調べたんじゃなかったの?」それだけを訊く。

レドヴァースはくびを横に振った。「いや、わたしではなく、ドビンズがやってくれたはずなんだが、まだ報告をもらっていないんだ」

すばやく室内を見てみたが、誰もいない。「ナウマンはヴァネッサをここに連れてこない。あなたがそう考えたのはなぜ?」彼らはいっしょにラウンジを出ていったのか――その疑問をわざわざ口にする必要はない。

「ナウマンのような男は、よほどやむをえない場合でなければ、他人を自室に入れたりはしない。必ず、彼のほうがヴァネッサの船室に行くはずだ」

レドヴァースは早くも居間を隅々まで調べはじめている。彼の判断を裏打ちしている観点がわたしにはよくわからないのだが、彼に倣って、わたしも調べる作業にかかった。

「ここでなにかみつかると本気で思っているの?」静かに訊く。

「いや。だが、なにもみつからないにしても、それを確実に知っておきたいからね」

レドヴァースは見かけだけの偽の暖炉を調べている。確かにそこなら、ナウマンとて、隠しものがみつかるはずがないと高を括りそうな場所だ。わたしはデスクの裏側に手をすべらせてから、引き出しをひとつずつ調べていった。引き出しには、船室に備えつけられている文具しか入っていなかった。引き出しの底も見たが、なにかが貼りつけてあったりはしなかった。額にうっすらと汗が浮いてきたので、手くびでぬぐう。暑いからではなく、神経が張りつめているせいだろう。この三カ月足らずのあいだに、いくつもの部屋をこっそり調べた経験があるとはいえ、いまだに、捕まるのではないかという危機感を覚える。スリルに気持が昂揚(こうよう)するのではなく、怯えてしまうのだ。

　レドヴァースは寝室に行き、やはり手ぎわよく捜索している。わたしは彼のあとをついてまわり、すべてが捜索前と同じ状態になっているかどうかを確認した。ナウマンが私物を調べられたことに気づくとは思えないが、レドヴァースが手を触れたあと、きっちりもとどおりに置いたかどうか、確実を期したかったのだ。レドヴァースが浴室を調べているあいだ、わたしはベッドカバーをきちんとなでつけた。一分もたたないうちにもどってきたレドヴァースは、頭を振った。

「なにもなし」

　最後に寝室を一瞥（いちべつ）してから、レドヴァースはわたしを追いたてるようにして船室のドアまで行き、耳をすました。ドアの向こうでなにか音がしないか確かめてから、ドアを開ける。通路に出て、ドアを閉める。

　ようやくわたしは口を開いた。「次はどうするの？」

　レドヴァースは微笑した。片頰にえくぼができる。「ついでに荷物室を見てみよう」

　わたしたちの船室にもどると、レドヴァースは手に入れた船員の制服に着替えたが、どうやってそれを手に入れたのか、頑として説明を拒んだ。わたしとしては、ドビンズにたのんだのだろうと推測するのが関の山だった。だが、レドヴァースが説明を拒んだのは、うっかり出所を明かせば、わたしが同じことをしかねないと危惧しているからではないかと思う。きっとそうだ。
制服を着こんで寝室から出てきたレドヴァースを、わたしはさっと点検した。ズボンの丈がちょっと短い——同じく、上着の袖も——が、注目してまじまじと見る者がいないかぎり、気づかれることはないだろう。

レドヴァースは船尾の階段を降りていった。わたしもあとにつづく。数階分のデッキを下りて三等船室に隣接したエリアに入る。さらにその下の、船員しか出入りできないデッキに向かう。不安が高まるにつれ、心臓の鼓動も速くなったが、わたしたちを二度も三度も見直す者はいなかった。傍(はた)から見れば、親切な船員に案内されてどこかに向かっている船客、とみなされるはずだ。わたしはずっと顔をうつむけ、レドヴァースからあまり離れないようにしてついていった。

荷物室のドアの前で足を止め、通りかかったスチュワードが行ってしまうのを待った。そのスチュワードはレドヴァースに軽くうなずいてから、わたしにちらりと好奇の目を向けたが、立ちどまったりせずに、そのまま通路を歩いていった。その姿が見えなくなると、レドヴァースはすぐに荷物室のドアを開けた。驚いたことに、ドアはロックされていないのだ。

なかに入る。窓がひとつもない。わたしはレドヴァースと彼の手にある懐中電灯とに身を寄せた。室内は夜のように暗く、ちょっと気味が悪い。ぐるりの壁の棚にはトランクや帽子箱が積みあげられ、中央部には大きな収納棚が何列も並んでいる。懐中電灯の弱々しい光を受けて、すべてが奇妙な影を投じている。わたしは必死で想像力が暴走しないように抑えこんだ。レドヴァースのがっしりした背中に片手をおき、彼のすぐうしろにいるようにした。

「船室ごとに整理されているはずだ」レドヴァースは狭い通路に入りこみ、荒削りの木材の棚に記されたナンバーを順に懐中電灯で照らしていき、ようやくナウマンの大きなトランクをみつけた。褐色のトランクの外側には、持ち主を示す名札はおろか、印ひとつついていない。まったく目だたないありふれたトランクだ。

「これを持っていてくれ」レドヴァースはわたしに懐中電灯をよこし、端の棚に置かれている大きなトランクを手前に引いた。かなり大型のトランクなので、わたしもそれが落ちたりしないように片手を添えて支えようとしたが、レドヴァースはゆうゆうと棚から引きずりだし、床に置いた。床に置いたときにどすんとくぐもった音がしたため、ふたりとも、一瞬、立ちすくんだが、わたしたちのちょっと乱れた呼吸音が聞こえるだけで、ほかにはなんの音もしなかった。レドヴァースはトランクのそばにしゃがみ、制服の上着の内ポケットから、例の重宝な道具を取りだして、小さな真鍮(しんちゅう)のロックの解錠にとりかかった。

ほんの数秒でトランクの蓋が開いた。ふたりしてなかをのぞきこむ。たいしたものはない——船では必要のない衣類が数点だけ。なにやらつぶやきながら衣類をめくっていくレドヴァースの手もとを、懐中電灯で照らす。深さのあるトランクの底を探っていた彼の手が、なにかをつかんだようだ。期待は裏切られなかった。

レドヴァースは手を引きあげた。懐中電灯の光条のなかに現われたのは、灰色の小さなハードカバーの本だった。

「それだけ？」本などではなく、もっと興奮させられるものを期待していたのだが。

レドヴァースが本をひっくりかえした。表紙が見えた。ジョヴァンニ・パピーニ著『キリストの生涯』。すばやくぱらぱらとページをめくっても、なにもはさまっていなかった。レドヴァースはなにやら思案しながら、本を元のところにもどした。

ナウマンのようなひとが持っているにしてはおかしな本だ。どういう宗教であろうと、彼が宗教に関心をもっているとは思えない。それに、彼が持っているのは母語のドイツ語で書かれた本だとばかり思っていたのだが、これは英語の本だ。

レドヴァースはトランクの内張りの縫い目にていねいに指を走らせ、秘密の仕切りがないことを確かめてから蓋を閉め、トランクを棚にもどした。奥に押しこむときに、荒削りの棚板に当たって、がたごとと音がした。またもや立ちすくんでしまったわたしたちの耳に、今回はドアの外から音が聞こえてきた。わたしたちは身動きひとつせずに、彫像のようにじっとしていたが、それ以上、音は聞こえなかった。レドヴァースがトランクをもとどおりに棚の奥にもどし終えてから、わたしたちはドアに向かった。わたしは先に立って、懐中電灯で照らしながら歩を進めたが、レドヴァースはわたしにぴったりとくっついている必要はないようだ。

ちょっと残念。大義名分とはいわないまでも、理由がありさえすれば、わたしは彼にくっついていられるのがうれしいのだが。

また数階分の階段を昇り、わたしたちの船室が近くなったところで、わたしはもうがまんできなくて、胸に抑えこんでいた質問を口にした。

「どうしてあの本を持ってこなかったの？」

ナウマンの愛読書にしては奇妙なタイトルのあの本には、なにか重要な意味があるのではないかと思ったのだ。緊張して冒険をしたというのに、なんの収穫もないまま夜を迎えることになるのが、どうにも悔しい。

レドヴァースはちょっと頭を振っただけで、くちびるは引き結んだきりだった。船室に入り、ドアをきっちり閉めて安全を確保してから、ようやく彼はいった。「あの本には必要な情報はなにも隠されていなかった。ただし、あの本があったことがわかっただけで充分なんだ」

今度はわたしが頭を振った。「もっと納得のいく説明をしてほしいわ」

「そう、あの本にはべつに害などない、とはいえない。ナウマンのような男が旅で軽く読書を楽しむというたぐいの本ではないからね。それに、彼は不可知論者だと、自分でいっていた。いうまでもないが、彼の本だとすれば、ドイツ語で書かれているほうがしっくりくる」

そのとおり。わたしもそう思う。

「だが、ナウマンがわたしたちが追っている人物だとすれば——」

「それはまだ確証がないわ」わたしはレドヴァースをさえぎった。「とすれば、あれはコードブックといって、暗号を解く鍵となる本かもしれない」

レドヴァースはいくぶんか驚いたようだが、話をつづけた。

「コードブック？　暗号を解く鍵となる本？」

「味方の全員が同じ本を持っておいて、暗号文でやりとりするときに、その本を鍵として使うんだ。一味が使っている本がわからなければ、暗号を解くことはできない」

「そんな重要なことに、どうしてわざわざ、あまり読まれているとはいえないような宗教的な本を選んだりするの？　どうしてもっと誰もが知っているような一般的な本にしないのかしら？　たとえば、最新刊の流行りの小説とか」

レドヴァースは肩をすくめた。「あの分野ではよくある書名だ。それであの本を選んだのだと思う。ナウマンは船に乗ってからあの本を渡され、あとで使うときのためにトランクに入れておいた、と考えられる」

そうだとすれば。「だったら、ブルーベイカーに暗号文を渡せないわね」

レドヴァースはうなずいた。昨夜、ナウマンはバンドリーダーに折りたたんだ紙片を渡した。だが、紙片になにが書かれていたとしても、暗号用の本が必要な内容ではなかったのだろう。どちらにしろ、公衆の面前で、おおっぴらに暗号用の本が使用されることはないだろうが。

「大勢の人々が見ている前で暗号文を渡すより、受け渡し場所を決めておいて、そこにこっそり隠しておくほうが安全だ」

それはそのとおりだが、また新たな疑問が湧いてきた。「ナウマンが暗号用の本をトランクにしまいこんで、それを荷物室に預けているのは、この船のなかでは必要ないからということ？」ずっと立ったまま話していたわたしは、ここでようやく肘掛け椅子に腰をおろした。

レドヴァースもテーブルの椅子にすわった。「そうかもしれない。しかし、もっと重要なのは、彼がこの船のなかで仲間と接触しているかもしれないということなんだ」

わたしは眉をつりあげた。

「以前のナウマンに仲間はいなかった」レドヴァースは説明した。どうしてそれを知っているのか、訊くのは控える。

「ブルーベイカーが仲間の連絡者？」

「ありうるね」レドヴァースは吐息をついた。「こうなると、あの男の船室を調べなければならないな」

「今夜、バンド演奏はお休みよ」

レドヴァースはくびをかしげて考えこんだ。「せっかく制服を着ていることだし、下に行って、ブルーベイカーが船室にいるかどうか確かめたほうがいいかな」

「もし彼が船室にいたら？」危険な状況になりかねない。

「そのときは失礼しましたとあやまって、さっさと逃げ出すさ」

「あなただと正体がわかってしまわない？」

レドヴァースはくびを横に振った。「この船には大勢の船員がいる。この制服を着ていれば、わたしの顔をじっくり見たりする者はいないよ」

たとえ変装していても、このひとが顔を二度見されないことがあるなど、とうてい想像できないが、彼はすでに心を決めたようだ。

「用心してね。調べる時間はまだあるんだから」

レドヴァースはうなずいた。「用心するよ」

次の朝は早くに目が覚めた。例によって、ひとりで——たとえ眠りに落ちたときはひとりではなかったにしろ、目覚めたときはいつもこうなのだ。ガウン姿で居間に行くと、レドヴァースはきちんと着替えて一日を始める用意をととのえ、船内電話で朝食を注文してくれていた。朝食が届くのを待っているあいだ、わたしは彼を質問攻めにした。「なにがみつかったの？」

「なにかをみつけたと、どうしてわかるんだい？」

「だって、顔に書いてある。さあ、白状なさいな」

レドヴァースはわたしをからかうのをやめた。彼にとっては幸いだ。なにせ、わたしはまだ朝のコーヒーを飲んでいないのだ。からかったりしないほうが彼の身のためといえる。

「徹底的に捜索した」

「ブルーベイカーはどうしたの？　船室にはいなかった？」

「楽団員はほとんど全員が、クルー用の食堂で賭け金の低いトランプゲームに興じていた」

「見たの？」

レドヴァースはするどい目でわたしをにらんだ。「わたしに話をさせてくれないか？」

わたしは口を閉じて、手まねで話をつづけるようにうながした。

「宗教関係の本は一冊もなかった。このあと確かめてみるつもりだが、クルー各自が荷物を荷物室に預けているとは思えない。クルーの持ちこみ荷物には制限があるはずだからね。楽団員は例外かもしれないが、どうだろうな」

レドヴァースはそこでひと息いれ、椅子にすわりなおした。わたしは早く先を聞きたかったが、せかしたりはしなかった。

「みつかったのは、H・ナウマン作曲と書いてある楽譜が数枚。ほかの楽譜にまじっていた」

「はあ?」思わず耳を疑ってしまった。

レドヴァースはわたしを見ているだけで、なにもいわない。

「ナウマンは作曲家なの?」ふいに記憶がよみがえった。ナウマンと盛りあがった会話——会話というより、ナウマンの独演だったといっていい。彼は作曲をしているとはいわなかったが、音楽に関しては、奇妙なほど熱意をこめて、かなり激烈な感想を述べていた。

「どういう曲だった?」ナウマンとはよくおしゃべりをした仲だが、彼のその面は知らなかったので、どういう傾向の曲を書くのか興味が湧いた。彼が作曲をしているという情報をどうして知っているのかを明かさないかぎり、ナウマンにじかに訊くわけにはいかない。

レドヴァースは肩をすくめた。「わたしは楽譜を読めないから、なんともいえない」

わざと息をのんでみせる。「あなたにもできないことがあるの?」

「ここだけの話にしてほしいな」

わたしはにんまり笑ったが、レドヴァースがみつけたものの意味をよく考えた。「そうすると、バンドリーダーがナウマンの連絡員だという見こみは、はずれってことね」眉をひそめる。「彼がわたしたちが追っているスパイという線は消える?」

レドヴァースはわたしを横目で見た。「いっておくが、きみのハインズ・ナウマンは、いよいよスパイの嫌疑が濃くなってきた」

「わたしのハインズ・ナウマンじゃないわよ」レドヴァースの口調に多少の嫉妬がこもっていることに気づかなかったら、もっと突っかかるところだったが、ちょっと気をよくして舌は引っこめておいた。「マイルズ・ヴァン・デ・メートルはどう?」

レドヴァースは頭を振った。「そもそも彼が実在しているのかどうかという疑問は措いておくとしても、まだ船に乗っているのかどうかもわかっていないんだ。想定外だったが、『キリストの生涯』という本を目の当たりにしたことからいっても、ナウマンがいちばん有力な容疑者だと思う」

正直なところ、ナウマンがいちばんスパイ容疑が濃いと思うと、気持が落ちこんでしまうが、事実は事実。落ちこんではいられない。なんといっても、あの小さな本が問題なのだ。おそらくレドヴァースは正しいという認識を受け容れるしかない。

そのおかげで、わたしの思考は別の方向に飛んでいった。「昨夜、ヴァネッサとナウマンはどこにいたと思う?」

「オープンデッキを散歩していたんだろう」

視線で疑問をぶつける。

「わたしたちが同じことを考えているのはわかっている。それにしても、かなり複雑な問題だよ。ただし、それを有利に使えるはずだ」

どうするつもりなのか訊いてみようとしたとき、ドアがノックされた。給仕が朝食を運んできたのだ。皿やカップをテーブルに置いている給仕に、レドヴァースは質問した。

「この船室のスチュワードを見かけなかったかい？　ミスター・ドビンズのことだが。話をしたいとメッセージを伝えておいたんだけど、いまだになにも連絡がなくてね。伝言サービスがなっていないんじゃないかと、いささか腹をたてているところなんだ」

最後のことばは単なる効果狙いだ。レドヴァースというひとは、そう簡単に腹をたてたりはしない。そんなことをいったのは、ちゃんと狙いがあってのことだ。

「お聞きになっていらっしゃらないんですね」若い給仕はズボンのサイド・ラインをもじもじといじった。「今朝がた、ミスター・ドビンズは発見されました。もうすでに、別のスチュワードが担当を替わるように手配されています」

レドヴァースもわたしも背筋をのばしてすわりなおした。

「発見された？　どういう意味だね、発見されたというのは？」

給仕はこほんと咳ばらいして、一歩うしろにさがった。逃げたくなったのは無理もない——レドヴァースの態度も口調も激しかったからだ。

「今朝早く、トルコ式蒸し風呂の浴室で発見されたんです。そのう、死体となって」

# 26

レドヴァースもわたしも、思わず悪態をついてしまった。そのせいでさらにあとずさったかわいそうな給仕に、もう行っていいといってやる。湯気をたてているコーヒーポットをちらりと見てから、着替えようと寝室にもどる。記録的な速さで身仕度をととのえ、レドヴァースともども船室をとびだした。

「なかには、入れて、もらえないと、思うわ」息を切らしているのは、レドヴァースのペースに遅れないように小走りで通路を進み、複数のデッキの階段を降りているせいだ。例によって、レドヴァースの的確な方向感覚には感心する——船内のどこを通ればどこに行くのか、きっちり把握(はあく)しているのだ。

レドヴァースは返事をしなかったが、きびしい顔つきと固く引き結ばれた口もとが、多くのことを語っている。こんなときなのに、つい、かすかにくちびるがほころんでしまった。いまのレドヴァースの行く手をさえぎる者は、運が悪くて気の毒としかいいようがない。

太陽がちょうど空に昇りきった時刻なので、通路や階段にいる船客はまだ少ないが、目的地のFデッキにつくまでに何度か、早起きの船客にぶつかりそうになり、そのたびにもごもごとあやまって通りすぎた。

トルコ式蒸し風呂でほてった体を冷やす休憩室に入ったとたん、その内装に目をみはった——この豪華な大型客船の設備は半端ではない。一瞬にしてエジプトでの日々を思い出した——舷窓を模した、チーク材の優美な曲線のカイロ・カーテンからは薄く光がさしこんでいる。また、天井から吊りさげられている真鍮のアラビアン・ランプは、ギザのメナハウス・ホテルで見た装飾様式を彷彿とさせ、つかのま、わたしは過去に跳んだ。この部屋の壁は大きな青と緑のタイルでおおわれていて、せっかくのチーク材のぬくもりを消し去っているが、すばらしい模様のある床を引き立ててもいる。蒸し風呂から出てきた人々が体を冷やせるように、キャンヴァス地の椅子がそこここに散らばっている。おそらく、風呂あがりの人々に、係員が冷たい飲み物を運んでくるのだろう。わたしにはとてつもなく贅沢な設備——プールやジムはいうまでもなく——に思えるが、船客には好評なのだろう。これは船であって、しかも、単なる船ではないのだ。

一瞬の白日夢に似た過去の思い出から現実にもどり、休憩室をずんずん進んで浴室に入っていくレドヴァースについていこうと、懸命にあとを追う。浴室の内装も休憩室と同じ趣だった——美しいタイル張りだが、蒸気がこもってもいいように、休憩室のような装飾性はない。

船長をはじめとして、船員たちの一団——全部で四人——が半円形をなして、小さな湯槽のひとつを囲んでいる。出入り口近くに立ったわたしたちのところからも、彼らの足もとにドビンズの遺体が見えた。タイルの床に横たえられている遺体の周囲には、水たまりができていた。湯槽から引きあげられたのだろうか？

レドヴァースは低い声で悪態をついた。わたしは涙ぐんでしまい、わたしたちのスチュワードから目をそらし、レドヴァースを見やった。レドヴァースは、死体となって発見されたのはドビンズではない──そう願っていたのだ。わたしも同じだ。

わたしたちの足音が聞こえたのだろう、船員のひとりがこちらを向き、両手を広げて制止した。「入室禁止です」

船員たちのなかにベンスン一等航海士がいないのを見てとり、ほっとする。あの男といいあらそうのは、いま、いちばん避けたいことだからだ。

制止した船員はレドヴァースにじろりとにらまれてたじろぎ、ふりかえって船長を見た。残り三人のまんなかに立っている船長に、レドヴァースは静かに声をかけた。「船長」

呼ばれて、船長はこちらを向き、深々と吐息をついた。「船室におもどりください。ここには、あなたがたが見るべきものなどありません」

「そのひとは、わたしたちの世話をしてくれているスチュワードです」

「それはそのとおりですが、いまはもうちがいます。ほかの者が担当になるように手配しました」

いま必要なのは、わたしたちがオリンピック号に乗船しているほんとうの目的を明かすことなく、レドヴァースが遺体のようすを確認できるように、船長たちの注意をそらすことだ。すでに船長が信頼に足る人物ではないと判断したからには、こちらの正体を知られるわけにはいかない。

わたしはよろりと足を前に踏みだし、片手で額を押さえてよろけ、失神しかけたふりをした。わたしが船員のひとりにぶつかると、その船員が隣のひとにぶつかり、ぶつかられたひとがまたその隣にぶつかって、船長をはじめとする三人を倒してしまいそうになった。三人しかいないが、制服姿のドミノ倒しができるところだった。ばかげた作戦だったが、効果はあった。叫び声があがった。床に倒れこみそうになったわたしを支えようと、三人が三人とも足をもつれさせたのだ。あやういところでわたしを支えてくれたのは、ビセット船長だった。船長はわたしを抱きとめ、そっと床に横たえてくれた。ほかの者たちがあわてて、わたしの世話にかまけているあいだに、たとえ目視だけにしても、レドヴァースはドビンズの遺体をざっとあらためることができたはずだ。薄くまぶたを開けると、レドヴァースがドビンズの頭をみつめ、襟を押し広げて頸部を注視しているのが見えた。

「ごめんなさい」わたしは弱々しい声でいった。「ご遺体を見るのは初めてなので」いまにも泣きだしそうに声を震わせる。「悲しいこと……」じっさいに悲しいのだが、こういう光景には耐えられる。一度ならず、こういう光景を見た経験があるからだ。これが最後になればいいのだが。

船員のひとりが同僚にドクターを呼べというと、いわれた船員は駆けだしていった。駆けていく船員にドクターを呼ぶ必要はないといおうとしたが、船長がけっこう力をこめてわたしの腕をたたき、話をしないほうがいいといった。わたしは片手で目をおおった。指のすきまからそっとのぞいてみると、レドヴァースの目視検分はほぼ終わりそうだとわかった。なので、もう一方の手を床に押しつけて上体を起こした。残っているふたりが口々に、まだ安静にしているほうがいいといった。一般に、男たちが〝女はかよわい〟と思いこんでいるのは、女に対する侮辱といえるけれど。

ようやく、残っていた二等航海士が、レドヴァースはなにをしているのか、なぜ妻の世話をしないのかといぶかしんだ。

「そこから離れてください。おくさんをみてあげるべきでしょう」二等航海士は咎めるようにレドヴァースにそういった。

わたしは片足をのばし、わざと二等航海士の脛を蹴った。そして、いかにも申しわけなさそうに、小さくあえいでみせた。二等航海士は顔をしかめ、身をかがめて蹴られた箇所をなでている。しめしめ、というところだ。

一拍遅れという感じで、レドヴァースがそばにきて、わたしに腕をまわして立たせてくれた。

「もう、だいじょうぶのようですよ。医者に診てもらう必要はありません。みなさんも女性のことはよくごぞんじでしょう。妻を船室に連れていきます」

それを聞いたわたしは、レドヴァースも蹴ってやろうかと思ったが、そこはぐっとがまんして、なかば彼に抱きかかえられるようにしてその場を離れた。半分ほど閉じたまぶたのあいだから、男たちが不審そうな目で見ているのがわかったが、誰もわたしたちを止めようとはしなかった。

通路に出ると、レドヴァースはわたしから手を放し、にやっと笑った。「上出来だったよ、マイ・ディア。おかげで必要なことはすべて見てとれた」

褒められて——しかも〝マイ・ディア〟と呼ばれた——頬が熱くなったが、そのとき、こちらに近づいてくる複数の声が聞こえてきた。ドクターと船員だろう。とっさに、レドヴァースを声とは反対側に押しやる。ヴァネッサのように船室に閉じこめられて、安静にしろといわれるのはごめんだ。たぶんドクターは〝神経を鎮める〟ためにそうしろ、といいはるにちがいない。そそくさと通路の角を曲がったので、彼らに姿を見られずにすんだ。

# 27

わたしたちの船室は、ドクターがいちばん先に往診にくるはずの場所なので、朝食をとりにカフェに行こうとレドヴァースにいった。船室の居間に運ばれた朝食は、いまごろはもう、冷めきっているだろうし。頭痛がしてきたのは、カフェインが欠乏しているせいだ。冷たい床に横たえられていたドビンズの遺体を見たばかりだというのに、空腹だと胃が騒いでいる。

カフェはなかばほど席が埋まっていた。レドヴァースはわたしの腰に腕をまわし、ウェイトレスに片目をつぶって、人目につかないテーブルをたのんだ。ウェイトレスはレドヴァースにまつげをはためかせて、大きなシュロの鉢植えが人目をさえぎっている隅のテーブルに案内してくれた。

「片目をつぶる必要があったの？　テーブルに案内してもらうために？」

レドヴァースはにやっと笑った。「嫉妬かい、おくさん？」

わたしは思いきり、鼻にしわを寄せて彼をにらんでやった。ドビンズの遺体を目視してわかったことがあるのかどうか訊きたかったが、それを追求するのは、注文した料理が届くまで待つことにする。

遺体を見たのは今回が初めてではないが、そのたびに胸にこみあげる感慨に変わりはない。

心の底から、彼があの若さで突然に人生を断ち切られてしまったことを悲しく思う。

料理より先に届いたコーヒーを飲みながら、レドヴァースに訊く。「ドビンズをしっかり見てくれた？」レドヴァースがうなずいたので、質問をつづけた。「なにかわかった？」

「頭を殴打されたようすはなかったが、襟を広げてみると、うなじにいくつかの痕跡があった――黒っぽいあざになりかけていた」

「うしろから押さえつけられたみたいに？」

「そのとおり」

またひとくちコーヒーをすする。「ドクターもあなたと同じことに気づくかしら？」

レドヴァースは肩をすくめて、ティーカップをいじった。「どうだろうね。正直なところ、わたしたちが駆けつけたときに、あの場に医者がいなかったのが不思議なんだ」

いわれてみて気づいた。船長をはじめとする船員たちがすぐさま船医を呼ばなかったのは、確かにおかしい。

「あなた、ボートの規則を知っているの？」

「こういう船はボートとはいわず、シップというんだ」

「じゃあ、シップの規則を知ってる？」

「確実ではないが」

給仕が料理を運んできたので、レドヴァースは目をあげて、口をつぐんだ。そしてナプキンを広げて膝に置いた。話し声が耳に届かない距離まで給仕が遠ざかると、レドヴァースはまた口を開いた。「船上には、捜査をする警察組織はない。おそらく、上級船員のひとりがその役を担い、事態にあたるのだと思う」

なるほど。「そのひとたちがあなたと同じく、うなじのあざをみつけたら、事故ではないと考えるはずよね」

「問題は、なぜ彼が殺されたのか、だ。わたしたちがこの船に乗っている理由と関係があるのかどうか」

わたしはふいに罪悪感に駆られた。「でなきゃ、わたしがヴァネッサの身になにが起こっているのか、探ってほしいとたのんだせいかもしれない」

レドヴァースは真剣な面もちでうなずいた。

急に食欲がなくなり、たまご料理をフォークでつついた。ドビンズに不慮の死をもたらした原因をひそかに探るなんて、無理かもしれない。

レドヴァースが顔をしかめた。「船内に協力者がいないと、クルーに関する情報を手に入れるのは、なかなかむずかしくなる」なんだか非情ないいかたに聞こえるが、レドヴァースは実際的な人間なのだ。ドビンズの死を心から悼んでいても、次はどういう手を打つべきか、それを考えなければならない。

「まだ船長にはわたしの身元を明かしていないが、そうするのはいまが潮時かもしれないな」

「それ、よくあることなの？　船長には前もって知らせておくものだと思ってた」

お茶を飲みながら、レドヴァースは思案ぶかい目でわたしを見た。「通常は、そう、イエスだ。特に、こういう事態を想定すれば。だが、ビセット船長にはいい印象をもてなかった。あの男をどう評価すべきか、まだよくわからない。彼には……不正行為の疑惑があるからね」

不正行為の疑惑――密輸のことだ。わたしがシェルブール港で撮った写真を、レドヴァースが安全な場所にしまってくれているといいのだが。

「それに、船長はわたしの正体を知っていたようだ、ということも忘れてはならない。わたしの正体を知っているクルーは、ただひとり、ドビンズだけだった」そういって眉をひそめたが、すぐにその表情を消して考えこんだ。「ビセット船長は退職まぢかでね」

それには驚いた。若くはないが、それほど年配には見えないからだ。

「だが、船長の経歴はきれいなものだ。戦時中に船を失ったのは不可抗力といえるとして、これまでに乗ったどの船でも、大きな事故や災難に見舞われたことはない。航行記録はすべて良好・安全」

レドヴァースは頭を小さく振って、お茶のお代わりをカップにつぎ、ミルクと砂糖を入れた。スプーンに山盛りの砂糖を何杯も。

「それにしても、あの場に船医が呼ばれていなかったのが気になる。船長がこの事件を隠蔽(いんぺい)しようとしなければいいのだが」

わたしも同感だ。そもそも、ビセット船長はなにかにつけ非協力的だった。ヴァネッサ・フィッツシモンズの不安を解消するために船員たちを動かそうとはしなかった。わたしたちが質問しようとしても、あからさまにそれを拒否した。そして、遺体が発見されても、すぐさま現場に船医を呼ぼうとはしなかった……。そう、ドビンズの死に関して船長は適切な手を打とうとはしないだろう、というレドヴァースの懸念はまちがっていないと思う。

なにやら考えこんでいたレドヴァースは顔をあげた。わたしの背後に誰もいないことを確かめてから、するどい目をわたしに向けた。「オープンデッキに行って、なにもかも通常どおりというふりをしてほしい。ナウマンと話をして、ドビンズが死んだことを知っているかどうかを確かめてもらいたい」

ハインズ・ナウマンは捉えどころのない人物だ。彼がドビンズの不慮の死を知っているかどうか。嘘をついたら、それを見破れるといいのだが。

ナウマンが関係しているかもしれないというのは、わたしには受け容れがたいことだ。心痛が顔に出ないようにする。「ドビンズを殺したのはナウマンかもしれないと思っているの？」

レドヴァースは黒い眉を片方だけつりあげた。「きみはそう思わないのかい？」

わたしはさらにコーヒーを飲んで考えこんだ。ナウマンにとって、これはいい前兆とはいえない。わたしたちはナウマンをスパイ容疑の有力な対象者だと狙いを定め、ドビンズに彼の船室を調べてほしいとたのんだ。その直後にドビンズは殺された。ドビンズがその任務を完了していたかどうか、わたしたちにはもはや知るすべはないのだ。あるいは、その任務を果たそうとしているさなかにみつかったのか、それもわからない。なにしろ、その指示を出したあと、わたしたちはドビンズに会っていないのだから。その一方で、容疑者の船室を調べているさなかに殺されるというのは、よほどのことだと思う。スパイというのは、つねに身辺を探られることを想定して、余念なく細心の対策をしているのではないだろうか。

「ええ、そうは思わない」わたしは否定のことばを強調して、くびを横に振った。「船室を調べられたぐらいで殺したりする？　過激すぎるわ。わたしは、ヴァネッサの件と関係があるんじゃないかと思う」

「きみはナウマンを好きだから、そう思うんじゃないのかい？」レドヴァースの目がいたずらっぽくきらめいている。

わたしは目を細くせばめて彼をにらんだ。「いいえ。彼と話をするのは決していやではなかったけど、彼がドビンズの死に関与しているとは、どうしても思えないのよ」

レドヴァースのまなざしが真剣になった。その目でひたとわたしの目をみつめる。「とにかく、彼には充分に注意してほしい」

なにに注意しろというのか。わたしの心情？　それとも、身上のほう？　レドヴァースはナウマンを犯罪者だとみなしているのだ。ふいに、先夜、ナウマンに暗いオープンデッキにやすやすと誘われたことを思い出し、つい咳ばらいをしてしまった。「で、あなたはどうするの？」

「まずは陸にメッセージをいくつか送る。今回の出来事も報告する。そのあとは、上級船員たちがドビンズのことを話してくれるかどうか、ちょっとあたってみよう。彼が死んだことを知っているか、それに、彼の遺体をどうする予定なのか、聞きだせればいいが」

「あの一等航海士には会いたくないわ。協力的な態度なんかとるはずがないもの」

レドヴァースは愛嬌のある笑みを見せた。おかげで、わたしの心臓は一拍、鼓動を飛ばした。

「だが、わたしはまだ会ったことがないからね」

ベンスン一等航海士も、わたし同様に、レドヴァースの笑みに魅せられるだろうか。どうだろう?

## 28

カフェを出ると、わたしたちは別行動をとった。わたしはナウマンがいるかどうかを確かめに、一等船客用のオープンデッキに向かった。今日は曇っていて、なんとなく陰鬱な感じがする。今朝はあんなことがあったので、いまのわたしの気分にぴったりだといえる。

わたし専用のデッキチェアに向かうと、誰かがそれを占領して、ナウマンと楽しそうにおしゃべりをしていた。それが誰かわかると、足がもつれて立ちどまってしまった。ヴァネッサ・フィッツシモンズだ。昨夜、ふたりがいっしょにいるところを見ているので、いまさら驚くほどのことではないが、それにしてもちょっと意表を衝かれた。

「ジェーン！」ヴァネッサが片手を振った。「こちらにいらして。ごめんなさい、あなたのデッキチェアを横取りしてるわね。でも、これを使えばいいわ」そういって、彼女の隣の、空いているデッキチェアを手で示した。「専用の船客はいないみたい」ヴァネッサはわたしのデッキチェアを譲る気はないらしい。

わたしはおざなりの微笑を浮かべ、ナウマンを見た。彼の目には勝ち誇った光が宿っている。なぜなのか、察しがつく。ふたりの女が彼の注意を惹こうと争っている――そうみなしているからだ。それとも、ほかに理由があるのか。ここで初めて、ナウマンという男を見誤っていたのではないかという疑念が生じた。彼は故国の大義のために任務を負い、アメリカで極秘の情報を入手し、故国に持ち帰ろうとしている――そういう人物かもしれないとは思っていたが、彼の故国への忠誠心がどれほど強いものか、考えてみたことはなかった。

というか、彼にそれだけの能力があるということすら、考えてみたこともない。

朝のあいさつや、ぱっとしない天候の話題などで会話を交わしたあと、ヴァネッサとナウマンはおしゃべりのつづきを始めた。地中海ではどこのカジノがいちばんいいかとか、どこのカジノがいちばん多くチップが買えるかとか、そういう話題が出ているようだ。

わたしはちょっと聞いていただけで、すぐにふたりの会話を耳から閉め出した。ギャンブルにはまったく興味がないし、最初はともかく、ふたりはすぐにわたしを会話に交えようとしなくなったからでもある。わたしは広大な海に目を向け、ウールのコートにくるまった身をちぢめて、灰色の波が砕けて散るさまを眺めていた。

「ジェーン」

ヴァネッサに呼びかけられて、わたしは夢想を破られた。

「なにを考えているの？　今朝はいつものあなたらしくないわね」

ふたりに顔を向けて、弱々しい微笑を浮かべる。「今朝、わたしたちの船室づきのスチュワードが、ご遺体で発見されたようなの」ふたりの顔を交互に見る。特にナウマンの反応に関心をもって。彼はわたしの話に顔をゆがめたが、それもつかのま、すぐに無頓着な表情にもどった。どういう反応といえばいいのかわからないが、罪の意識の表われとはいいがたい気がする。

「あら、そうなの？　でも、すぐに新しいスチュワードを担当につけてくれるわよ。不都合なことなんかないわ」

どうしてこうも非情なことがいえるのか、わたしは啞然としてヴァネッサをみつめた。彼女の身にふりかかっている厄介事のせいで、ヴァネッサの冷淡な、思いやりのない性格のことを忘れていたが、いまここで、それがあらためて明らかになった。じつのところ、わたしにとって衝撃だったのは、彼女が行方知れずの夫のことを、いともあっさりと放念しているように見えることだ。つまり、最初にいいよってきたハンサムな男、退場。次に登場してきたのは、おそらく、ナウマンひとりではないはずだ。

「ねえ、ヴァネッサ」ナウマンはわたしのようすを見て、ヴァネッサの赤毛の頭に顔を寄せた。「ひとがひとり、亡くなったんだよ」

ヴァネッサは一瞬、体をこわばらせたものの、すぐに目玉をくるっと回した。「ええ、そうね。あなたのいうとおりね」

ナウマンの眉間にかすかにしわが刻まれた。そのしわが、ヴァネッサの態度には同調できないと語っている。ナウマンは頭を振って気を取りなおし、また彼女と他愛のないおしゃべりを始めたが、前のように活発なやりとりにはならなかった。しばらくすると、ナウマンは立ちあがり、ヴァネッサの手にキスしてから、彼の膝掛けをわたしに譲って去っていった。ヴァネッサには彼女の膝掛けがあるからだ。わたしはありがたくナウマンの膝掛けを受けとり、くびもとまで引きあげて、ぬくぬくとくるまった。

「わたしのこと、ひどく冷酷だと思ってるでしょうね」ナウマンの姿が見えなくなると、ヴァネッサはいった。「そして、新しい男をみつけたって」ため息をつき、ナウマンが去った方向を眺めながら結婚指輪をいじった。「彼を追いはらわなかったのは、わたしの意思だとも」

「そうね、ちょっとあきれたのは確かよ」とりつくろってもしょうがない。どうせ顔に出ているだろうし。

ヴァネッサは気にしないとばかりに肩をすくめようとしたが、肩には力が入っていて、両手は膝の上でいらいらと動いている。

「ほかのことに気をそらしたかっただけなの。それに、すてきな男性にちやほやされるのはいやじゃないし。あのね……」ヴァネッサはいいよどんだ。その顔をさまざまな感情がよぎっていく。「わたしがほかの男に気があるふりをしていたら、マイルズが姿を現わすんじゃないかと思って……」

「彼がまだ船内のどこかにいると思っているの？」

ヴァネッサの声が一オクターブ、高くなった。「もちろん、そうよ。この船のどこかにいるに決まっているわ。姿を消してしまうなんて、できっこないもの」声が詰まった。「でも、なぜ、いろんなことが次々に起こるのか、どうしてもわからない。もしマイルズがそれを知っているのなら、なぜ姿を現わして、わたしを助けてくれないのかしら？」不安そうに周囲を見まわす。誰に来てほしいのだろうか——そう思ったが、その疑問は胸におさめておいた。

とはいえ、黙ってはいられない。「いろいろな奇妙な出来事のことだけど」どうつづけようかとちょっと考えた。「マイルズがからんでいるかもしれないとは思わない？」

ヴァネッサの体がこわばった。声が低くなる。「あのひとがこんな残酷なまねをするなんて、想像もできない。たとえ、わたしの財産が目当てだとしても」

少なくとも、マイルズを疑ったことがあったのは確かなようだ。ヴァネッサが精神に異常をきたしていると証明されれば、マイルズは彼女の財産を好きに使えるのだ。だが、その点を追求するつもりはない。うなずくだけにした。そのあとは、わたしもヴァネッサも気まずい沈黙にひたった。

ヴァネッサは信じたくないのだ——結婚した相手がこんな残酷なまねのできる男だとは。それはそうだろう。いやいやながらであろうと、自分の愚かさを認める気になる者などいるだろうか？　それに、相手が彼女の財産目当てで結婚したのが事実だとは、決して認めたくないだろう。

ナウマンがいっしょにいたあいだ、ヴァネッサは不安を表わさないようにしていたが、いまは気持を隠そうとはしていない。自分でいったように、マイルズを隠れ場所からおびきだそうとしているのか、それとも、夫がふいに現われるのを恐れているのか、どちらだろう？　ヴァネッサ・フィッツシモンズは女優ばりに演技がうまくて、芝居をしているだけなのだろうか。

いろいろな可能性を考えていると、頭が疲れてきた。そのとき、急にヴァネッサのメイドのレベッカが、クルーの居住エリアに入っていったことを思い出した。それをヴァネッサにいったところ、彼女はうつろな笑い声をあげただけだった。

「あら、やるわね、レベッカも。この船旅でお楽しみをみつけたなんて、けっこうなことだわ」

「レベッカは色恋にふけっているだけだと思う？」

「そうよ。ハンサムな水夫と出会って、船上の逢い引きを楽しんでいるんだわ。彼女にとってはいいことよ。わたしたち若い女の人生には、彩りが必要だもの。安酒だって闇でしか手に入らないうえに、わたしたちの一挙一動に貪欲に目を光らせる連中が待ちかまえている、アメリカに帰る前には、ね」

予想していた返事とはちがった。レドヴァースが見せてくれた報告書を読むと、ヴァネッサは新聞記者たちの注目をあびるのが生きがいなのかと思えたのだが、いまの話では、彼女のほうが記者たちに街じゅうを追いかけまわされているかのようだ。とはいえ、注目をあびるのが目的ではないとすれば、なぜ噴水に跳びこんだりするのだろう。ヴァネッサの見解が現実的といえるのかどうか、わたしには判断できかねる。

それはそれとして、レベッカの行動に関するヴァネッサの説明は、少しも真実味がない。レベッカがクルーの居住エリアに出入りしているのは船上のロマンスのせいだという、ヴァネッサの無邪気な説明は、とうてい受け容れがたい。

しばらくのあいだ、ヴァネッサとわたしが黙りこんで海を眺めているところに、ドクター・モンゴメリーがやってきた。

「ミセス・フィッツシモンズ」

ドクターに呼びかけられ、ヴァネッサは彼女のデッキチェアにすわったまま、とびあがった

——いや、彼女のではなく、わたしのデッキチェアだが。わたしとちがい、彼女にはうしろから近づいてくるドクターが見えなかったのだ。たちまち彼女の顔がゆがみ、魅力的とはいえない渋面と化した。

「ごいっしょに少しぶらつきませんか?」

「いいえ、そんな気にはなれません。でも、わたしに選択の余地はないんでしょう?」

ヴァネッサにつっけんどんなことばをあびせられても、ドクターは陽気に笑った。ヴァネッサはため息をつき、立ちあがって膝掛けをデッキチェアに落とした。そしていかにもいやそうに、彼の腕を取ったが、ドクターの陽気な態度に変化はなかった。

「またあとでね、ジェーン」ドクターに刺すような一瞥をくれてから、ヴァネッサはふりむいて、わたしに意味ありげなまなざしを向けた。「ラウンジで一杯飲りましょう」

わたしは同意したものの、ドクターと腕を組んで去っていく彼女を見て、ぶるっと体が震えた。ドクターは彼女の健康状態をチェックしにきただけで、彼女にすべてを忘却させる薬を服ませるためではない、と思いたい。いまのところ、彼女に薬の悪い影響はないようだ——静かにすわっていただけ。それにしても、ドクターがふいに現われたことに、わたしは深い懸念を抱いた。だが、こちらの立場をあやうくすることなく、彼女を救う手だてはないといっていい。わたしは、手に負えない〝ヒステリック〟な女ではなく、〝思慮分別のある女〟に見られるよう、ふるまわなければならない。特に、今朝がた、トルコ式蒸し風呂であやしげな芝居をして、薄氷を踏むようなまねをしたあとでは。これ以上、不審の目が向けられるようなことはするべきではない。

ヴァネッサに対して複雑な感情を抱いているのは否めないが、あとで、彼女をもっとよく観察することに決めた。

連れがふたりともいなくなったので、レベッカがどうしているか、調べてみることにした。

立ちあがって、膝掛けをたたみ、ナウマンのデッキチェアに置いてから、クルー・エリアの階段室に向かった。レベッカのあとを尾けていったときと同じ階段のてっぺんで立ちどまり、耳をすました。下からは、人声はおろか、物音も聞こえなかったが、前にこの階段を降りていったときの結果を考えれば、用心に越したことはない。

一段、片足をおろす。そのあとは一気に、以前にレベッカが訪ねたドアを目ざして足早に階段を降りていった。ずらりと並んでいる船室のひとつの前で立ちどまる。周囲はすべて単調な灰色。だが、このドアにまちがいないと思う。あいにく、どれも同じに見えるが、どのドアにもルームナンバーが記されている。通路の奥とうしろを確認する。誰もいない。念のために、階段のいちばん下の段に目をやって、ここでいいのかどうかを再確認する。そして、肩をすくめて片手をあげ、そっとノックした。

応答なし。

もう一度ノックする。今度は少し強めに。だが、やはり応答はない。左右をちらっと見て、誰もいないことを確かめてから、ドアに耳を押しつけた。ドアの向こうで、誰かが息をひそめているのではないか。いや、なかはしんと静まりかえっている。一歩うしろにさがり、くちびるを嚙む。このままここにいて、誰かに見られる危険をおかすべきだろうか？　それとも、数時間後にまたここに来て、この船室の主がもどっているかどうかを確かめる？

　迷っていると、くすんだ灰色の通路の奥から、そちらの階段を降りてくる足音が聞こえてきた。わたしは急いで身をひるがえし、先ほど降りてきた階段を駆け昇って、上のデッキの階段室のドアから出た。片手で胸を押さえ、動悸の速い心臓をなだめてやってから、必死になって、さりげない態度をとりつくろった。これほどあわてるとは、わたしらしくない。

　ゆっくりと手近な通路を歩いてみる。クルー・エリアの通路と船客用の通路のちがいを実感する。船客用の通路は、いましがた階下で見た通路とはくらべものにならないぐらい、美しく内装されている。あきらめて船室にもどろうとしたとき、すぐ上のデッキから、エロイーズ・バウマンの傍若無人な大きな声が聞こえた。聞きまちがえようのない、あの声だ。なんといっているのかは聞きとれないが、わたしの直感が、彼女は安全な盾だと告げている。

　それでもためらっているうちに、エロイーズはおせっかいな人間だということを思い出した。おそらく、彼女はさまざまなゴシップを知っているはずだ。ならば、こちらから適切な質問をして、彼女がかき集めた情報を聞きだせばいい。わたしはまぶたをきつく閉じて、くちびるを引き結んだ。エロイーズと出くわすのは避けて通りたいところだが、ここは妥協しよう。なんであれ、有益な情報を得るには、最上の相手だという気がする。

　ひとつ吐息をついて、自己保存本能のすべてを黙らせると、危険な流砂に向かってまっしぐらに突進していった。

## 29

エロイーズと、姉にいいようにふりまわされている妹のマーグリットとが婦人専用のラウンジに入る手前で追いついた。

「ミセス・ヴンダリー！」エロイーズの声が轟き、周囲の人声も物音もかき消した。わたしは怯みそうになる気持をふるいたたせて、なんとか笑顔をこしらえた。

「ぜひとも、ごいっしょにお茶をいただきたいわ。まったく、ひどい朝でしたねえ」エロイーズはいった。

わたしはうなずいて、彼女たちについていった。ほかの船客たちの視線を、極力、無視する。エロイーズは轟く声とはでな身なりとで、向かうところ敵なしとばかりに、どこにでもずかずかと入っていける。今日の彼女が着ている、あざやかなオレンジ色の服には、仰々しい羽毛飾りがたっぷりついているために、否応なく聞こえてくる彼女の声とあいまって、衆人の注目を集めてしまうのだ。

エロイーズは女主人然として猛然ともてなし役をつとめようと――ウェイトレスたちがたじたじとするほどに――気を入れてお茶を注文した。注文を受けているウェイトレスに、わたしは謝罪をこめたまなざしを向けたが、彼女は気づきもしないようだ。やがてウェイトレスはさがったが、見ていると、同僚たちとなにやら話している。

「なってない」エロイーズは憤慨している。「あの子、こちらの注文にぜんぜん関心をもたなかった」

それはそうだろう。そうなのは彼女にかぎらないという気にもならない。エロイーズは、わたしたちがなにを注文しようかとメニューを眺める時間すらくれなかった、ということばも呑みこんでしまう。なにをいっても、息がむだになるだけだ。

エロイーズがまた口を開きそうになった——不平不満がつづくのだろう。だが、わたしは先手を打った。「ひどい朝だったとおっしゃいましたけど、どういうことですか?」話題を変えて彼女の気持をそらせてしまえば、ごく自然にドビンズの件に話をもっていけると思ったのだ。

そのあとは画策する必要もなかった。

「今朝、わたしたちのスチュワードが死体でみつかったんですよ!」エロイーズが憤怒の形相になる。

驚きのあまり、眉がつりあがった。かわいそうなドビンズ。彼がエロイーズと妹夫婦の船室も受け持っていたとは。そちらだけで手一杯だったにちがいない。わたしたちに協力して任務をこなす時間が、よくあったものだ。

同じスチュワードが担当だったんですねといおうとしたが、エロイーズはこちらの反応にはおかまいなしに、どんどん話を進めた。

「今朝、彼が来なかったので、すぐに船長に話しにいきました。この船のサービスがお粗末なことには、ほんとにがっかりだとね。ビセット船長は、船客のなかでも特に重要な人物が心地よくすごしているかどうか、つねに把握しておくべきです」

エロイーズが自身を〝特に重要な人物〟だとみなしているとは。笑みがこわばってしまった。ちらりとマーグリットを見ると、姉の所見は滑稽だといわんばかりの表情だった。わたしと同じ意見らしい。

「船長はいなくて、そのあと、さんざん待たされたあげく、船長は死体を見にいかなければならなかったことがわかったんですが、あんな侮辱を受けたのは初めてでしたよ。若い船員に、わたしは船室にいるから、船長がもどってきたらそう伝えてくれとたのんでおきました。まったく、やりきれない。あの若いの、わたしが暇で暇で、時間をもてあましているとでも思ったんでしょうかね」

このままでは、エロイーズの話はわたしが聞きたい道筋からそれてしまうと思い、軌道修正を図る。「船長はスチュワードのことをなんとおっしゃってました?」

「死んだ、と」エロイーズはするどい目でわたしを見すえた。「ミセス・ヴンダリー、あなたはまだ聞いてないんですか?」

「ええ、知りませんでした」なにも悪いことはしていないのだが、つい、もぞもぞと体が動いてしまった。「そのう――」

エロイーズはわたしをさえぎった。「すぐに新しい担当が決まるでしょう。船長には、そうしたほうが身のためだといっておきましたよ」

お仕着せ姿のウェイトレスがふたりがかりでやってきて、美しい磁器のカップ、お茶の大きなポット、フィンガーサンドイッチを盛りあわせた皿などを、テーブルいっぱいに並べた。そしてエロイーズがなにかいおうと口を開く間もないうちに、そそくさと引きあげていった。思わず、口もとがほころんでしまう。テーブルの向かいのマーグリットと目が合った——またもや、彼女もわたしと同じ感想をもったようだ。

「死体をどうするつもりかしらね？」マーグリットは姉に訊いた。その率直な質問に、わたしは衝撃のあまり、口をあんぐり開けてしまいそうになったが、それはまさにわたしが知りたい疑問でもあった。心を読まれたかのような気がした。

「船長によると、明日の早朝に水葬するそうだよ」

思わず息をのんだかもしれない。だがそれは、船長に聞いたことをマーグリットに話しつづけるエロイーズの声でかき消されてしまった。すぐにその話の先が読めた——ドビンズに関する話ではなく、エロイーズ独自のきびしい基準と、ビセット船長のすべてを順調におこなうという保証とに関連した話だ、と。船長が気の毒になりかけたぐらいだ。

なりかけただけで、心底から気の毒になったわけではない。

心底から気の毒に思ったのは、フランシス・ドビンズ、そのひとのことだ。海上で亡くなったひとには、慣習に従って水葬されるということは知っていたが、墓碑もなく、家族も参列できないお葬式なのだ。ドビンズに家族がいるのかどうか、いるとすれば彼の死はどういうふうに家族に知らされるのか、レドヴァースに訊いてみることを頭のなかにメモしておく。

それはそれとして、わたしの思考はもっと現実的な問題に移行した。早々に水葬してしまうのなら、ドビンズの遺体のくわしい検死はおこなわれないのではないだろうか。ドクター・モンゴメリーはちゃんと検死したのだろうか？　レドヴァースがみつけた、うなじのあざに気づいただろうか？　もし気づいたのなら、早々と海に葬ることはできないはずだ。もしかすると、この船には、遺体を安置しておける場所がないのかもしれない。

それにしても、処置が早すぎる。

ようやくエロイーズの話が耳に入ってきた。「ビセット船長は、今朝がた死体がみつかった現場に、ふたりの船客が駆けこんできたといってましたよ。考えられます？　封鎖された場所に入るなんて、どういうつもりなんだか」

現場を封鎖する指示は出ていなかったと反論しそうになったが、わたしは口を閉ざしていた。〝現場に駆けこんだふたりの船客〟はわたしとレドヴァースだということを、エロイーズ・バウマンに知らせる必要はない。うっかりそんなことをいったら、くわしく説明しなければならなくなる――あるいは、質問攻めにあうか。押しが強くて、おしゃべりだとはいえ、エロイーズは決してばかではない。レドヴァースとわたしがただの船客ではないことを察知されて、そこいらじゅうにふれまわられるのは困る。

エロイーズの話に適当にうなずきながら、マーグリットに目をやった。彼女は彼女で、思惑ありげな目でわたしを見ていたようだが、すばやく目をそらして、カップにお代わりのお茶を注いだ。

それがどういう意味なのか考える間もないうちに、エロイーズの声がとんできた。「そう思いませんこと、ミセス・ヴンダリー?」

はて、なにを訊かれたのか。「おっしゃるとおりだと思いますよ、ミス・バウマン」

エロイーズは満面に笑みをたたえた。わたしはそっと安堵の吐息をついた。どうやら安全な返事だったらしい──彼女は自分が正しいといわれるのが大好きなのだ。それはまちがいない。

マーグリットのくちびるがかすかにゆるんだ。彼女もまた決してばかではないことぐらい、わたしにはわかっている。わたしの笑みは、彼女の笑みを写しとった鏡像のようなものだ。この姉妹のことがますます不思議に思えてきた。今日は、以前よりもかなり鮮明に、それぞれの人格が浮きあがってきたように思える。

姉が崇拝者に囲まれてご満悦になっているあいだ、妹の頭のなかではなにが起こっているのだろう。

予定どおり、姉妹からけっこうな量の情報を得ると、わたしはまた明日ごいっしょにお茶を飲みましょうと、果たす気もない約束をして席を立った。約束を果たさずにすむことを切に願う。エロイーズと飲食をともにするのは、いつも苦痛でしかない。苦痛以上というべきか。だが今日は、少なくとも、それに見合うだけの情報を得ることができた。

船室にもどると、その静けさにほっとして、ため息が出た。肘掛け椅子にすわり、静けさにひたる。次はなにをしようかと決めかねていると、ドアが開いてレドヴァースがもどってきた。

「いやに早かったね」レドヴァースの声に愉快そうな響きがこもっている。

「あなたもご同様ね。なにか用事があったんじゃない？」レドヴァースがなにをするはずだったか、よく思い出せない。

「邪魔だといいたいのかい？」レドヴァースはくすくす笑っていたが、わたしの顔を見ているうちにまじめな顔つきになった。「どうやら、ナウマンに海に投げこまれずにすんだようだね」

「それはないけど、ドビンズのことでちょっとね」

疑問を示すように、レドヴァースの眉があがる。わたしはエロイーズから聞いた、明日の早朝におこなわれる水葬の話をした。

「ふうむ。船長に会うのを拒否されたんで、そのことはまったく知らなかった」

「船客たちから文句が殺到しているのよ」

「おそらく」

ぐったりとすわりこんでいたわたしは、上体を起こして彼をみつめた。「ほかになにか思いあたることが？」

レドヴァースは肩をすくめた。「単なる感触だけどね。どうも船長にはよからぬ印象がつきまとう」そして、何度かそういう感触を得たのだという。なにが問題なのか、はっきり見きわめられないために、レドヴァースは頭を悩ませているのだ。彼は実務的な仕事が好きだ——人や物事の背景のチェックや事実を調べることが。なので、わたしとちがって、〝単なる感触〟では思考がおちつかないのだろう。

わたしはあらためて、自分の直感を信用することにした。

船長の件は頭の隅に追いやって、わたしが朝のうちになにをしたか、レドヴァースに話した。「レベッカが入っていったクルー・エリアの船室が誰のものなのか、推測する手がかりすら、みつけられなかった」

レドヴァースはわたしの向かい側の椅子にすわった。なにか思いついたらしく、黒っぽい目が光っている。「ちょいと仕事を入れ替えてみるほうがいいかもしれないな。わたしはその船室の主を探る。きみは船長についてもっとくわしく調べる」

思わずほくそ笑んでしまった。「あなたの役に立っている気がしてきたわ」彼が返事代わりに笑みを浮かべたのを見て、わたしの笑みも広がったが、すぐに表情を引き締めた。「船室の主が誰なのか、あなたが探るというのは、いい案だと思う。わたしが調べるというのは、なんだか不安なのよ――最初のときは、ベンスン一等航海士にみつかったんだけど、わたしに会えてうれしいなんてそぶりは、これっぽっちもなかったわ。次に捕まったら、どうなることやら」

「きみの身があやうくなるようなことはないはずだ」

そうだという確信はもてない。特に、ヴァネッサへの対処のしかたを見たからには。それに、わざわざオープンデッキまで来てヴァネッサを連れていったドクターにも、不審な思いがしてならない。だが、レドヴァースがドクターを調べてくれれば。彼なら薬を盛られることはなさそうだし、なにか不都合な証拠をみつけてもそっと隠しておける。彼なら船内を自由に動きまわれるし、規則を破ってクルー・エリアに入りこんでも、それほどきびしく咎められることもないだろう。

「ヴァネッサは、マイルズが船内のどこかにいると、まだ信じているの。それがほんとうだとしても、いったいどこに隠れているのか、見当もつかなくて」

レドヴァースはうなずいた。「密航者ならば、これほど長いあいだ、クルーに発見されずに隠れていられるわけがない」

「ほかの名前で船室を取ったのかも」いまのいままで、そこに気づかなかったのはなぜか、我ながらわからない。

「そうだとすれば、みつけるのはとてもむずかしい」

どんな偽名を使っているのか、突きとめることはできないが、ほかになにか方法があるのでは？「みつからないようにするのなら、部屋に閉じこもっているしかないわね。そうでしょ？　すべての食事を部屋に届けさせている船客がいるかどうか、調べられないかしら？」

レドヴァースの目に称賛の色が浮かんだ。「厨房のスタッフか。冴えてるね、マイ・ディア」

うれしくて顔が熱くなった。それを隠そうと、急いで仕事の話にもどす。レドヴァースのちょっとしたことばに、わたしがどれほど刺激されるか、彼に知られたくない。彼のことばの裏に、もっと深い意味があるのかどうかわからないからだ。ある、と思いたい気持を認めるのはいやだ。

「厨房のスタッフと話をしてみるわ」ちょっと考えこむ。「それから、レベッカに会って、どんな嘘をついているのか、それはなぜなのか訊いてみる。答えてくれるかどうかはわからないけど」

「彼女を追及するのは、いい考えだろうか？」

わたしは肩をすくめた。「やってみるしかないと思う」

「彼女と話をするには、二等船室に行かなければならないね。それじゃあ、ディナーの前にここで会おうか」

新たな決意を固めて、うなずく。わたしたちがこの船に乗っていられる時間は、刻々と過ぎていく。アメリカに着くまでに解決すべき問題は、山ほどあるのだ。

# 30

わたしが厨房に向かうあいだに、レドヴァースはクルー・エリアに侵入することになった。彼が幸運に恵まれればいいのだが――いずれにしても、わたしよりは首尾よくいきますように。ダイニングルームのなかを突っ切ると、大きな両開きのドアがあった。この向こうが厨房だ。細めにドアを開けてなかをのぞく。広い厨房では、大勢のスタッフがいかにもせわしげに作業をしている。情報を引き出せそうな人物を探す。

わたしが決めるまでもなかった。ドアが大きく開いて、もう少しではねとばされそうになったのだ。

「どうもすみません、マム。そこにいらっしゃるのが見えなかったんです。ドアの向こうは見えないんで」おだやかに非難された。目の前に立っているのは、スマートな制服姿の、背の低い、丸顔の男だ。咎めているわりに愛想のいい笑みを浮かべている。わたしを上から下までさっと眺めた男の目の色がかすかに変化した。

「そうね。お邪魔をしてごめんなさい。厨房のスタッフのかたに、ちょっとお訊きしたいことがあるんだけど、どなたにお訊きすればいいのかわからなくて」

男はワックスで固めた口髭をひくりと動かして、わたしをしげしげとみつめると、わたしの腕を軽くつかんで、ドアのわきのほうに連れていった。そして、すぐには腕を放そうとしなかった。

「わたしがお役にたちましょう。わたしはジョサイア・ウォーターズっていいます。このオリンピック号のダイニングルームを預かっているチーフ・スチュワードです」

男の目つきが不快だったが、わたしはにっこり笑ってみせた。「お会いできてうれしいわ、ミスター・ウォーターズ」偽装のために指にはめている結婚指輪をそわそわといじる。左手の薬指に違和感があり、どうしても慣れなくて、無意識に金の指輪をいじってしまうのだ。「なにかごぞんじじゃないかと思って……そのう、わたしの友人のことなんだけど……」

〝友人〟という語に、単なる友人以上の意味をこめたいいかたをした。「夫には知られたくないのよ」こういう話のもっていきかたは、一種の賭けだが、とっさに頭に浮かんだのがこれだったのだ。どう見ても、このウォーターズという男は紳士だとは思えないし。「船客のなかに、すばらしくダンスのおじょうずなかたがいらしたんだけど、その後、お見かけしないのよ」

ウォーターズはしたり顔でうなずいた。「ダンスがうまいひとは、めったにみつかりませんからね、マム」

わたしは熱をこめて同意した。「わたしの夫はね、優美に踊れるひとじゃないのよ」

ダンスの才能のないわたしがそれを棚にあげて、こんなことをいっているのをレドヴァースが聞いたら、どんな反応をするか、想像がつく。想像しただけで笑いがこみあげてくるが、そこはぐっと堪えた。ウォーターズが同情するようにうなずいているので、わたしは急いで先をつづけた。「誤解してほしくないんだけど……」

「ええ、もちろん、そんなことはありませんよ」

といいつつも、彼の目の光は、口とはちがうことを語っている。

「でも……」

「なにもおっしゃらなくてよろしいですよ。ですが、そのかたをみつけるために、わたしになにができますでしょう？」

ウォーターズにヴァネッサの夫マイルズの容姿を告げる。彼は少し顔をしかめながら聞いていた。

「でもね、乗船した最初の夜に会っただけで、そのあとはお見かけしていないの。あちこち捜してみたんだけど。それでね、ふと思ったの――もしかすると、ぐあいが悪くて、船室にこもってらっしゃるんじゃないかって」

ウォーターズの青い目が明るくなった。「ははあ、なるほど」

「毎日、船室でお食事をなさっているかたがいらっしゃるなら、教えてもらえないかしら」

ウォーターズはちらりと周囲をうかがってから、わたしの顔をみつめた。とりすまして、わたしの質問には答えない気だろうかと思ったが、驚いたことにあっさり答えた。

「いいえ、マム、いませんよ。少なくとも、一等船客のなかにはいらっしゃいません。ご自分のスイートで夕食をめしあがる高齢のご婦人がおひとり、いらっしゃいますが、毎日、船室でお食事をなさるかたは、ほかにはいません。船室に朝食をお届けすることは多いですが、昼食や夕食をお届けすることはめったにないんです」

厨房のスタッフから聞きこみをするのは、なかなかいい作戦だと思っていたが、耳よりな情報はないとわかり、がっかりした。前のめりになりすぎたと反省し、別の方向から探りを入れてみる。「二等船室はどうかしら？」

ウォーターズはくびを横に振った。頭上の照明を受けて、彼の禿頭が光る。「お捜しのかたが二等船客なら、お客さまとダンスをなさることはありえませんです」

「そうよねえ」マイルズ・ヴァン・デ・メートルが最初から姿を消すつもりで、別名義で格下の船室を予約するほど頭のきれる男ならば、捜しだすのはさらに困難になる。等級の異なる船客が接触する機会はほとんどないからだ。

わたしが顔を曇らせたのを見て、ウォーターズの目がきらりと光った。「ですが、わたしなら、ほかの厨房のスタッフに訊いてみることができますよ」

「まあ、そうしてくださる？」

ウォーターズは手をのばして、わたしの手を取った。いきなり手を握られてびくっとしたが、なんとか微笑を浮かべる。湿っぽくてひんやりした彼の手のひらの感触が不快だった。「ご親切に感謝してもしきれませんわ」

「ご婦人が困っておられるのを見ていられないんですよ。わかったことを、どこにお知らせにまいればよろしいですか？」

ちょっとためらったが、ルームナンバーを教える。どちらにしろ、それを調べるぐらい、彼には容易にできるだろうし、少なくとも、船室にはわたしがひとりきりでいるわけではない。ウォーターズはほかのスタッフから聞いた情報を、船室に知らせにいくと約束した。もう一度、感謝のことばを述べたが、手を引っこめる間もなく、彼はわたしの手の甲に湿っぽいキスをした。

ウォーターズとのやりとりは不快だった。必要なもの――情報――を引き出すために、彼の好色な性向を利用したのだが、なんだか心身を汚されたような気がする。とはいえ、見返りを約束したわけではない。つけこまれないように気をつけなければ。

けっきょく、これという収穫はなかった。だが、マイルズが別名義で一等船室を予約し、そこに閉じこもっていることはないとわかった。調べるべき区域がひとつ減る。ウォーターズからなんらかの情報が入れば、もっと狭まるだろう。

レベッカを捜す前に、ヴァネッサの船室に行ってみることにする。ドアをノックしようとしたとき、すぐうしろから、なじみのある響きのいい声が聞こえた。

「ここにいれば会えると思ったよ」

ふりかえると、ズボンのポケットに両手を突っこんだレドヴァースが、のんびりと壁に寄りかかっていた。彼を見たとたんに、いつものように、心臓の鼓動がひとつ跳んだ。だが、それを見破られまいと、彼の腕をつかんで通路をもどり、ヴァネッサの船室から離れた。彼女が船室にいるかどうかはわからないが、ドアの前でレドヴァースと話をして、それを彼女に聞かれる危険はおかしたくなかったのだ。

「なにかわかった？」通路を歩きながら、小声で訊く。

レドヴァースはおもしろがっているように微笑を浮かべた。「ああ」

ちょっと間があく。

「話してくれるんでしょう？」

レドヴァースは片目をつぶり、ようやく話しだした。「問題の船室を使っているのが誰かわかった」肩をすくめる。「下級航海士だ」

思わず失望の吐息をついてしまう。

「その男にレベッカが来たかどうか訊いてみると、二等船客とちょっとしたロマンス関係にあると認めて、その船客の容姿をくわしく教えてくれた」レドヴァースは軽く鼻を鳴らした。「そして、それは規則違反なので、どうか内聞にしてほしいとたのまれた。ばれると職を失うからと」

「なのに、自分から進んでそんなことをいうものかしら」職を失うというのに、見知らぬ船客にあっさり秘密を打ち明けるものだろうか。なぜレドヴァースに打ち明けたのだろう。「どうやって白状させたの？」

レドヴァースは片手をひらひらと振った。「わたしには説得力があるからね」

つい、目を細くせばめて彼の顔をみつめてしまう。

「船長に報告すると脅しをかけたことになるかな。証拠があるとほのめかしたんでね」

やれやれとばかりに、わたしは頭を振った。「かわいそうに。そのひとに勝ち目はなかったわね」

「そういうこと。ちなみに、彼の名前はリー・シュネル」通路を歩きつづけながら、レドヴァースはいった。「常習的に若い女の船客を誘惑しているのなら、同情の余地はない」

わたしは肩をすくめた。「相手が誘惑されたがっているのでなければ、ね」誘惑うんぬんという場合、男同様、女だって容易に誘いにのってしまうものだ。わたしは幼いころから、母に対等・平等という概念をじっくり教えこまれてきた――亡き母の記憶が薄れてきても、記憶にしみこんでいるその概念は、決して薄れないだろう。

レドヴァースの深みのある声が、わたしの胸のなかでいっそう重みをもって鳴り響いた。「なかには、誘惑されたがる女性もいる。そうだろう?」

これを聞いて背筋がこわばり、顔がかっと熱くなったが、レドヴァースの腕を軽く打っただけで、黙って歩きつづけた。ウォーターズにくらべると、レドヴァースの関心の向けどころはまったくちがう。全方向的というか。

「シュネルというひとから、なにか聞きだせた?」

いきなりそう訊かれて、レドヴァースはおもしろそうに眉をつりあげた。「たいしたことはなにも。彼は髭をはやしていない、青い制服組の船員のひとりだ」そこでちょっと口をつぐんでから、また話をつづける。「下級航海士にしては、少し歳をくっているようだが、おそらく、仕事に就いたときは、もうそれほど若くなかったのだろう」

わたしの思考はすでに跳び、レベッカが船員のひとりと親密な仲になる可能性を考えていた。まじめな若い女が陥りそうな事態ではあるが、それほどおかしなことだとは思えない。ヴァネッサはこの船旅のあいだ、レベッカに自由にふるまえる時間を与えている。レベッカはフルタイムのメイドとしての勤めにもどる前に、思いきって、自由な時間に羽をのばしているだけかもしれない。

やはり、彼女と話をしてみる必要がある。

「ほんとうに必要なことかい?」

レドヴァースに訊かれ、自分の考えを声に出していたとわかった。

「ええ。とにかく、彼女がマイルズのトランクのことで嘘をついたのは問題だもの。彼女とちゃんと話をすれば、なにが真実でなにが嘘か、見きわめをつけられると思う」

レドヴァースは片方だけ肩をすくめた。「どうするかはきみ次第だね。どちらにしろ、時間のむだだと思うよ。トランクの件について彼女が疑問を払拭してくれるとは、とても考えられない」

わたしはきつい目で彼をみつめた。この件から早々に手を引こうとしている彼が、急に遠く感じられたのだ。

レドヴァースは降参というように両手をあげた。「もちろん、きみの直感には敬意をはらうよ」

「そうね」我ながら明るい声でいう。「もうそろそろ、そうしてくれてもいいころだわね」

レドヴァースは笑い声をあげたが、二、三歩進むうちに、真剣な面もちになった。「それはそれとして、ドビンズになにがあったのか、究明しなければならない」

わたしはこくりとうなずいた。だが、そのためにはどうすればいいのか、わたしにはまったく見当がつかないのだが。

# 31

翌朝は、もっと寝ていたかったけれど必死で早起きした。ドビンズが日の出前に海に葬られることを、レドヴァースがどこからか聞きだしてきたからだ。確かに、それももっともだ。船長としては、水葬を船客に見られるのは避けたいだろう。だがわたしは、昼間におこなわれないことが遺憾だし、うるさい目覚ましに起こされるのもつらかった。

それに、昨夜は少しも成果があがらなかったことも、おもしろくなかった。どこを捜しても、ヴァネッサもレベッカもみつからなくて、心配になったどころではなかったのだ。

顔に水をたたきつけてから、朝のコーヒーを飲もうと居間に行った。レドヴァースが満面の笑みで迎えてくれたのが気にさわり、あやうく不機嫌なことばを返しそうになった。朝の早い時間に陽気な気分にはなれない。

もちろん、レドヴァースはわたしの不機嫌なようすを笑いとばしただけだ。

だが、船室を出るころには、ふたりとも厳粛な心もちになっていた。わたしはバーガンディ色のフェルトのクローシェをかぶっている。しっかりと髪にピンで留めているが、早朝の冷たい風が強く吹いていて、帽子が飛ばされて大西洋の底に沈んでいきそうだ——かわいそうなドビンズとともに。そんなことを思いながら、レドヴァースについていく。警備上の問題があるため、Cデッキから下のデッキに行くには、いったんオープンデッキに出て、後部の階段を降りてから船尾に向かうしかないのだ。

「わたしたちを参列させてくれると思う?」わたしの声は強い風に吹き飛ばされて、西に流れていった。

「いや、わたしたちは注目されないようにしなければならない」

わたしはうなずいた。いくつもの階段を降りて、船尾のオープンデッキに出る。そこに設置されている外階段を降りると、さらにその先に、最後尾となるプラットフォームがある。レドヴァースとわたしはそっとプラットフォームの階段を昇って最後尾のオープンデッキに上がり、大きな白い通風管の陰に隠れるように立った。そこからなら葬儀の次第が見えるが、薄暗いので、船長をはじめとする船員たちからはわたしたちの姿は見えないはずだ。ビセット船長の足もとには、人体の形をしたキャンヴァス地の袋が置いてある。ここからでも、袋の開口部が閉ざされ、縫いつけてあるのが見える。遺体袋のそばに、聖書を手にした男性が立っている。船専属の牧師だろう。

「おやおや」レドヴァースがつぶやいた。わたしはくびをめぐらして、彼の視線の先に目を向けた。背後をみつめているレドヴァースは、上階のオープンデッキを顎で示すように軽くうなずいた。目を細くせばめて見あげると、ハインズ・ナウマンが一等船客用のプロムナードの手すりにもたれて下を見ていた。彼からほんの二、三ヤード離れたところに、エロイーズ・バウマンと妹のマーグリットの姿もある。雲のあいだから曙光がさしてきて、エロイーズの手のこんだ羽毛飾りのある帽子を照らしだした。エロイーズはぽっちゃりした手で帽子をしっかり押さえつけている。

「あのひとたち、知り合いなのかしら？」小声で訊く。

レドヴァースはくびを横に振った。「なんともいえない」

一等船客用のオープンデッキの下の階に目を向ける。二等船客用のオープンデッキにも、手すりにしがみつくようにして船尾を見おろしている人影があった。船尾ではちょうど葬儀が始まったところだった。

「あれ、レベッカ・テスッチだと思う」

レドヴァースはわたしの視線をたどり、喉の奥でなにやら不穏な音を立てた。「いったいどういうことだ？」

わたしも不思議だ。彼女はわたしを避けて逃げまわっていたのだろうか？

「彼女だけではなく、ほかの三人もどういう気持で来ているのかな」

疑問を胸にしまって、レドヴァースもわたしも船尾に視線をもどした。牧師が聖書の一節を読みあげている。木ではなくキャンヴァス地の柩(ひつぎ)におさめられたドビンズの遺体が、筋骨たくましい船員たちにかつぎあげられ、長い木の板の上に置かれた。牧師の声は風にさらわれて聞こえない。やがて牧師が黒革の聖書を閉じると、船員たちが長い板をかたむけた。キャンヴァス地の袋は、最初はゆっくりと、次第に速度を増して板の上をすべっていった。そして、あとに残った長い板も見えなくなった。水がはねる音は聞こえなかったが、その音が聞こえた気がして、思わず顔をしかめてしまう。死者を悼んで、船の汽笛が三度鳴り響いた。その余韻がおさまると、船員たちは解散し、各自の任務にもどっていった。

レドヴァースもわたしも急いで背後のオープンデッキを見あげたが、四人の姿はすでになかった。


事務室に立ち寄ることになった。レドヴァースの友人であるマッキンタイヤは非番だが、レドヴァース宛の小型封筒が取りおいてあった。封筒にはメッセージが入っているようだ。レドヴァースはそれをポケットにしまった。そのあとはまっすぐ船室にもどり、わたしは椅子にぐったりとすわりこんだ。

レドヴァースは片方の眉をつりあげた。「また寝るつもりじゃないだろうね？」

寝不足で体がだるくて、気の利いた反論を返す元気もない。「まさか」第一、ああいう光景を見たあとで眠れるとは思えない。ドビンズの葬儀のことを思い、なぜあの四人が葬儀を見にきていたのか考える時間が必要だった。「でも、カフェインがほしいわ。もうカフェは開いているかしら？」

「あと三十分もすれば開くんじゃないかな」

わたしはうなずいた。「この先もご遺体が海の底に沈んでいるって、どうして確信できるのかしら」思いやりのない質問だが、好奇心を抑えきれなかったのだ。

「錘をつけて沈めるからね」

なるほど。「おざなりな葬儀だったわね」葬儀にかかった時間も十五分ぐらいだった。

レドヴァースは肩をすくめ、わたしの向かい側の椅子にすわって長い脚を組んだ。「船上で人が亡くなった場合、葬儀に参列する者たちには暗黙の了解がある。もちろん、船上で殺されるのは異例のことだ。だが、どういう亡くなりかたをしたにせよ、簡潔な聖書の文言を唱え、亡くなった人が最後の航海に出るのを敬意をこめて送りだす。それが船上の慣習なんだ。とはいえ、程度の差はあるがね」

どうしてそんなことを知っているのか、わざわざ訊くまでもない。彼は広い分野にわたって、さまざまな知識をもっているのだから。

「もうひとつ、知りたいことがあるわ。葬儀を見ていた四人のことだけど、どういうつもりだったのかしらね」

膝の上にのっていたレドヴァースの片脚がひょいと動いた。「ナウマンがいた理由ならわかる」

「犯人だから？　ドビンズが葬られるのを見届けにきた——本気でそう思ってるの？　あまりにもみえみえじゃない？　船室にこもって、なにも知らないふりをしているほうが賢いと思うけど」

「賢い男だといったことはないよ」

ちょっとあっけにとられたが、やはり反論はしなかった。「エロイーズとマーグリットが葬儀に参列することにしたなんて、とても興味ぶかいわね。あのひとたちは、どれだけ早く新しいスチュワードが手配されるかということにしか、関心がないみたいだったのに」

だがわたしは、マーグリットに対する印象をあらためる必要があると思っていた——マーグリットを彼女の傍若無人な姉と同類だとみなすべきではない、と。最初はそうみなしていたが、つい昨日、そうではなく、ずっと洞察力のある女性だとわかったのだ。もちろん、マーグリットはエロイーズにうるさくせっつかれて、しぶしぶ参列しただけかもしれない。エロイーズに反論するよりは、彼女の意向に従うほうが容易だ。それはよくわかる。

ナウマンについていえば、彼が殺人に関与しているとはとても信じられない。レドヴァースの読みとは相容れないのだ。どうしても彼の意見には賛成できない。かといって、確たる反対意見があるわけではない。わたしとしては、マイルズ・ヴァン・デ・メートルがあやしいといいたいところなのだ。とはいえ船がサウサンプトンの埠頭を離れるさいに、わたしは彼を見たのに、それ以降、誰も彼の姿を見ていないときている。その事実がなければ……。となると、彼が人目につかないようにシェルブールで下船した可能性があるのだろうか？

「なにを考えているんだい？」

考えこんでいたわたしの耳に、レドヴァースの声がとびこんできた。目を向けると、レドヴァースはポケットから封筒を取りだして、通信用紙の電文を読んでいるところだった。

「マイルズはいったいどこにいるのかな、と」

「そういえば、きみが会ったというチーフ・スチュワードから、なにか聞けたかどうか、尋ねるのを忘れていたよ」

チーフ・スチュワードのウォーターズとのやりとりで、なんだか自分が汚されたような気になったのを思い出し、わたしは顔をしかめた。

「一等船室にはなにも異状はないそうよ。でも、二等や三等の船室の状況もチェックしてくれるって。マイルズはそのどこかにいるかもしれないわね」

レドヴァースはわたしの態度が少しおかしいのに気づき、目をあげた。組んでいた脚をほどき、すっと身をのりだす。「なにかあったのかい？」

わたしはくびを横に振り、寝不足でだるい手をあげてまぶたをこすった。「いいえ、べつに。すけべったらしい男だったけどね」

レドヴァースがなにをいうか察しがついたので、両手をあげてそれを制した。「だいじょうぶ。ちゃんと対処できるから」

レドヴァースは不満そうだったが、身を引いて、すわりなおした。彼がわたしを守ろうとしてくれるのはうれしい。だが、肌に粟粒（あわつぶ）が生じるほど好色な目を向けてくる男が相手だとしても、どうしても話を聞かなければならない場合もある。そのたびにレドヴァースがわたしを守ろうとのりだしてくるのでは、成果をあげることなどとうてい望めない。

話題を変える。「レベッカをみつけなきゃ。彼女の船室がどこかドビンズから聞いてるわよね。ルームナンバーを憶えてる？」

さすがにレドヴァースはわたしの唐突な質問にも、まばたきひとつしなかった。「憶えている。D61。このあと、また彼女を捜すつもりかい？」

「ええ。なにしろ、葬儀の場に来ていたんですもの。気になるわ」

そして、小さなテーブルに置かれた通信用紙を目で示した。「今朝はなにか興味ぶかい報告が来た？」

レドヴァースはうなずいた。「ハインズ・ナウマンがなにを狙っているのかを探りだした」

ナウマンがわたしたちの標的だという認識を、わたしはまだ心底から受け容れられずにいる。

「ブルーベイカーが潔白なのは、まちがいないの？」

レドヴァースはおもしろそうにいった。「ああ。彼の素性にあやしい点はなにもないと判明した。彼の一世代前、つまり、父母の代に、家族は政府に反発してドイツを離れた。とすれば、いまになって、彼がドイツ政府のために働くことはありえない」

わたしはため息をついた。「なるほどね。それじゃあ、わたしたちの標的はナウマンなのね」

「そう。彼が合衆国に向かっているのは、ロケットの設計図を盗むためだ」

「ロケットって？」

「アメリカのクラーク大学で、ロケット技術研究の専門家であるロバート・ハッチング・ゴダード教授が、ひそかに液体燃料ロケットの開発を進めていた。そして、つい最近、液体燃料を使った試作のランチャーを何発か打ちあげたが、どれも成功した。もちろん、すべて極秘事項だ。だが、それでもドイツはその秘密を嗅ぎつけた。わたしたちは、その新しい技術がドイツに盗まれるのを阻止しなければならない」

くわしいことは理解できないが、重大な科学の進歩のようだ。それはまた、わたしたちは非常に重い責任のある任務を担っているという意味でもある。前の大戦はそれほど遠い過去のものではない。ドイツ人たちが次の大戦に突き進む契機をつかもうとしているのを見逃すほど、平和な時期が長くつづいているわけではないのだ。船上で殺人を犯した者が誰か、その男の目的がなにか、それがわかれば、アメリカに到着したあとで、男が極秘の研究結果を手に入れるのを阻止できるのだ。

「ふうん、すごいわね」わたしは腕時計を見た。「ねえ、カフェに行かない？　そろそろ開店する時間よ」

レドヴァースはくすっと笑い、通信用紙をていねいに上着の内ポケットにしまいこみながら、立ちあがった。「神よ、きみと朝のコーヒーのあいだを邪魔する者を助けたまえ」

わたしは満面の笑みを浮かべた。「あなたって、学習するのが速いわね」

# 32

たっぷりした朝食とカフェインを満喫しても、まだ疲労感が残っている。だが、とりあえず、今日の仕事に向きあう心の準備はととのった。まずデッキチェアを確認してみたが、ハインズ・ナウマンの姿はなかった――早起きしてドビンズの葬儀を見たあと眠気がさして、またベッドにもどったのだろうか。どちらにしろ、ナウマンが来るのを待って、時間をむだにすごすわけにはいかない。

優先すべきはレベッカ・テスッチをみつけることだ。Dデッキに降りていき、二等船客専用の階段をみつける――率直にいって、一等船客用の階段ほど豪華ではないが、それでも、支柱には優美な彫刻がほどこされ、ダイヤ形の模様の絨毯（じゅうたん）が敷いてある。

レベッカの船室にたどりつき、ドアをノックしたが応答はない。これには既視感がある。昨日、クルー・エリアで、下級航海士の船室のドアの前でも同じ経験をした。あのときも、ドアをノックして、しばらく待っても応答はなかった。ただし、少なくとも今回は、一等航海士にむりやり退出させられる心配はない。

前より力をこめて、もう一度ノックする。結果は同じ。だが今日はこれであきらめる気はない。すぐに、彼女が行きそうな場所が頭に浮かんだ。踵（きびす）を返して、ヴァネッサ・フィッツシモンズのメイドを捜しに向かう。ようやく、二等船客用のラウンジで彼女をみつけた。ここに来るまでに、二等船客用のオープンデッキとダイニングルームを捜したのだが、三つめの場所が当たりだったわけだ。一等船客用の洗練された優美さには及ばないが、彫刻をほどこされた柱といい、ゆったりした造りといい、美しいラウンジだ。長い船旅を快適にすごせるような心配りがいきとどいている。ふと、頭を疑問がよぎった――ここより下の三等エリアは、どんなふうになっているのだろう、と。

レベッカはふたり用のテーブル席につき、ページの角を折ってある、古ぼけたハードカバーの本を読んでいた。メアリ・ロバーツ・ラインハートの『赤いランプ』だ。わたしは声もかけずに、彼女の向かいの椅子にすわった。立てた本の向こうで目をあげてわたしをこっそり見ているレベッカのようすから、わたしを無視できるかどうか、思い迷っているのが見てとれた。

わたしはほほえんだ。「一日じゅうでも待てるわよ」

ため息をつき、レベッカは本を下げたが、テーブルに置きはしなかった。

「それ、おもしろい？」礼儀を守って訊いてみたが、レベッカは返事をしなかった。「本の話はさておくとして。あなたにいくつか訊きたいことがあるの。今度こそほんとうのことをいってくれるといいんだけど。そうでなければ、ミセス・フィッツシモンズのメイドを勤めていられるのは、これが最後の週になるでしょうね」

脅す必要はないのだが、わたしは彼女と闘う決意を固めていたし、ナンセンスないいのがれを聞き流す気もなかった。彼女が今朝の葬儀を見ていたのを知っているからには、なおさらだ。

ドビンズが死んだという事実はいうまでもないし、わたしの質問が彼の死の原因につながるかもしれないのだ。わたしには、こちらを出し抜けると高を括っている、この愚かな女とゲームをする時間的余裕も精神的余裕もない。

レベッカは静かに本を閉じてテーブルに置くと、両手の指をからめて表紙の上にのせ、一度だけこっくりとうなずいた。その意味はまちがえようもない。

「どうして、ミセス・フィッツシモンズの船室でトランクを見た、なんて嘘をついたの?」

レベッカはわたしと目を合わそうとはしなかった。「いえません」

「でも、嘘をついたことは認めるのね」

レベッカはなにもいわず、助けを求めるように、ラウンジの奥に目をやった。だが、助けにきてくれる者はいなかった。

「いいわ。それはまたあとで」

ようやくレベッカはわたしの顔を直視した。その目は澄んでいて、なおかつ、不安の色が濃い。「どうかお願いします。あたしは……そのう、トラブルは困るんです。あたし自身のためにも、ミセス・フィッツシモンズのためにも。あのかたはちゃんとしたレディです。あたしたちはふたりとも、すごく厄介なことに巻きこまれているんです」

「すごく厄介なことって?」これまででも充分に厄介なのに、それを上回るというのだろうか。

だがレベッカは口をつぐんでしまった。目がうるんでいる。

「誰かに脅されているの? そうならそうと、いってちょうだい。あなたを守ることができるから」

わたしがそういうと、レベッカの肩が緊張してこわばった。やっと核心にたどりつけたようだ。だが、わたしがどんなにことばを尽くしても、彼女のくちびるは固く閉ざされたままだった。

ならば、作戦を変更しよう。「クルー・エリアに行ったのは、なぜなの？　誰と会っていたの？」

「ちょっとしたロマンスだと思ってください。ほんのお遊びです」レベッカの顔を苦い表情がよぎった。

「だけど、それが別物に変わったとか？」

彼女の声が感情のこもらない、平板なものになった。「乗組員のひとりと仲よくなったんです。それだけのことです。ちょっとした戯れにすぎません」

おそらく、最初はちょっとした戯れのつもりだったのだろうが、どこかで変化して、深みにはまってしまったということか。その相手に脅されている？　彼女が苦い顔をしたのは、その男のせいなのは明らかだ。だが、彼女に脅されるような種があるのだろうか。身を許してしまった？　それで話がもつれたとか、そういうトラブルではありませんように……。

「そのひとにひどいめにあわされたの？　どうか話してちょうだい、レベッカ」

「ミス・ヴァネッサを傷つける気はないんです」レベッカは頭を振った。「どうぞ、放っておいてください。おくさまご自身のためにも」

レベッカは本を手に取ると、そそくさとラウンジを出ていった。あまりにも急いだせいか、栞代わりに使っていた細長い紙片が、本から抜け出て、床に落ちたことには気づかなかったらしい。わたしは立ちあがって紙片を拾いあげたが、顔をあげたときには、レベッカの姿はもう見えなかった。

紙片を裏返すと、なにやら書いてあった。肉太の手跡で、大文字ばかりが並んでいる。

午前四時にオープンデッキに来い。いうことをきかなければ、おまえがどうなるか、わかるはずだ。

いま、わたしが手にしているのは、今朝、なぜレベッカが葬儀を見にきていたのか、その理由なのだろうか。

# 33

一等船客用のオープンデッキに出ようと、ゆっくりと歩いていく。思考がぐるぐると渦を巻いている。脅迫状は下級航海士からのものなのか――レベッカがクルー・エリアの船室を訪ねた相手の？　あるいは、それとこれとはまったく関係がない？　レベッカは別の、もっと剣呑なことに巻きこまれているのだろうか。それとも、すべてがヴァネッサの消えた夫に関わっているのか。レベッカはマイルズのトランクのことで嘘をついた。そして、何者かに脅迫されている。この二点は確実だ。わたしに質問する機会を与えたくなくて、逃げ出したのではないといいのだが。といっても、あのまま質問をつづけても、レベッカが素直に答えてくれたかどうかはわからない。なんにしろ、彼女が誰かを、なにかを、恐れているのはまちがいない。

レベッカが落とした紙片をうっかりなくさないように、ウールのコートの内ポケットにしまいこむ。陽はさしているけれど、冷たい風が陽光の暖かさを削いでいるので、膝掛け収納室に行って膝掛けを借りてきた。わたし専用のデッキチェアの左右の椅子には誰もいない。デッキチェアにすわり、膝掛けを広げて、すっぽりとくるまる。そばかすができるだろうがそんなことにはかまわずに、顔を太陽に向けて、めずらしくも降りそそいでいる陽光をあびた。

船が目的地に着くまで、もうあまり時間がない。時間が足りないと思う一方、このまま永遠に船旅がつづくような気もしている。周囲を取り巻く広大な海を見ていると、そんな気がする。それに、早く固い地面を踏みしめたいと思うのと同じぐらい強く、多数の謎を解きたい気持があるから、船旅がつづくことを願っているのだ。

「ミセス・ヴンダリー！　帽子もかぶらずに！　そばかすができてしまいますよ！」

目を閉じて、顔にあたる陽光の暖かさを楽しんでいたのだが、けたたましい声にしぶしぶ目を開けた。目の前に、エロイーズとマーグリットが立っている。よけいなおせっかいに、思わず深々と吐息をもらしそうになったが、なんとか自分を抑え、風に乱された髪をなでつけた。

「ええ、オープンデッキに出るつもりはなかったので、帽子は持ってこなかったんです」

エロイーズのくちびるがすぼまった。お説教が始まるものと、わたしは覚悟して心を踏んばったが、驚いたことに、彼女はころりと話題を変えた。

「今朝早く、あなたをお見かけしましたよ。あんな陰鬱（いんうつ）な葬儀に、ご主人があなたをお連れになったなんて、信じられませんでしたがね」

その陰鬱な儀式を見ようと、彼女もまたオープンデッキに出ていたことを、わたしは口にしなかった。ちらりとマーグリットをうかがうと、あきれた顔をしていた。

わたしは口を開いて説明しようとしたが、声を出す間（ま）もないうちに、エロイーズはしゃあしゃあといった。「わたしどもは弔意を示したくて、参列しましたがね」

「それはそれは」わたしはぼそぼそとつぶやいた。

「ええ、そうですとも。帰国したら、お仲間のみなさんに海上での葬儀のようすを報告する必要がありますので」

わたしは両方の眉をつりあげた。船上で亡くなったひとが海の底で永遠の眠りにつく前の短い儀式の模様を、社交界のレディたちがくわしく知りたがるとは、とうてい思えない。洗練された話題とはいいがたいのに、それを報告する必要があるというのか。

「さっそく新しいスチュワードが手配されましたよ」エロイーズは鼻を鳴らした。「新任のスチュワードが使いものになるかどうか」

これは確かにニュースだ。わたしたちはまだ新任のスチュワードに会っていないのだから。エロイーズは非難のまなざしでわたしを見てから、話をつづけた。

「もっと陽光にいたぶられないうちに、船内に入ったほうがよろしいですよ、ミセス・ヴンダリー。陽ざしをさえぎるものがない、こんなところに長居をなさるなんて、ご主人もいい顔をなさらないはずです。お肌がどんなふうになるか、考えてごらんあそばせ」

そういった当人は、大きすぎるぐらい大きな帽子をかぶっているが、風にもぎとられて海に沈んでしまわないように、帽子の縁をしっかりと片手でつかんでいる。今朝、彼女を見たときにかぶっていた帽子より、ずっと大きな帽子だ。こんなに大きな帽子を、いったい何個ぐらい船に持ちこんだのだろう。

「おっしゃるとおりですわね、ミス・バウマン」わたしは立ちあがり、膝掛けをたたんで、デッキチェアにきちんと置いた。あとで収納室に返しておこう。エロイーズに作り笑顔を向ける。

「そばかすだらけになるのはいやですもの」

「いまよりも増えるなんてね」

わたしはくちびるを引き締めたが、なんとか笑顔を消さずにいた。エロイーズは自分の賢明な忠告が受け容れられたことに、心底、満足しているようだ。だが、じつをいえば、そばかすうんぬんは口実にすぎない。静かに考えごとをしたいので、船室にもどりたかっただけのことだ。この船旅ではまれな、陽光の恵みを長く楽しめないのは、残念しごくなのだが。

「さあ、行きましょう、マーグリット。わたしたちのデッキチェアをみつけなきゃ。確か、この角を曲がって……」

エロイーズの声が風にさらわれて聞こえなくなった。従順に姉のあとをついていくマーグリットが、角を曲がる寸前にふりむいて、すばやく目くばせをよこしてから姿を消した。やれやれ。軽く頭を振り、わたしは階下の船室に向かった。

マーグリット・グールド……どうにも捉えどころのないひとだ。

船室に入ると、例の紙片を気をつけてポケットから取りだし、コーヒーテーブルの上に置いた。コートをぬぎ、椅子に腰をおろして紙片をにらむ。そのまま時間がたった。結論を出せないうちに、レドヴァースがもどってきた。いまは邪魔が入ったのがうれしい。

「それはなんだい？」レドヴァースは長い脚を数回動かしただけで狭い空間を横切り、わたしがにらんでいた紙片をつまみあげた。

「レベッカ・テスッチの落としもの」

「わざと落とした？」

わたしはくびを横に振った。レドヴァースは紙片をテーブルの上にもどして、わたしの向かい側の椅子にすわった。今度はふたりがかりで、脅迫文を検討する。

「きみはなにか読みとった？」

レドヴァースの黒っぽい目がわたしを見ているのを感じ、顔をあげる。「いいえ。残念だけど、なにも」そういってから、レベッカとの会話をすべて話し、そのやりとりから、彼女の主張する船上のロマンスは嘘ではないかと感じるに至った経緯も話した。

レドヴァースは眉根を寄せた。「あの航海士と話したときに、彼が嘘をついているという感触はなかったけれど、もう一度話してみる必要があるな」

「この脅迫文を彼女に送ったのは、そのひとだと思う？　レベッカの交際相手と、この脅迫文を書いたひととは、同じ人物なのか、それとも別人なのか、わたしにはどっちだかわからない」

「同一人物だとすれば、あの男がドビンズを殺した犯人だという可能性が高い。だが、動機がわからない。人を殺すというのは、その現場を誰かに目撃されるという危険をともなう行為だからね」

「この船でなにが進行しているのか、さっぱり見当がつかないの」

「なにかが進行している？」

「でも、それがどういうことなのか、わからない」

「大いに役に立つ助言だね」

小憎らしいいかたに、わたしは舌を突きだしてやった。「あなただって、もっと納得のいく説を組み立てているとは思えないんだけど」

　レドヴァースは黙りこんだ。緊迫感がただよう。「じつをいうと……」

　なにか重要な話を聞かせてもらえるのかと期待して、わたしは息をのんだ。新たな手がかりがあれば、新たな方向に進めるからだ。

「……わたしにもさっぱりわからない」

　なんとまあ、肩すかしな。そんなことを聞きたかったわけではないのに。

　しかたがない。レドヴァースが朝のうちにやるといっていたことがどうなったのか、訊いてみることにする。「ドクター・モンゴメリーからなにか聞けた？」

　レドヴァースは片方の膝の上にもう一方の脚の足くびをのせて、うしろに身をそらせた。

「なかなかおもしろい男だよ、我らのドクター・モンゴメリーは」

　わたしはくびをかしげた。「おもしろいって、どういうふうに？」

「ドクターが完全に船長や乗組員たちに与（くみ）している、とは思えないな。ミセス・フィッツシモンズに睡眠薬を服用させたことを、ずいぶんと後悔しているようだ」

　つい、ふふんと鼻先で笑ってしまったが、レドヴァースはおかまいなく話をつづけた。

「それに、ドクター・モンゴメリーは、ドビンズは事故死だといいはっている船長に同調していない」

　思わず身をのりだす。「ほんとう？」

「ドクターは遺体の検死をおこない、わたしも気づいた遺体のくびのあざのことを指摘すると、ビセット船長に検死報告書には記載しないようにいわれたそうだ。依頼ではない――命令だった」

「船長はなぜ、ドビンズが殺されたという事実を隠蔽したいのかしら。そのために、あんなに早々と水葬したの？」

「いや、船上で死者が出た場合、すみやかに水葬するのは通例なんだ。だが、船長があれを事故死扱いにしろときびしく命じたのは、ふつうとはいえない」

「でも、あなたは、船長がドビンズの死に関係があるとは思っていないのよね？」ちょっとショックだった。船長の女性観はどうでもいいが、殺人となると話はべつだ。

「なんともいえないね。わたしの容疑者リストのトップを占めているのは依然としてナウマンだが、リストが長くなってきた」

ナウマンを殺人の最重要容疑者だとみなしているレドヴァースには、いらだちがつのる。ナウマンがなんらかの犯罪――政治がらみの謀略とか――に加担しているとしても、人を殺す必要はないと思う。彼が人を殺すとは、わたしにはどうしても信じられないのだ。

「ドクターはほかになにかいってた？」

「ヴァネッサの夫が乗船したこと、それじたいを信じていない。ヴァネッサの助けを求める心の叫びだとみなしている」

なんとまあ。「それなら、わたしもヒステリー患者のひとりだわね」

レドヴァースはすまなそうに肩をすくめた。「きみが厨房で会った男と話してみたよ」

わたしは驚いて目を丸くした。「あなた、わざわざ厨房まで行ったの？」

「きみにはもう、あの男に接触してほしくなかったんでね」レドヴァースはくちびるを引き結んだ。「ひとの妻に、ああいう態度で接するべきではないことをはっきりわからせてやったよ」

わたしはレドヴァースと結婚しているわけではないが、このいいかたには胸の内がぽっとあたたかくなった。結婚という問題について、わたしの気持は完全に方向転換したのだろうか？

わたしは本気でミセス・レドヴァース・ディブルになりたいのだろうか？

いや、その姓には少し抵抗がある。

とはいえ、うれしい面も多々ある。

わたしの迷走する思いには気づかないようすで、レドヴァースは話をつづけていたが、やがて、わたしが話を聞いていないことがわかったようだ。

「ジェーン？」

「はい？」

「あのチーフ・スチュワードがなにをいったか、聞きたくないのかい？」

「まあ、いえ、聞きたいわ。ごめんなさい、ただちょっと……」なにを考えて気もそぞろになっていたのか、説明したくない。頬がかっと熱くなった。

レドヴァースはなんだか愉快そうだ。「彼はほかの給仕や厨房のスタッフに訊いてみたらしい。船室にこもって食事をとる船客のなかに、ヴァン・デ・メートルとおぼしい人物はいないと、全員がいっているそうだ」

「二等船客や三等船客にまじって、そちら専用のダイニングルームを利用していることはない？」

「ないとはいいきれない。ヴァネッサは毎日、船内——階下の二等デッキも含めて——を巡回していると、ドクターはいっていた。いくらいっても、やめようとしないそうだ。薬で眠らせて船室に閉じこめておかないかぎりは、止める手だてがないようだね」

ヴァネッサはわたしに、そんなことはひとこともいわなかったが、彼女のことをいろいろな面から見直してみると、じつにおかしな話だ。そういえば、昨日の朝、オープンデッキにいたヴァネッサをドクターが連れていったあと、彼女の姿を見ていない。夜に、ラウンジのバーで会えるかと思っていたのだが、そこにも姿を見せなかった。彼女をなおざりにしていたことに思いいたり、申しわけない思いがこみあげてきた。彼女に対してなんの責任もないのだが、それでもなお、ようすを確認するのを怠ったという、自責の念にさいなまれてしまう。彼女はいま、いったいどうしているだろう？

「ドクターはまだ彼女に薬を服ませているの？」

「船長や一等航海士から、そうするようにかなり強く圧力をかけられて、やむなく薬を服ませているようだ」

それを聞いたわたしは、レモンをかじったような顔をしたにちがいない。

「同感だよ」レドヴァースは頭を振った。「彼女は不当なあつかいを受けていると、わたしも思う」

レドヴァースがヴァネッサの側に立っていることを明言したのは、これが初めてだ。わたしはほっとした。

「今後、ナウマンへの対処のしかたはどうなるの？」そう、本来の任務を忘れてはならない。

「今後もいままでのように、親しくつきあってほしい。それに、彼がこの船内の誰かと接触している可能性を、真剣に考えるべきだろうね。出航したあとで、この船に乗っている誰かが、コードブックとしてあの本を彼に渡したとみてまちがいないと思う」

ため息が出る。途方もない話だ。じっさいのところ、誰であってもおかしくないのだから。

「もう一度、彼の船室を徹底的に調べてみるよ」レドヴァースは楽しげにいった。

「船室を調べたら、接触している相手がわかると本気で思っているの？　運よく、名前が書いてあるノートを発見できるとは思えないんだけど」

「もちろん、そんなことはありえない。相手の名前は、彼の頭のなかにしかないだろう」

「そういえば、アメリカに到着したら誰と会うか、なんて話が出たことは一度もないわね」

「訊いてみたのかい？」

「いいえ、まだよ。でも、航海が終わる日が近づいているから、アメリカに到着したらなにをする予定なのか、訊いてみる」彼がほんとうのことを話してくれるとは思えないが。

レドヴァースはうなずいた。「わたしたちに残された時間は、もうわずかしかない」

わたしが口を開こうとしたとき、ドアがノックされた。レドヴァースが立ちあがってドアを開けると、ドアの向こうには、なんとナウマンそのひとが立っていた。

「ミスター・ヴンダリー」ナウマンはレドヴァースにうなずいてあいさつすると、なかに入ってきた。「ミセス・ヴンダリー、ヴァネッサのことを……いえ、その、ミセス・フィッツシモンズのことですが、なにか聞いていらっしゃいませんか」

わたしはくびを横に振った。またもや、彼女のことをなおざりにしていた自責の念にさいなまれる。

ナウマンの青い目が不安に曇っている。「どこを捜してもみつからないし、船室のドアをノックしても応答がないんです」

# 34

これといって、なんの根拠もないのだが、わたしの直感が警戒をうながしている。なにもいわずに、わたしはふたりの男のそばをかすめるようにして通路に出た。レドヴァースが追いついてくるのを待ったが、それももどかしく、急ぎ足でヴァネッサの船室に向かう。ヴァネッサの船室――移動したC43のほう――に着くと、ドアノブを回したがロックされていた。大きな音をたててノックしても応答はない。レドヴァースに目を向ける。彼はちょっと間をおいてからナウマンをちらっと見た。わたしはこくりとうなずき、耳の横あたりに留めていた二本のピンを、髪から抜いた。できるかどうか心もとないが、わたしがロックを解除しようとしたとき、ナウマンが進みでてきた。

「ぼくに任せてください」

ナウマンがわたしの手からピンを取り、鍵穴にさしこんだときには、レドヴァースとわたしは驚きの目を見交わした。わたしたちの目の前でそんな特技を披露するのもためらわないとは、どれほどヴァネッサのことを心配しているかがよくわかる。しかも、彼はあっというまに解錠してしまったのだ。ナウマンの正体に関して、わたしはレドヴァースほど確信がもてなかったのだが、それも片がついた。これほど難なく解錠できる腕前なら、どんなドアでも簡単に開けてしまうだろう。

それにしても、彼はなぜわたしたちの船室に来たのだろうか。先にこの船室にまで来ていながら、このドアを開けなかったのはなぜだろう。目撃者がほしかったから?

そんなことを考えている場合ではない。わたしは開いたドアのなかに駆けこみ、奥の寝室に向かった。ヴァネッサは血の気のない顔でベッドに横たわっていた。わたしは悲鳴をあげそうになったが、なんとか堪えた。見えるかぎり、血痕はないし、外傷もないが、生気もない。そばに駆けつけ、くびに手をあてて脈を探ったが、脈が触れない。鼻孔に顔を近づけると、わたしの頰にかすかに呼気が触れた。ぐったりした手をつかんで持ちあげ、手くびに強く指を押しつけてみる。ごく弱いながらも脈が感じとれた。彼女の頰を軽くたたいた。反応はない。

ふりむくと、男ふたりはドア口に立って手をこまねいていた。

「彼女を浴室に運ぶのを手伝って。水風呂に入れるの。どちらかがドクターを呼んできてちょうだい!」

男たちはひとこともいわずにさっと視線を交わした。ナウマンが電流に打たれたようにしゃきっと背筋をのばし、ドクター・モンゴメリーを呼びに走った。レドヴァースは寝室に入ってきて、ヴァネッサを抱えあげて浴室に運びこみ、彼女をそっとバスタブにおろした。わたしは水の蛇口をひねった——震えあがるほどではないが、彼女の全身にショックを与えるには充分な冷たさだ。両脚が水に浸かると、ヴァネッサは冷たさを感じたらしく、まぶたが震えたが、まだ目は開かない。

レドヴァースが錠剤の瓶を手にもどってきて初めて、いつのまにか彼が浴室を出ていったのだとわかった。

「これを全部、服んでしまったようだ」

瓶をちらりと見たが、目を凝らしてラベルを読む余裕がない。

「なんの薬?」

「睡眠薬だよ」レドヴァースは空の瓶を振った。「彼女に処方されたものだ」

ヴァネッサの体全体が水浸しにならないように、蛇口をひねって水を止める。そして、彼女を覚醒させる作業をつづけた。目を覚ましさえすれば、彼女自身が薬を全部いっぺんに服用したのか、あるいはほかの者がそうさせたのかがわかるはずだ。だがいまは、彼女はまだ眠りのなかにいる。

ナウマンに引きずられるようにして、早くもドクター・モンゴメリーがやってきた。わたしはドクターを信用していないが、彼に任せるしかない。こうなっては、ドクターはヴァネッサの生命を確保するために最善を尽くすしかあるまい。

ドクターは男ふたりを浴室から追い出したが、ヴァネッサの胃を洗浄するので、わたしには残ってほしいといった。

「効果がありますか?」おそるおそる尋ねる。「そのはずです」

ドクターはいかめしい声でいった。

なかなかたいへんだったが、ドクターはなんとか、いやな臭いのする液体をヴァネッサの喉の奥に流しこみ、嚥下（えんげ）させた。わたしも必死で手伝った。数瞬のうちに、ヴァネッサは嘔吐（おうと）し、胃のなかの薬物を吐きだしはじめた。

　あまり見たくない光景だったが、効果が期待できそうで安心した。少なくとも、彼女の胃のなかで、薬物はまだ完全に溶けきっていなかったのだ。

　一時間後、ドクターとわたしはヴァネッサの寝室を出た。レドヴァースとナウマンは居間にいた。ふたりとも黙りこくっていて、ぎこちない雰囲気だ。

「彼女、まだ眠っているけど、今度はちゃんと目を覚ますと思うわ。薬を吐きださせたから」

　ナウマンはレドヴァースを見てからドクターに視線を向けた。「彼女が薬を全部いっぺんに服んだんだと思いますか？」

　ナウマンの声に懸念の響きが強くこもっていたため、わたしはちょっと考えた。ナウマンはヴァネッサとどれぐらい深いつきあいをしているのだろう？

「そう見えますね」そういったあと、ドクターはしばらく黙っていたが、やがて口を開いた。

「わたしは残って、彼女の容態を見守ります。そのう、あなたたちは……」いいよどんでいる。死に瀕していたヴァネッサをみつけたわたしたちに、このあとどうしろといえずにいるのだ。わたしもどうすべきかわからない。

「ありがとう、ドクター」ナウマンは小さくおじぎをすると、船室を出ていった。レドヴァースとわたしも一拍遅れて、彼に倣った。

「さて、どうする?」通路に出ると、レドヴァースが訊いた。

「お風呂に入りたいわ」ヴァネッサの処置にあたったドクターを手伝って、汗びっしょりになったのだ。

レドヴァースはよくわかるとばかりにうなずいた。わたしたちは船室にもどった。

いまの出来事を話しあうことはしなかったが、あんなことが起こった原因は、わたしにはひとつしか思いつけなかった。

# 35

船室に専用の浴室がついていることをありがたく思いながら、わたしは小さなバスタブで湯に浸かっていた。だが、ヴァネッサの件がどうしても頭から離れない。彼女に心の底から好意をもっているわけではないが、彼女が死ぬのはぜったいに見たくない。彼女のようすを見に船室を訪ねなかったことで、レドヴァースに自責の念を抱く必要はないといわれたけれど、そうはいかない。死に瀕していた彼女を発見できたのは運がよかった。だが、昨夜、あるいは今朝早く船室を訪ねていたら、彼女を止めることができたかもしれない。彼女の生命が危うくなったのは、単に助けを求める心の叫びだとは思えないのだ。それとは相容れない出来事に思えてしかたがない。

頭のなかで思考が渦を巻いているまま、バスタブから出て寝室に行き、新しい服を着た。グリーンの花模様で、胸もとに黒いタイがついている。湿った髪をなでつけ、レドヴァースがまんづよく待っている居間に行った。

彼が口を開く前に、わたしは先手を打った。「考えてみたの、わたしたちはなぜこの船に乗っているのか。その根本の問題に専念しなきゃいけないわよね。ナウマンの船室を調べる計画を立てましょうよ。彼が船内の誰と連絡をとっているのか、推測してみるのもいいかも」ヴァネッサの件はいまはまだ話しあいたくない。彼女の件を取り沙汰するには、もう少し時間がほしい。彼女がなぜ、みずから生命を粗末にしようとしたのかを考えるためにも。いずれにしても、考えるだけは考えてみたいが、それはあとまわしだ。

レドヴァースの眉がくいっとつりあがった。「ヴァネッサのメイドは脅迫されている。きみ、まさか……」

わたしの断固としたまなざしを受け、レドヴァースは最後までいわずに頭を振った。

「いいだろう。その話はあとにしよう」

ほっとしたが、彼がヴァネッサの件をそう長く放っておくはずはない。それはわかっている。とにかく、どれぐらい時間の猶予(ゆうよ)があるか推し測るのはやめて、わたしたちが共通して知っていることと、知るべき必要があることとを、指を折ってかぞえあげた。「ひとつ。ナウマンがわたしたちが捜している人物だということは、もう疑う余地はないわね」

レドヴァースがうなずいたので、二本目の指を折る。「ふたつ。彼の連絡相手を探りださなければならない」

「接触したのが航海に出たあとだとすれば、船客という線が強い」

「あるいは、クルーの誰か」ちょっと考えこむ。「ブルーベイカーは完全にはずしていいの？　彼が連絡員だという可能性はない？」

「それはありそうもない。だが、彼からも目を離さずにいよう」

「レベッカを脅迫しているのが、彼女とつきあっている下級航海士なのかどうか、確かめなければいけないわね」顔をしかめてしまう。リー・シュネルという下級航海士がドビンズを殺したのだろうか？　ドビンズの任務を知ってのこと？　まさか、それこそありそうにない。

「だとしても、動機がわからない」レドヴァースはいった。

同感だ。考えてみると、船員たちの大半は顔を知っているが、リー・シュネルという航海士には会ったことがない。「そのひとのことは顔も知らない。なぜかしら？　航海士なら、船客と顔を合わせる機会があるんじゃないの？」

「わたしもその点を訊いてみた。航海の初日から、体調が悪かったそうだ。胃が痛かったので、昼間の勤務をはずして夜間の見張りだけに就かせてくれと申し出たといっていた」

「そして昼間は寝ていた」

「そういうことになる」

筋の通った話だが、それでもわたしは、その男にレベッカとのつきあいについて突っこんだ質問をしてみたい。なにか尋常ではない感じがする――彼とレベッカの話のつじつまは合っているが、あまりにも合いすぎるというか。レベッカがこれまでにわたしにいったことは、ほとんどが嘘だったせいで、彼女がほんとうのことをいったとしても、どれが嘘でどれが真実か、見きわめることができないのだ。彼女に関する事柄のなかで、唯一、明確に真実だと判断できるのは、彼女が落とした紙片の悪意あふれる文面の意味だけだ。

「レベッカを脅しているのがその航海士ではないとすれば、ヴァネッサの失踪している夫だというのが、いちばんありそうだと思う。でも、彼が船にいるのはまだ確認できていないのよね」いらだちがつのる。「船の大きな煙突のひとつにでも隠れているのでなければ、こんなに長いこと隠れていられる場所があるなんて、考えられない」

レドヴァースは鼻で笑った。

ほかに答はないものだろうか。そもそも、レベッカとシュネルのロマンスうんぬんという話には違和感がある。レベッカと話をしたときのことを思い出して、よく考えてみたい。

その連想で、ヴァネッサの消えた夫のことに思考がもどった。

「マイルズがレベッカを脅している当人だとしたら、彼こそがドビンズを殺した犯人じゃないかしら」そう考えたくなる気持は充分にある。彼を捜す騒ぎに巻きこまれたからには。心苦しくてたまらないのだ――わたしがたのんだせいで、ドビンズが殺されたのではないかと思えてならないからだ。ヴァネッサが夫を捜してくれと最初に船長にたのんだときに、徹底的な船内捜索がおこなわれていればよかったのに。それだったら、ドビンズは死なずにすんだかもしれない。「ビセット船長がどういうつもりなのか、ぜひとも知りたいわ」

レドヴァースの表情が曇った。「わたしもそうだ」

レドヴァースはさらに捜査をする意向だったが、それには暗くなるのを待つことにした。昼間は勤務しているクルーの人数が多いが、夜間勤務に就くクルーの数はかなり少ない――例の航海士も夜間勤務のひとりだ。わたしは夜にオープンデッキに出て、夜間当直についている、その男の顔を見てみるつもりだった。名前と顔とを一致させるために。

だが、いまは、ナウマンに会えるかどうかわからないが、オープンデッキに行ってみることにする。彼にアメリカに着いたらどういう予定があるのかを訊くには、もう、いましか時間がない。いままでの経緯を思い出して、彼が心を開いてくれればいいけれど。

わたしがナウマンに接触しているあいだに、レドヴァースは陸と連絡をとって、上司に報告をするはずだ。

重いウールのコートを着こみ、しっかりと厚手のスカーフを巻いて、わたしはオープンデッキに向かった。いまもまだ陽光がさしていて、先ほどの恐ろしい出来事が嘘のように感じられるほどいい天気だ。だが、いい天気だとうれしがっている場合ではない。暖かい陽光をあびようと顔をあげ、冷たい風にさらす。

ナウマンは彼専用のデッキチェアにいた。上品にティーカップについだりせずに、フラスクにじかに口をつけて酒を飲んでいる。わたしと同じく、ヴァネッサの件で気持が乱されているようだ。

わたしが自分のデッキチェアにすわると、ナウマンはちらりと視線をよこしたが、すぐにまた海原に目をもどし、ときどき、思い出したようにフラスクをかたむけた。

「なにか知らせでも?」

わたしはくびを横に振った。ナウマンは顔をしかめたが、なにもいわなかった。

彼の横顔を興味ぶかく観察する。「あなたとヴァネッサがそれほど親しくなっていたとは、知らなかったわ」

ナウマンはこくりとうなずいたが、わたしと話す気がないのかと思いはじめたぐらい、長いこと黙りこくっていた。やがて、彼はちらりとわたしに視線を向けてから、またもや海原に目をもどした。今日は白い波頭が風に吹かれて泡だっている。

「ヴァネッサは……なんとなく、ぼくの妹のヘルガを思い出させるんです」ナウマンのくちびるにほろ苦い微笑が浮かんだ。「ヘルガは……」心情をうまく伝えられるような、英語の表現を探しているようだ。「そう、もろいんです。精神がもろい」

わかったとうなずきながら、胸の内で考えていた——彼の妹には、先ほどわたしたちが目撃したのと同じような出来事があったのだろうか。

「妹さん、いまはどこにいらっしゃるの？」

ナウマンの顔が暗くなった。「施設にいます。国の施設に」わたしのほうを向き、青い目をひたとわたしの目に据えた。その目がわかってくれと訴えている。それ以上のことをいう気はないのだろうが、以前に妹のためならなんでもするといっていた、あの話と結びあわせれば……彼が妹のヘルガの身柄を押さえられて、政府に支配されているという答が出てくるのに、たいして時間はかからなかった。

「妹さんがひどいめにあう？」

ナウマンはくびを横に振った。「ぼくが抵抗しなければ、それはありません」そういって、長々とフラスクをかたむけてから、フラスクを軽く振って残りの量を確かめた。わたしの顔を見ずに、その銀色の容器をさしだしてよこす。今回は、わたしはそれを受けとった。フラスクの中身がなんであれ、わたしにもそれが必要だったのだ。ひとくち飲んでみると、アップル・ブランディだった。リンゴ風味の甘みのある酒が喉を焼きながら胃に落ちていく。フラスクをナウマンに返す。彼は蓋を閉めたが、ポケットにしまいこみはしなかった。

「アメリカでどなたかにお会いになるの？　上陸したら？」彼が率直な態度をとっているいまでなければ、もう永久にこの質問はできないだろう。たとえ口数は少ないにしても、彼はもう充分すぎるほど心情を吐露（とろ）してくれているのだ。

ナウマンはくびを横に振った。「それはいえません」

わたしはうなずいた。正直な答が返ってくるとは期待していなかったが、こうなったら、こちらがなんとかして探りだすしかない。

それきり、ふたりとも黙ったまま、時間がたっていった。ついにナウマンが立ちあがり、片手をさしだした。「行きましょう。あのひとが目覚めたかどうか確かめに」

わたしは彼の手をつかんで立ちあがり、彼についていった。

# 36

ヴァネッサの船室のドアをノックすると、すぐにドクター・モンゴメリーがドアを開けた。ドクターはこわばった笑みを小さく浮かべて、わたしたちをなかに招じいれた。「患者の容態を見にきたんですね」

「彼女と話をしなければならないんです」彼女とふたりきりで話をする必要があるという意味をこめて、ナウマンを見る。ナウマンはうなずいた。

ドクターは肩をすくめた。「かまいませんが、ちゃんとした会話ができるほど彼女の意識が鮮明かどうか、わかりませんよ」

わたしはまたナウマンと目を見交わした。彼はドクターといっしょに居間に残り、わたしはひとりで陽光のさす寝室に入った。ドクターが、ヴァネッサを起こしておこうと努力しているのはまちがいない。なぜなら、いつもなら舷窓のシェードはおりているのに、いまはシェードも窓も開けられていて、新鮮な海の空気が室内に流れこんでいるからだ。

横たわったヴァネッサのすぐ横に腰をおろし、つかのま、彼女の顔を凝視する。まだ青ざめているが、頬にうっすらと血の気がさし、薄いピンク色になっているので、もはや、死にかけているようには見えない。わたしは手をのばして彼女の腕に触れた。ヴァネッサの閉じたまぶたがふるふると震えた。

「ヴァネッサ?」その声は、自分の耳にも大きく聞こえた。

ヴァネッサはなにやらつぶやき、半分ほどまぶたを開けた。「ジェーン」

「ぐあいはどう?」

ヴァネッサは顔をしかめた。まぶたも閉じてしまう。「ちがう。あの薬は服まなかった」

わたしはため息をついた。彼女の意識はまだ朦朧としていて、ちゃんとした会話ができる状態ではないのだ。

わたしのため息を聞きとったのか、ヴァネッサはまたうっすらと目を開けた。「ちがうの。ジェーン。マイルズが……ここに来た」わたしが眉根を寄せると、ヴァネッサは話をつづけた。「あのひとは……同じだけど、ちがっていた。銃を持っていた」

彼女はずっと夢を見ていたのだ。悪夢を。だから、瓶いっぱいの睡眠薬を服めば、悪夢から逃れられると思ったのだろう。

「あのひとがわたしに服むようにいったの」声が弱々しくなり、またもやまぶたが閉ざされそうだ。

わたしはまたため息をつき、彼女の肩をぽんぽんとたたいてやった。「お眠りなさいな、ヴァネッサ。その話はまたあとで」

居間にもどると、ふたりの男の視線が飛んできた。ナウマンは期待のまなざし、ドクターは疲れきったまなざし。ナウマンに否定のしぐさをしてみせてから、ドクターに顔を向ける。ドクターが彼女の生命を救ってくれたのだ。彼に対する疑惑はおおむね消えている。ヴァネッサを殺そうとする意図があるのなら、これほど懸命になって救命治療はしなかっただろう。

「ヴァネッサの看護をしてくださって、ありがとうございました」

「それがわたしの義務です」ドクターは脚を組み換えた。

思わず、わたしは目を細くせばめてしまった。「そうですわね。でも、やはり、感謝しますわ」

「わたしがいわんとしたのは、船が港に着くまでミセス・フィッツシモンズといっしょにいるよう、命じられたということです。彼女を船室から出してはならない、と」

「この件を船長に報告なさったんですか」

ドクターは肩をすくめた。「残念ながら、ほかにどうしようもないんですよ」

このあとも、ドクターがヴァネッサの件をビセット船長に報告すると思うと、胸がもやもやしてきた。ドクターが、船長と彼の行動に疑問をもっているのは確かだ。ドクター自身がレドヴァースにそういったことだし。なので、わたしとしては、今回のヴァネッサの睡眠薬過剰摂取の件は黙っていてほしかったのだが、もしかすると、ヴァネッサを常時監視しておくほうがいいかもしれない。彼女がアメリカに帰り、専門の医師に診てもらえるまでは。再度、彼女が自分自身を傷つけたりしないように。

ナウマンはわたしたちに断りをいってから、寝室に向かった。彼はこのあともずっと、ヴァネッサに付き添うつもりかもしれないと思ったが、わたしは気が進まないながらも、ヴァネッサの意識がもっと明晰になったらまた来ると約束して辞去した。

ドクターの表情から察するに、ドクターが船長から命じられているのは、彼女の監視だけではないかもしれないと不安になった。〝薬づけ〟にしておくように命じられているのではないだろうか。


すっきりしない気分だ。ひとりで考える時間がほしくて、ラウンジに行った。ビロードの絨毯のおかげで足音がしない。豪華な肘掛け椅子にすわる。頭上の天井からは、きらきらときらめくクリスタルのシャンデリアが吊りさがっている。船客たちは船が提供している、さまざまな娯楽を楽しんでいるのだろう、ラウンジにはほとんど人がいない。椅子にすわったかと思うとすぐに、給仕がやってきた。ジンリッキーを注文してから考えこむ。つかのまでもいい、静かに考える時間がほしかった。

が、そうはいかなかった。

「ここにいるとは驚いたね」レドヴァースの声に、驚いている響きはまったくなかったが、非難している口調ではなかった。

「なんだかめまぐるしい半日だったから、ちょっとくたびれてしまって」我ながら弱音を吐いているように聞こえる。

レドヴァースはうなずき、わたしの向かい側の椅子に腰をおろして、持っていたスコッチのロックグラスをテーブルに置いた。思わず顔がほころぶ——わたしがひとりで酒を飲むのを見過ごしたりはしないひとなのだ。

　届いたジンリッキーを、わたしが半分ほど飲んでしまうまで待って、レドヴァースは質問を開始した。「で、なにがあったんだい？」

テーブルにグラスを置き、酒が揺れているさまをみつめながら、オープンデッキでナウマンと交わした会話をレドヴァースに話した。レドヴァースは表情も変えなかったが、わたしのいった一言一句をしっかり聞いているのはまちがいない。ナウマンとの会話の再現を終えると、次は、まだ薬の影響が残っていたヴァネッサが、朦朧とした意識のままに語った話を伝えた。

「きみは彼女のいったことを信じていない？」

うなずく。「どう見ても、まだ薬で朦朧としていたのよ。それを思えば、悪夢を見たせいだという気がしてならないわ。彼女にとってはマイルズを見たというのが現実に思えたとしても、彼がまだ船内にいるという証拠はないんですもの」

　これはオリンピック号がサウサンプトンの埠頭を離れたときにヴァネッサの夫を見たというわたしの主張とは、まったく相容れない所見だが。なにしろ、あれ以降、彼を見たという者はひとりもいないのだ。わたしはヴァネッサの話を真に受け、注目されたいという彼女の願望にふりまわされていたのではないかと思いはじめていた。彼女は、助けてあげなければならない、精神のもろい女にすぎないのではないだろうか――ナウマンの妹のヘルガと同じように。

　そういう思いを口にしているあいだ、レドヴァースは黙ってスコッチをすすりながら、わたしのようすをじっと見ていた。レドヴァースにはいろいろと不満はあるものの、黙って話を聞くという彼の能力に心底、感心する。彼女にだまされていたかもしれないという思いを、自責の念をこめて吐露（とろ）すると、レドヴァースはスコッチをひとくちすすってからグラスをテーブルに置き、テーブルに肘をついて、ぐっと身をのりだした。

「ジェーン」

呼びかけられたものの、彼の顔を直視できず、わたしは酒をすすることでごまかした。話していたあいだに氷が溶けて、ジンというより水の味しかしなかった。

「前に、きみはだまされているといったが、あのときは、そういうしかなかった」

苦笑してしまう。〝そういうしかなかった〟とは。

「だが、きみはずっと正しかったんだ。ヴァネッサが夫を見たといったのを、嘘だと考える必然性はないと思う」

いらだって片手を振りまわし、グラスを倒してしまいそうになった。「それじゃあ、彼はどこにいるの？」

レドヴァースは頭を振った。「それはわからない。だが、彼がレベッカを脅し、ドビンズを殺したうえに、妻を亡きものにしようとしているのはありそうなことだと思う」

「でも、なぜ？」

「わたしの推測では、理由は金だ。ヴァネッサの精神がおかしくなって自殺したと思わせることができれば、結婚証明書のおかげで、彼は妻の財産を受け継ぐことができる」

「でも、どうして、わざわざ彼女が正気ではないと思わせる必要があるの？」

「そのほうが自殺だと認められやすいし、遺産をもらうのも容易になる。みずからの手で彼女を殺してしまえば、財産を受け継ぐことなどできないからね。だが、徐々に彼女の精神がおかしくなっていき、あげくのはてに自殺したとなれば、彼は確実に遺産をもらえるわけだ」

確かにいまの説明は筋が通っている。とはいえ、それはまだ推測にすぎない――マイルズをみつけていないからだ。

「どうしてドビンズを殺したのかしら」レドヴァースがマイルズの動機をどう考えているのか、興味がある。

「ドビンズにみつかったのかもしれない。あるいは、見られては困るものを見られたとか」

とすると、ドビンズの死に、わたしがすべての責任を負う必要はないかもしれない。

「きみの直感を信じているよ、ジェーン」レドヴァースの濃い褐色の目と目が合う。ジンをたっぷり飲むよりも、体の内側が暖かくなった。

「いまはなにをどう考えればいいのか、ちっともわからない」まさかそんな気になるとは思いもしなかったのだが、いまのわたしは、ドイツのスパイに同情している。それに、ヴァネッサの夫なる男を見たと主張してきたが、それにも疑念をもちはじめている。あの日、わたしが見たカップルは、ほかの男女だったのだろうか？　レドヴァースがいったとおり、ヴァネッサは情緒不安定な嘘つきなのだろうか？　認めたくはないけれども、いまは自分の気持がわからない――レドヴァースといるときの気持だけは別だが。再婚に関してひどく臆病だったことを思えば、この気持の変化には我ながら驚いてしまうとはいえ、心地いいのは確かだ。

ふいに新たな疑念が生じた。この航海が終わったら、どうなるのだろう？　この先も、レドヴァースといっしょに仕事ができるのだろうか。

# 37

将来のことを思い悩んでいる暇はなかった。

レドヴァースが空のグラスを持ちあげて左右に振った。「もう一杯？」

わたしは気弱な微笑を浮かべた。「ええ、もう一杯。でも、それで終わりにするわ。気をゆるめないようにしておかなきゃ」

お代わりのグラスを持ったレドヴァースがバーからもどってくると、わたしはようやくリラックスして、彼の連れであることを楽しむ余裕ができた。船上で起きている、諸々の出来事とは関係のない話題でおしゃべりをしたおかげか、ラウンジを出るときには、来たときよりもずっと元気になっていた。船室にもどって着替えてからディナーに出かけ、ローストチキンと野菜という軽い夕食をとってから、楽団(バンド)の演奏を楽しもうと、またラウンジに行った。今度はふたりとも酒は飲まず、クラブソーダをちびちびとするだけにした。このあとの予定を考えれば、酔ったあげくに捕まるようなまねはできない。

おおかたの船客が各自の船室に引きあげるか、あるいは男たちがギャンブルに興じて夜をすごそうと、紳士専用ラウンジに移動するころには、もう充分に夜が更けていた。わたしときては、何度もこみあげてくるあくびを、懸命に噛み殺していた。コーヒーを注文しようかと思いはじめたとき、レドヴァースが身をのりだしてささやいた。「準備はいいかい？」

とたんに、ぱっちりと目が覚めた。

腕を組んでラウンジをあとにすると、階段を昇ってオープンデッキに出た。プロムナードでは、そぞろ歩きを楽しむカップルのふりをするのもなかなかむずかしかった。なにしろ、凍えるほど寒いのだ。今夜はショールも役に立たない。レドヴァースはなにもいわずに上着をぬいで、わたしの肩にかけてくれた。レドヴァースのコロンの松の香りと石鹸の残り香につつまれる。暖かいのと同時に、その香りに気持がなごむ。

首尾よく船長室まで行けた。なかは暗い。

「どうして、もう寝てるといいきれるの？　なんといっても、船長なのよ」

「多少の金銭と引き替えに、ディナーの席で、船長のテーブル・スチュワードが、船長にはいつもより強い酒を出したんだ。ビセット船長がご機嫌でベッドにもぐりこんだのは、まちがいないよ」

わたしの耳もとでそうささやいてから、レドヴァースは船長室のドアの前でかがみこみ、例の解錠道具にものをいわせた。数秒後には、わたしたちは表側の部屋、船長秘書の事務官が船客の応対をする部屋にすべりこんでいた。レドヴァースはもう一度、魔法の道具を使おうとしたが、船長の執務室のドアはロックされていなかった。

「開けっぱなしにしておくなんて、油断がすぎるんじゃないかしらね」わたしはドアをうしろ手に閉めた。室内が闇に閉ざされる。レドヴァースは超小型の懐中電灯をつけ、壁ぎわまで行って、舷窓のカーテンを開けた。月光がさしこむ。レドヴァースは懐中電灯を消して、デスクに向かおうとすばやく体の向きを変えた。

「きみはドアの前で耳をすましておいてほしい。誰かが来たら、そういってくれ」

しぶしぶながら、彼のいうとおりにドアの前に立ち、彼の上着をしっかりと胸もとに引き寄せる。聞き耳を立てながらもレドヴァースを見守っていると、彼はてきぱきとデスクのチェックをすませ、次いで、木製の小型キャビネットを調べはじめた。書類がしまってあるキャビネットだ。

「なにかある?」成果を期待してもいいものだろうか。船長ともあろう者がドアに鍵もかけずに、罪の証拠となる書類を放置するだろうか。とうていありそうにない。

わたしのほうをちらりとも見ずに、レドヴァースは隅にどっしりと鎮座している緑色の金庫に注意を向けた。金庫の前にしゃがみこんで扉に耳を押しあて、つまみを右に左にと回しはじめた。このひとは金庫破りもできるのかと、わたしは息を詰めて見守った。

レドヴァースに関しては、次から次へと新しい発見がある。

息が苦しくなるほどの時間がたった。やがて、かちりと低い音をたてて、ついに扉が開いた。レドヴァースは金庫のなかから、航海日誌と濃緑色の本を取りだした。わたしは大きく息を吐いてドアの前を離れ、レドヴァースの肩越しにのぞきこんだ。レドヴァースはさらに金庫の奥に手をのばし、もう一冊の濃緑色の本の下にあった書類の束を引っぱりだした。書類をざっと見てから、その束を元にもどすと、二冊目の濃緑色の本を取りだして、膝元に置いてあった一冊目の本の上に重ねた。

「それはなに？」本を指さして訊く。

レドヴァースは航海日誌をぱらぱらとめくり、それをわきに置いた。「船の積み荷の帳簿だろう」

本に見えたが、帳簿なのか。レドヴァースは一冊目の帳簿を開いた。こまかく区分けされた欄に、日付と、積み荷の重量が几帳面に書きこまれている。予想どおりの帳簿だとわかり、レドヴァースは一冊目をわきに置いて、二冊目の帳簿を開いた。金庫の奥に隠すようにして入れてあったほうの帳簿だ。

この帳簿の記載には、すべて符号が使われている。日付、荷物の重量、それに数字の羅列。数字の意味はわからない。

レドヴァースは符号で記載されている欄を指先でたどった。「どうやら、わたしたちの読みは正しかったようだ――船長は密輸をしている」

「でも、なにを？」

「この品を定期的にアメリカに運んでいる。いまアメリカでほしがられている品はなんだい？」

「上質のお酒」禁酒法が実施されているアメリカでは、人々はひそかに法外な金を払って、それを入手している。「でも、それをどこに保管しているのかしら。税関は気づかないの？」

「抜け道はいくらでもある。大きな船荷のなかにまぎらせておくとか。だが、これで、船内をくまなく捜索されたくない理由がわかった。きみがシェルブールで見た光景、船長が封筒を受けとっていた光景の説明もつく」

レドヴァースは航海日誌と正規の帳簿は金庫にもどしたが、符号で記された裏帳簿は小脇に抱えこんだ。

「それをどうするつもりなの？」

「まだ決めていない。だが、いずれ役に立ちそうな気がする」

盗んだ裏帳簿を持って、そそくさと船室にもどった。その薄い帳簿を、レドヴァースはベッドのマットレスの下に隠した――徹底的に捜索されたらみつかってしまうだろうが、当面は安全だろう。その一方で、わたしはずっと考えていた――船長の密輸作戦には、どれぐらいの数の乗組員が加担しているのだろうか、と。

「船長に加担している船員って、どれぐらいいると思う？」

レドヴァースはベッドカバーをていねいにかけながらわたしを見て、肩をすくめた。「ごくひとにぎりの、信頼できる部下たちだと思う。秘密が洩れるのは忌避したいだろうが、品物を動かすには人手が必要だ」

同感だ。あの一等航海士の不快な態度を思い出す――特に、彼にとっては意外な場所にわたしがいたときのことを。

「賭けてもいいけど、ベンスン一等航海士は共謀者のひとりだと思う」

レドヴァースは軽くうなずいた。「うん、じつにフェアな賭けだな」

わたしはというと、船長室への潜入でアドレナリンが出まくっていて、ちっとも眠くない。

「それで、今夜の捜索は成功したといえるのではないだろうか。ほかになにかできることは？　どうするの？」

レドヴァースは愉快そうな顔をした。「今夜はもうなにもできないんじゃないかな」

わたしは頭のなかのリストをたどってみた。ヴァネッサの状態を確認すべきだという項目があるが、それはスルーすることにした。たぶん、ナウマンが彼女に付き添っているだろう。その邪魔はしたくない。わたしはそう自分にいいきかせたものの、正直にいえば、ヴァネッサを疑っているため、どうしても顔を見なければという気になれないのだ。

もう一度レベッカに会って、ほんとうのことを話してもらう必要があるが、もう夜も遅いし、彼女のルームメイトをわずらわせるわけにはいかない。この件は明日でもかまわないだろう。ため息をつくと、わたしはもう寝たほうがいいとあきらめた。夜間をレドヴァースとふたりきりですごすのは、もはや苦行ではなくなっている。

じっさいの話、その夜、例の航海士の顔を見るつもりだったのだが、そんな考えは頭からきれいに消えていた。

# 38

次の朝、目覚めたわたしはじつに楽観的だった。手ごわい問題に亀裂を入れ、その亀裂を広げることができたのだ——船長がおかしな態度をとる理由がわかったし、ナウマンがわたしたちが捜しているスパイだということにも確信がもてた。彼の連絡相手が誰なのかはまだわからないが、陸（おか）では暗号を解く鍵となる本（コードブック）を入手したとのことなので、ナウマンと連絡員のあいだで交わされるメッセージの暗号は、レドヴァースの同僚たちの手で解読されるはずだ。

ドビンズが若くして命を断たれたのは、いったい誰のしわざなのか、それがわかりさえすれば、わたしたちの任務はほぼ完了する——そんな気がしている。意識の隅っこで、ヴァネッサ・フィッツシモンズはまだ疑惑の渦中の人物だという小さな声がささやきかけているが、それは彼女の行方不明の夫が殺人犯だと、わたしたちが強い嫌疑をかけているからにほかならない。だが、彼女のトラブルがどの程度、彼女自身が起こしたものかはよくわからない。行方不明の夫がいきなり船室に現われた、大量の睡眠薬を無理に服（の）まされた、と主張しているために、彼女に対する不安がつのる。ドクター・モンゴメリーが看護にあたっているだけではなく、おそらくナウマンも付き添っているはずだと、自分にいいきかせているが、意識の隅っこの小さな声は、ヴァネッサに必要なのは友人だといいはっている。

モーニングコーヒーを楽しんでいるさなかに、ドビンズの後任のスチュワードがメモを持ってきたので、その声を無視しづらくなってしまった。メモにはこう書いてあった。

〝会いにきて。V〟

「行くつもりかい？」渋いチャコールグレイのスーツに、それとマッチしたチョッキでぴしりときめたレドヴァースはおちつきはらって、優美な磁器のカップでお茶をすすりながらそう訊いた。

「どうしようかしら。今朝は予定があるのよ」

レドヴァースの眉が雄弁にものをいっている。わたしは気まずくなり、もじもじとすわりなおした。「今朝はオープンデッキでナウマンに会うつもりなの」

「どうしてもそうしなければならない、というわけではないんじゃないか」レドヴァースは肩をすくめた。「彼がわたしたちのお目当ての人物だということは、もうわかっている。そして、彼と連絡員が暗号交信に使っている本も知っている」

わたしはくちびるを引き結んだ。「ここで彼との接触をやめるには、ちょっと根拠が弱すぎると思うわ。もしかしたら、すごく重要な話が聞けるかもしれないでしょ？」レドヴァースはなにもいわなかったが、その視線は感じる。わたしはふっと息をついて、天井を仰いだ。「そうなのよ。彼女に会うのは気が進まないの」

「昨日、話しあったことにもかかわらず？」

「にもかかわらず。それにドクター・モンゴメリーが手厚く看護しているでしょうし」コーヒーをする。自分がドクターを全面的に信頼してはいないという事実や、ドクターに彼女を任せきりにするのが不安に思えた事実も無視する。「それに、ナウマンはヴァネッサのことを気にかけていて、頻繁にようすを見にいっているみたい。あと少しで航海も終わるのよ。ヴァネッサのこと以外でも、気になる問題がたくさんあるわ」

その点は、レドヴァースも同意せざるをえなかった。「航海が終われば、ドビンズの身になにが起こったのか、わからないままになるな」

「だったら、いまのうちに、なにかできることはない？」

「あの帳簿が役に立つと思うよ」

「ちなみに、あの裏帳簿はどこにあるの？」

レドヴァースは片方の足くびをもう一方の脚の膝の上にのせ、いやに気どってみせた。「ぜったいに誰も捜そうとしないところに」

昨夜はベッドのマットレスの下に隠したけれど、日が昇る前に起きて、隠し場所を変えたにちがいない。「どこなのか、教えてくれる？」

レドヴァースはくびを横に振った。「きみは知らないほうがいい」そういってから、もっとなにかいいたそうな表情をしたが、それきり黙ってしまった。

「わたしに教えたくないこと、ほかにもあるんじゃない？」

「そう。もう少しあとまで、いわずにおくよ」そういって、魅力的な微笑を浮かべた——わたしの気持をやわらげるためだろう——が、わたしは彼をにらんだ。いくらにらんでもむだだった。レドヴァースは知らん顔だ。わたしはついにあきらめて肩をすくめた。彼がなにを隠しているのか、そしてそれはなぜなのか、見当もつかないが、気にするのはやめることにした。わたしにはほかになすべきことがある。

　とはいえ、〝なすべきこと〟もまた、わたしの手からすり抜けてしまった。陰鬱（いんうつ）な天候のもとで冷たい風に吹かれ、みじめな気持で専用のデッキチェアに腰を据えていたのに、一時間以上待ってもナウマンは現われなかった。今朝は来ないのだとあきらめる。なので、レベッカを捜そうと彼女の船室に行ってみた。船室にはいなかったので、二等デッキをうろついて、彼女がいそうな場所をあちこち見てまわったが、どこにもいなかった。あの脅迫状のことがあるから、ちょっと心配になる。航海士のシュネルと本気でつきあっていて、ふたりでどこかに引きこもっているのかもしれないが。

　捜しようがなくて気持が落ちこんでしまい、今度はエロイーズとマーグリットを捜そうと、一等船客用のカフェや女性専用のラウンジを見てみた。だが、このふたりもみつからず、わたしはいよいよ失望したが、彼女たちの船室を訪ねてみようと思うほど、ヤケにはならなかった。とはいえ、彼女たちからゴシップを聞きだせるかもしれないと期待していたのに、彼女たち姉妹もまた、姿を隠してしまったとは。

　意気阻喪（いきそそう）し、神経がいらだつどころではない状態で船室にもどったときは、もう午後も遅くなっていた。

「機嫌が悪そうだね」レドヴァースに指摘される。「顔色が悪いよ」彼は上着をぬぎ、小さな書きもの机に向かって手紙を書いていた。シャツの袖をまくりあげているので、日焼けした腕がむきだしだ。

「なんでもないわ。ただ、誰も彼もが姿を消してしまったみたいなの」顔をしかめる。「なかでも、レベッカがどこにもいないのが気になって」

レドヴァースはぐるりと体の向きを変えて、わたしを見た。彼も眉根を寄せている。「どこにもいない?」

わたしはこくりとうなずいた。「二等デッキを捜しまわったし、彼女が行きそうな場所もあちこち見てみたけど、どこにもいなかった。もちろん、シュネルといっしょだという可能性はあるけど、そうだという確信はもてない」

「ふうむ」レドヴァースは唸った。その声音から、彼もわたしと同じように懸念しているのだとわかる。「わたしと話したあとも、シュネルが危険をおかして彼女と会いつづけるとは思えないな」

口に出していうまでもなく、彼もまた、レベッカが受けとった脅迫状を見過ごしにするわけにはいかない、と考えているのはまちがいない。何者かがドビンズの命を奪ったのだ。その犯人がレベッカを脅迫している者と同一人物だということは、充分に考えられる。その人物が、レベッカをも排除しようとしているのではないといいのだが。

レドヴァースは腕時計をのぞいた。「船長と話をするころあいだな」

「船長がみつかれば、ね」わたしは不機嫌な口ぶりで、ぼそぼそとつぶやいた。

レドヴァースは薄く笑みを浮かべた。「それは問題ないと思う」

例によって、レドヴァースは正しかった。わたしたちが船長室に案内されたとき、ビセット船長はデスクの向こうにすわっていた。わたしは室内を見まわした。闇に閉ざされた夜間にしのびこんだときと、かなり印象がちがう。

船長は片手でこめかみをもんだ。昨夜の酒のせいで頭痛がするのだろう。

「なにかご用ですかな？」船長は不機嫌な口調で訊いた。

レドヴァースはデスクの前の椅子の一脚に腰をおろし、無造作に脚を組んだ。わたしも、もう一脚の椅子にゆっくりと腰をおろした。

「あなたの密輸事業について話しにきたんですよ」

それを聞いたわたしは、目が飛びだしそうになった――その話を持ち出すとは。信じられない。船長は動じたようすは見せなかったが、頰に赤い斑点が浮かんだ。

「なんのことかわかりませんな。すぐに退室してください」そういって、わたしたちを追い出すべく、秘書を呼ぼうとしたが、レドヴァースはおだやかにさえぎった。

「それはお勧めできませんね。こちらは裏帳簿を持っている」レドヴァースはにやりと笑った。

「それだけではなく、賄賂を受けとっている証拠写真もある」

顔が紅潮した船長の喉から、息が詰まったような音が洩れた。そして、挑むようにいった。

「おまえたちを逮捕してやる」

レドヴァースは肩をすくめた。なんの憂いもなく休暇を楽しんでいる紳士、といった態度だ。

「ちょっと相談しましょうか。密輸の件はべつにどうでもいいんです――ほかの国の人々同様、アメリカ人も上質の酒を入手したいでしょうからね。だが、わたしたちにはほかにほしいものがある」

船長のくちびるが動いたが、ことばは出てこなかった。舌を嚙んでしまったかのようだ。動揺しきっている。沈黙のまま、数分が過ぎ、ようやく船長はことばを発した。

「おまえたちの船室を捜索して、帳簿をみつけることぐらい、容易にできる。写真もな。証拠がなければ、無力だろう」

レドヴァースはまた微笑した。「船室に隠しておくほど、わたしが愚かだと？」そういって、おもしろい冗談を聞いたとでもいうように頭を振った。「証拠はぜったいにみつからないところに隠してある。率直にいうと、そちらには、船がアメリカに着くまでに捜しあてるだけの、人手も時間もないんじゃないかな」

レドヴァースは裏帳簿と写真をいったいどこに隠したのだろう？　それとも、これははったりだろうか？　彼の顔を観察してみたが、おだやかそのものだ。わたしは小さく頭を振り、このショウを楽しむことにした。わたしが室内に入ってきたときから、船長はわたしを一顧だにしていない。わたしは〝見えない人間〟らしい。

「なにがほしい？」船長は声を絞りだすようにして訊いた。

レドヴァースの口もとが大きくゆるんで、満足げな笑みが浮かんだ。わたしも口もとがほころんでしまうのを抑えきれなかった。ようやく話の糸口をつかんだのだ。

# 39

「まず最初に、船内を捜索して、レベッカ・テスッチをみつけてほしい。二等船客のひとりだ」

船長はけげんそうだ。「なぜです？　なぜ二等船客の女性をみつけたいんです？」

「彼女の身によからぬことが起こっているのではないかと、心配だからだ」そういうと、レドヴァースはちょっと考えこんでから先をつづけた。「じつをいえば、下級航海士の船室を見たい。その男は彼女と情事にふけっている」

船長は椅子の背にもたれかかった。「それだけ？　男がちょっとしたお楽しみにふけっても、ちっともかまわないじゃありませんか」

それを船長に知られたら、シュネルは解雇されると心配していたのでは？　だが、船長のいまの発言は、解雇とはほど遠い。「それだけではすまない問題がからんでいるんです」がまんできなくなって、わたしは口をはさんだ。

船長はわたしに目も向けず、レドヴァースだけをみつめている。「当直明けのクルーをたたき起こすのは気が進みませんな」

レドヴァースが反論しようとすると、船長は片手をあげてそれを制した。「ですが、彼が勤務に出たら、そのあいだに船室に入っていいですよ」

わたしはため息をついた。それだと深夜になってしまう。シュネルは自分から夜間当直を買って出たという。たぶん、若い女性を船室に引きこむには、昼間のほうがつごうがいいからだろう。昨夜、オープンデッキに出て、夜間当直中のシュネルを確認しなかった自分を内心でののしる。その件はすっかり頭から抜け落ちていたのだ。

つかのま、レドヴァースは船長の申し出を検討していたようだが、譲歩することにしたらしい。「よろしい。だが、それはそれとして、午後は全力をあげて船内を徹底的に捜索し、彼女をみつけてほしい」

船長は肩をすくめた。「それで終わりですかな？」

「とんでもない。あなたはドビンズ——あなたのクルーのひとり——が船上で殺されたという事実を隠蔽(いんぺい)し、事故だと主張しているのはなぜか、その理由を知りたい」

これには、船長は少しばかり恥じいった顔を見せたが、すぐに気を取りなおした。「いいですか、ミスター・ディブル」

船長はまたもや、ヴンダリーという姓ではなく、レドヴァースの本名を口にした。いったい誰が密告したのだろう。

「わたしが船長として正式な報告をどうしようと、あなたの知ったことではありませんぞ。彼は不幸な事故に見舞われただけです」

「では、あのくびのあざは？　あれは彼がくびすじを押さえつけられて、水中に顔を突っこまれたことを示しているのでは？」

「それを証明できますかな？　遺体はもう、適切に水葬されましたよ」

そうきたか。自分のクルーに一片の敬意も抱いていない船長のいいかたに、わたしはショックを受けた。レドヴァースも同じ思いらしく、それが表情に出ている。

船長の口調がやわらかくなった。「彼の遺族には充分な補償がなされるでしょう。殺されたなどといわれるのは、遺族にとってもいいことではない。この件はわたしに任せていただきたい」

「犯人をみつける努力をしているのですか？」

船長は顎鬚（あごひげ）をなでた。「いまいったとおり、わたしに任せていただきたい」

わたしはあからさまにあきれ顔をしてやった。この男には、かわいそうなドビンズの死を、正義にのっとって調べる気はないのだろうか？

「では、最後に、ミセス・フィッツシモンズの件ですが」

今度は船長があからさまにあきれた顔をした。「あのご婦人は精神的に不安定で、完全に妄想に取り憑かれている」

「彼女に睡眠薬を服（の）ませるのをやめてほしい」

「それに関しては、お役には立てませんな。それに、薬を服むほうが彼女のためです」船長は頭を振った。「あなたがたがどう考えようと、それは勝手ですが、わたしとしては、社交界で名だたるご婦人に、わたしの船で自殺を図ったりしてほしくありません。ドクター・モンゴメリーは彼女の身の安全のためだといっています。彼女を安静にしておけるので」

わたしはレドヴァースの腕に手をかけて、低い声でいった。「船長のおっしゃるとおりかもしれないわ」わたしだって、ヴァネッサになんらかの害が及ぶのは望んでいないが、彼女の安全のためには、薬づけにしておくのがいちばんいい気がする。なにしろ、次から次へと衝撃的な事態——現実にしろ妄想にしろ——が起こっているからには。船が陸地に着いてしまえば、彼女の身はむしろ安全になるはずだ。内心で決意する——船長との会見が終わったら、ヴァネッサに会うのを避けたりせずに、彼女の船室に行ってみよう、と。ドクター・モンゴメリーが適切な処置をして、彼女を手厚く看護しているかどうかを確認しよう。

レドヴァースはわたしの顔を見てから、船長に軽くうなずいてみせた。わたしたちが立ちあがると、船長も立ちあがり、気づまりなようすで咳ばらいした。

「帳簿をどうなさるおつもりですかな?」レドヴァースに訊く。「それに、どうやって金庫から持ち出したんです?」

レドヴァースはゆるぎのない視線を船長に向けた。「ご心配ならいっておきますが、いまのところ、あれを当局に提出する気はありません。ただし、必要とあらば、提出します」

レドヴァースの返答の前半部分で、船長はほっとした表情になったが、それもつかのま、後半を聞くと、その顔がたちまちこわばった。

「港に着いたら、あなたにお返ししましょう。ここで話したことに留意してもらえるならば」

レドヴァースが船長のふたつ目の質問には答えなかったことに、わたしは気づいた。それに、彼の本名をどこから聞いたのかということも訊かなかった。

船長はしっかりとうなずいた。

レドヴァースは微笑した。「では、今夜、またお会いしましょう。シュネルの船室を捜索するさいに」

ビセット船長はなにかいいたそうな目をしたが、気を変えたらしく、わたしたちが出ていくのを黙って見送った。

ディナーのために着替えようと船室にもどる。今夜は船上でにぎやかにすごす最後の夜になるため、ディナーのあとは舞踏会が催される。着飾ったり、仮装したりできる舞踏会だ。舞踏会に参加したいのかどうか、わたしは自分でもよくわからなかったが、それでも、手持ちのなかでいちばんいいドレスをまとい、居間に行った。レドヴァースは仕立てのいい黒いタキシード姿だ。その姿を見たとたん、わたしの目は明るく輝いたのではないだろうか。

だが、わたしには気になっていることがある。「ディナーに行く前にヴァネッサの船室に寄って、どんな状態かチェックする時間があるかしら?」

レドヴァースは腕時計をのぞいた。「あまり時間がない。食事のあとにしよう——舞踏会が始まる前に」

思わず呻いてしまう。気になることが山ほどあるのだから、ダンスなんかにかまけている場合ではない、というのがわたしの本音だった。

平穏無事にアラカルト・レストランで夕食を終えると、ぞろぞろと舞踏室に向かう着飾った人々の流れに逆らって、わたしたちはヴァネッサの船室に行った。ノックすると、ドアを開けたナウマンがわたしたちを見て、眉をひそめた。「来てほしいと彼女の伝言をお届けしてから、ずいぶん時間がたちましたね、ミセス・ヴンダリー」

わたしは顔をしかめた。ジェーンではなくミセス・ヴンダリーと呼ばれたことと、彼の責めるような口調のせいだ――確かに、朝がたヴァネッサの伝言メモをもらってから、ほぼ一日じゅう、ヴァネッサの船室を訪ねるのを避けていたのはまちがいない。いいわけをするのはやめて、単にうなずくだけにした。

ナウマンがわきによって、わたしたちを通してくれた。居間に入ると、ドクター・モンゴメリーが寝室から出てきた。

「いらしてくれてよかった。彼女がお待ちかねです」ドクターの最後のことばはわたしに向けられたものだ。

「起きてるんですか？」ヴァネッサはどの程度〝薬づけ〟にされているのだろうと疑問をもち、わたしはそう訊いた。

「ええ、起きてます。安静にしてもらおうと努めていますが、しっかり意識はありますよ」

わたしはうなずき、深く息を吸ってから居間の奥に進み、寝室のドアを開けた。ヴァネッサは枕に寄りかかって上体を起こしていた。サイドテーブルに置いてあるランプが、彼女の顔に温かみのある金色の光を投げかけている。最後に会ったときよりも、ずっとぐあいがよさそうだ。

「ジェーン、あなたに永遠に見捨てられたんじゃないかと思いはじめていたところよ」

のろのろした話しかただが、口調ははっきりしている。

胸に巣くっていたうしろめたい思いが、ずんと重みを増した。「見捨てたりはしないわ」そう返すのがやっとだった。なぜなら、本音をいえば、ほとんど見捨てかけていたのだから。

「マイルズがここに来たっていったわよね」

わたしはベッドの端に腰をおろした。「それ、夢じゃなかったのは確かなの、ヴァネッサ？あなた、相当、ひどい状態だったのよ」

ヴァネッサはわたしの目を見すえたまま、ゆっくりと頭を左右に振った。「わたし、自殺しようとしたわけじゃない。マイルズがそうさせたの」ヴァネッサはわたしの手に手を重ねた。

わたしはそのきれいな手にちらりと目をやった。「信じてちょうだい」ヴァネッサはいった。

頭のなかで、いくつかことばを探したが、けっきょく、正直な気持を伝えることにした。

「信じたいわ。でも……むずかしい」

ヴァネッサは目を閉じて、こくりとうなずいた。

訊きたかったことを訊いてみる。「今日、メイドさんに会った？」

ヴァネッサは閉じていた目を開き、わたしの目をひたとみつめた。「この何日かは会っていないわ。どうして？」

ヴァネッサを心配させたくなかったので、なんでもないというように頭を振るだけにとどめた。「べつに」

だが、ヴァネッサは鈍いひとではない。彼女の目に恐怖の色が宿った。「彼女をみつけてちょうだい」

ヴァネッサが真剣にレベッカのことを心配しているのがわかり、ちょっと驚いた。彼女はドビンズやレベッカのような下々の階層の者には、冷淡な態度しかとらない、と思っていたからだ。なんだか、移動する砂地のような性格だ――このひとを相手に確固としたスタンスをとるのは、とても困難だ。できないといってもいい。

「約束して」

ヴァネッサがわたしから目を離そうとしないので、わたしは根負けしてしまい、彼女の望む返事をした。

居間にもどると、男たちが待っていた。すぐにナウマンが前に進みでて、わたしをわきに引っぱっていった。「彼女、夫のことをいいましたか?」ささやくような低い声なので、聞きとるには彼に身を寄せるしかない。

「ええ」ナウマンの背後に視線を向けると、レドヴァースとドクターが、どちらも渋い顔でこちらを見ているのがわかった。

「ぼくはあの医者を信頼していません。ヴァネッサのことが心配なので、ここに詰めているつもりです」

「それがいいわ、ハインズ」ナウマンに視線をもどすと、じっさい、ひどく心配そうな顔だった。「ちょっと遅い時間になるけど、またあとで来ます。あなたたちふたりのようすを見に」

ナウマンが了解とばかりにうなずいたので、わたしたちは待っていたふたりの男のほうに行った。

下級航海士のリー・シュネルの船室に入りこむまで、時の刻みかたが這うようにのろのろと感じられた。舞踏会に参加する気持にはなれなかったのだが、わたしがいらいらと歩きまわって船室の絨毯(じゅうたん)をすりきれさせて穴を開けるよりは、舞踏会に参加したほうがいいとレドヴァースに説得されてしまったのだ。わたしのへたなダンスにつきあって彼が足を痛めるよりは、居間の絨毯がすりきれるほうがいいんじゃないかと反論したが、レドヴァースはあとに引かなかった。

ワルツでくるくると室内を踊ってまわって――レドヴァースの爪先を何度も踏んづけながら――いても、わたしの懸念はつのる一方だったし、不安感にせきたてられて、気分がやわらぐことはなかった。レベッカを捜すと約束した船長のことばどおり、彼女を捜しあててくれるといいのだが、そうはいかないとわたしの直感が告げている。わたしはすでに、彼女がいそうな場所を捜してまわったのだ。彼女が自分の意思で身を隠しているのでなければ、忽然(こつぜん)と消えてしまったというしかない。

レドヴァースは軽く片足を引きずりながら、わたしを誘って踊りの輪から抜けだした。「一杯、飲もうか?」

わたしはくびを横に振った。意識をはっきりさせておくために、しらふでいたい。目をあげると、レドヴァースはわたしの肩越しになにかを見て顔をしかめていた。

「なにを見ていたの？」ふりかえると、見慣れた顔ぶれが見えた。ダグラスとマーグリットのグールド夫妻、それに度しがたいエロイーズ。わたしはすばやく顔をそむけた。彼らに気づかれなかったのならいいのだが。今日の午後は情報を得たくてあの姉妹に会おうとしたが、いまはもう、エロイーズの冗舌（じょうぜつ）に耐える必要はない。

「あっちに行きましょう」エロイーズの砲撃の射程距離からはずれることを願って、舞踏室の奥の隅、エロイーズたちとは反対方向に頭を振った。

レドヴァースはくちびるをすぼめた。「わたしとしては、むしろ、ここにいたい」

その奇妙な反応に、わたしは眉根を寄せてレドヴァースをみつめた。彼の視線は何度も室内を巡ったが、そのたびにエロイーズとグールド夫妻のもとにもどっていく。

「わたしにはいえないことがあるの？」

「いや。どうしていつも、そんなふうに考えるんだい、マイ・ディア」

わたしの気をそらそうとしているのは明らかだ。わたしは顔をしかめて、彼がさしだした腕に手をからませた。驚いたことに、レドヴァースはわたしがついさっき示した方向、エロイーズたちとは反対の方向に歩きだした。彼女たちに関心があったのではないのか、と不審に思ったが、彼が唐突に気を変えた理由を尋ねるようなまねはしない。そのかわり、不満を抱いていることを知らしめたくて、彼の腕をきゅっとつねってやった。レドヴァースはにやっと笑った。

たぶん、一杯飲（や）るべき潮時なのだろう。

ようやく真夜中になった。船客の大部分はまだ舞踏会を楽しんでいる。彼らのエネルギーが熱気となって押しよせてくるなかで、わたしたちはその場を離脱することにした。急いで船長室に行ったが、じれったいことに十五分も待たされたあげく、ようやく船長が姿を現わした。

船長に連れられてクルーの居住エリアに向かう。以前、あの一等航海士に追い出されたエリアだ。船長が鍵を選んでいるあいだ、また待たされた。やっと適切な鍵がみつかったようだ。

「なにもないと……」

船長は語尾をにごしながら、シュネルの船室のドアを開けた。室内はまっ暗だったので、船長は照明のスイッチをはじいた。狭い寝棚に、縛られ、さるぐつわを嚙まされたレベッカ・テスッチがころがっていた。

## 40

仰天したわたしは、男たちを押しのけ、レベッカのもとに駆けつけた。彼女が生きていて、いましめをほどこうともがいているのを見ると、ほっとした。わたしはまず、彼女の口をふさいでいる布きれをはずしてやってから、両手のいましめをほどきにかかった。さるぐつわがはずれたとたんに、レベッカの口から奔流のようにことばがほとばしった。

「あいつはおくさまのところに行きました。急病人が出たので至急来てほしいといってドクターを呼びだし、おくさまおひとりになったときを狙って、船室に行ったんです。おくさまになにかするつもりです」

「どれぐらい前のことだね？」レベッカの足くびのいましめをほどきながら、レドヴァースが訊いた。

レベッカは手の血行をよくしようと、手くびをこすりながら答えた。「よくわかりません。何時間も前からここに閉じこめられていたんで……でも、たぶん、あいつが出ていったのは、二十分前ぐらい？」

レベッカの最後のことばが終わらないうちに、レドヴァースとわたしはすでにドアに向かっていた。レベッカのことは船長に任せて、わたしたちはシュネルがヴァネッサを襲うのを防ご

う と全力で走った。もう手遅れかもしれないと覚悟しつつ。背後から、船長が助けを呼んでくれとどなっていたが、当然ながら、わたしたちは返事もしなかった。それどころではないのだ。

ヴァネッサの船室にたどりついたときには、すっかり息が切れていた。船室のドアは閉まっていたが、ロックはされていなかった。なかには誰もいない。すばやく室内を見まわすと、デスクの上に封筒が立てかけてあるのが目についた。それをつかみ、封を破り、便箋に目を走らせる。わたしの肩越しにレドヴァースも文面を読んだ。

「遺書だわ。だまされたことに耐えられないと書いてある」レドヴァースも同じ文面を読んでいるのを承知のうえで、わたしは声に出してそういった。

「彼女自身がこれを書いたかどうか疑問だな」

「ええ」必死で考える。「自殺を図った女性を排除するいちばんいい方法ってなにかしら。一度目は助かった場合は？」

わたしたちはことばではなく目を見交わして、船室をとびだし、通路を走ってオープンデッキに向かった。

「どこだと思う？」懸命にレドヴァースのあとを追い、あえぎながら、そう訊く。

「たぶん船尾だろう。ほとんど人目がないところだから」

二等船客用のプロムナードに出たが、不気味なぐらい人がいない。たいていの船客はもう船室に引きあげているか、まだダンスを楽しんでいるかなのだろう——今夜の舞踏会は、ニューヨークに到着するまでの、船上での最後のお楽しみなのだ。シュネルはこの機会を狙ったのだ。

オープンデッキに人がいなくて、目撃される恐れのない、今夜のこの時刻を。いちばん下のオープンデッキの端まで行き、外階段を駆けおりて、ドビンズが水葬された船尾のプラットフォームに向かった。

再度、そんな葬儀がおこなわれることがないことだけを祈りつつ、ひたすら走る。

外階段を昇る途中で足をすべらせそうになったが、なんとか手すりにつかまって体を支えた。体勢をととのえて、レドヴァースのあとを追う。二本の大きな白い通風管のあいだを走り抜けて船尾の近くまで行ったときに、悲鳴が聞こえた。すぐさまレドヴァースが立ちどまったため、わたしはあやうく彼の背中にどんとぶつかりそうになったが、片手をのばして彼の背中に手をつき、なんとかぶつからずにすんだ。息がはずんでいる。

複数の人影が見えた。

「シュネルだ」レドヴァースがいう。

わたしたちのわずか数歩先に、きれいに髭を剃った男が銃を持ち、目前のふたりに銃口を向けていた。そのふたりとは――ヴァネッサとナウマン。

ヴァネッサはナウマンの腕にぐったりともたれかかっている。ドクター・モンゴメリーに服まされた睡眠薬が、まだ効いているのだ。

「マイルズ・ヴァン・デ・メートル！」わたしは叫んだ。髭を剃っているが、まちがいない。航海の初日、サウサンプトンを出港したときに、ヴァネッサといっしょにオープンデッキにいた男だ。レドヴァースが確認するようにわたしをちらりと見た。そう、これで、すべてのピースがきちんと嵌った。

マイルズのくちびるがゆがみ、苦笑が浮かんだ。「そのとおり」

わたしたちの背後のブリッジに灯る薄い黄色の照明を受けて、シュネルの制服の真鍮(しんちゅう)のボタンが鈍い光を放っている。

「おれの本名はリー・シュネル。この女のお仲間に入るのなら、ごたいそうな名前のほうがいいと思ってな。その読みが当たったのさ。そうだろう?」

残忍な笑みとともに、ヴァネッサに向けて発せられた最後のことばは悪意に満ちていて、聞いていたわたしもぞっとした。

マイルズことシュネルは、黒い小型拳銃をわたしたちに向け、その銃口を振って、ヴァネッサとナウマンのほうに行けと命じた。その命令に従って、わたしたちはゆっくりと動いた。レドヴァースはわたしを背後にかばって盾になってくれている。ふたりに近づいていくと、ナウマンがまずヴァネッサを、次いでわたしを見て、そっとうなずいた。彼女を抱えてほしいのだとわかった。彼は両手を自由にしておき、すきを見てシュネルにとびかかるつもりなのだ。レドヴァースとわたしがあまりナウマンに近づかず、彼が優位に立てるぐらいの空間を作ってやれば。

「おまえたち、マヌケぞろいでうれしいぜ」

シュネルはわたしたち四人をひとからげにしているのだろうが、わたしはわたし個人に向けられた侮辱だと解釈した。ナウマンの腕から、ぐったりしたヴァネッサの体を受けとめるのに必死で、シュネルにいいかえす余裕などなかったが、彼の嘲りのことばで、目がくらみそうになるほど強い怒りがこみあげてきた。レドヴァースは航海初日に、オープンデッキにいたヴァネッサの夫を見ていない——見たかもしれないが気に留めなかった——し、シュネルと話したときは、わたしはいっしょではなかった。いっしょだったならば、すぐに、マイルズとシュネルが同一人物だとわかったはずだ。わたしがシュネルの顔を見る機会が一度もなかったために、彼は安泰でいられたのだ。

ほかのことも、それで説明がつく。ヴァネッサの消えた夫が船内のどこに隠れているのか、推測すらできなかったことも、なぜ旅客名簿に載っていなかったのかも、ようやくわかった——船の乗組員だったからだ。もちろん、ヴァネッサに本名を教えるわけがない。偽名だからこそ、レドヴァースの陸の同僚たちがマイルズ・ヴァン・デ・メートルに関する情報を把握できなかったのだ。

ぐったりしたヴァネッサの重みで、わたしの体は左側にかたむいているが、そんな姿勢でも、シュネルにきついひとことをあびせてやらないと気がすまない。「ぜったいに逃げられないわよ。目撃者が大勢いるんだから」

シュネルは肩をすくめた。「陸地が近いんだ。おまえたちが消えてしまっても、その理由ぐらい、いくらでも思いつける。でなきゃ、知らん顔をするか」くすくす笑う。「おまえたちが消えても、おれがやったという証拠なんか、なんにもないんだぜ。じきに、おれにはたっぷり金が入る。金さえあれば、どうってことはない。さっさと姿を消すさ」

「レベッカがいるわ」彼女なら、なにもかもシュネルのしわざだと証言できる。

「誰だって？」シュネルは眉をひそめた。

「ヴァネッサのメイドよ」わたしはとがった口調でいった。「あなたがなぜ彼女を殺さなかったのか、不思議だわね」

シュネルはため息をついた。「ヴァネッサを始末したら、あいつも片づけるつもりだった。やるときは、ひとりずつと決めているんでね。それにしても、おれの妻が船室に男を連れこんでいるとは思いもしなかったぜ」シュネルはナウマンをぎろりとにらんだ。ナウマンは一歩踏みだそうとしたが、銃口を向けられて動きを止めた。「もっとも、べつに驚きゃしなかったがね。おれの妻は根っからの淫乱だからな」

わたしにもたれかかっているヴァネッサは、シュネルになにをいわれようと反論できる状態ではないが、それでも、寝間着をまとっただけの体が震えているのが伝わってくる。シュネルは彼女になにかはおる時間さえ与えなかったのだ。最初から、彼女を海中に突き落とすつもりだったからだろう。

「なぜドビンズを殺した？」わたしの右側からレドヴァースの声がした。わたしが訊きたいことを訊いてくれている。

シュネルは目玉をくるっと回したが、あいにく、彼の視線がわたしたちからそれたのはほんの一瞬だった。しかも、銃を握っている手は微動だにしない。

「その女の船室に入るところを、あのおせっかい野郎に見られちまって」シュネルは〝その女〟というときに、顎でヴァネッサを示してから、肩をすくめた。「あいつが悪いんだ」

ヴァネッサの体の震えが、ありえないほどひどくなってきた。〝夫〟のことばにショックを受けたせいなのか、それとも、薬のせいなのか判断できないが、わたしはあえて、銃を持った男から目をそらせて彼女のようすを確かめようとはしなかった。

とはいえ、確かめてもむだだっただろう。次の瞬間、ヴァネッサはわたしの腕からすり抜けてくずおれ、わたしの足もとにぐったりと倒れこんだのだ。

# 41

なにが起こったのか、みんなが事態をのみこむのに、動悸一拍分ほどの時間がかかった。そのあと、それぞれがいっせいに動きだした。

わたしはヴァネッサのそばにしゃがみこむ。レドヴァースは一瞬のすきを見逃さずシュネルに突進。ナウマンは少し遅れたものの、レドヴァースにつづいた。というのも、彼はヴァネッサを一瞥(いちべつ)して、それからシュネルに襲いかかるという行動に出たので、ちょっと時間差が生じたのだ。

少なくとも、わたしは事態を把握(はあく)していたと思う。ヴァネッサが頭を打ったのではないかと調べていたが、視界の隅にレドヴァースの上着が映りこんでいるのがわかった。そして最初の銃声が聞こえた。わたしはとっさにヴァネッサの体の上におおいかぶさった。目をあげると、レドヴァースが甲板にころがっていて、ナウマンがシュネルにとびかかり、シュネルの銃を奪おうとしているのが見えた。二発目の銃声が聞こえたが、レドヴァースが倒れているため、わたしの目は彼のほか、なにも見ようとしなくなった。

「いや、いや、いや!」何度も叫ぶ。湿気で濡れているすべりやすい甲板の上を、倒れているレドヴァースのところまで走る。彼は動かない。最悪の事態が頭をよぎる。彼の体をぱたぱたとたたき、なでまわして、傷はどこかと捜す。そのあいだも、ことばが勝手に口からとびだしていた。

「死なないで。死んじゃいけない。あなたを愛しているって、まだいってない」彼を愛しているのかどうか、自分でも不確かだったが、いまはただ、彼が死ぬのではないかという恐怖で胸がつぶれそうだった。深呼吸をしてから、彼をよくよく見る。かすかながらも胸が上下している。「なんでもするわ。だから死なないで」

背後で水音がした。ヴァネッサの悲鳴が聞こえる。ふりむくと、ナウマンとシュネルの姿がなかった。ヴァネッサに目をやると、彼女は自力で立ちあがり、おぼつかない足どりで手すりのほうに向かっていた。

「気をつけて！」ヴァネッサもまた海に跳びこむのではないかと不安になり、大声で叫んだ。ヴァネッサは男ふたりが消えた手すりの前の、わずかに高くなっている段に立った。塗装された手すりをつかんでいる。指の関節が白くなるほど手すりを強くつかみ、前かがみになって暗い海面をのぞきこんだ。

レドヴァースに目をもどすと、彼は片手を側頭部にあて、片目でわたしを見あげた。

「わたしを愛しているんだね？　それなら、結婚してくれるね？」

わたしは両腕をのばして彼を抱き起こしていたのだが、彼の声を聞くと心の底から安堵してしまい、思わず手を放してしまった。レドヴァースの頭が甲板の上にごとんと落ち、彼は顔をしかめた。

「生きているのね！　よかった！」頬が濡れてきた。安堵したあまり、涙がこぼれてきたのだ。

「もちろん、わたしは生きているが、ほかのふたりもそうだとはいいきれないな」レドヴァースはわたしの背後、ヴァネッサがしがみついている手すりのほうに目を向けた。ここからでも、ヴァネッサの体がぶるぶると震えているのが見てとれる。レドヴァースは視線をもどすと、わたしの目を見て静かにいった。「きみは同意した。そうだと理解しているよ」

意味不明だ。うわごとだろうか。不安になる――彼は生きているが、どこかにひどい傷を負っているのではないだろうか。

「あなた、撃たれたんでしょう？　そうじゃなかったの？」レドヴァースの体全体を眺め、どこかに赤いしみがじわじわと広がっている箇所はないかと、目を凝らした。

つい先ほどわたしがそうしたように、レドヴァースは上着をなでまわした。上着の布地がほつれている箇所に指が引っかかった。

「銃弾はそれたんだ」わたしがほっと安堵の息をつくと、レドヴァースは先をつづけた。「だが、銃身でがつんと頭を殴られてしまった。したたかに」

もう少し冷静だったら、どちらのほうが硬かったのかと訊いていただろう――銃のほうか、それとも彼の頭のほうか、と。

わたしは手のひらで顔をぬぐった。安心したあまり、体から力がぬけて、足がゴムのようにぐにゃぐにゃになっている感じだ。すっと立ちあがったレドヴァースが、わたしに手をさしだした。ありがたくその手を借りて立ちあがる。アドレナリンの噴出がおさまったいま、自力で立ちあがれるかどうか自信がなかったのだ。わたしたちはすべりやすい足もとに気をつけながら、立ちつくして暗い海面をみつめているヴァネッサのそばに行った。

「ふたりともいなくなった」ヴァネッサはつぶやいた。

ナウマンとシュネルが海に落ちたとき、彼女が助けを呼びに走り、すぐに救助者たちが駆けつけたとしても、ふたりを救えたかどうか、それは疑問だ。海水は冷たいし、船は一定の速度で前進して、彼らが落ちたところからはどんどん離れているのだし。しかも、ふたりが海に落ちる前に、どちらか一方の男が死んでいたとすれば——二発目の銃弾がどこに飛んだのか、わたしにはわからない。

レドヴァースが上着をぬいでヴァネッサの肩にかけてやった。そしてわたしに頭をかしげてみせて、船内に連れていくようにうながした。レドヴァースはその場に残った。救命具を手にして、男たちの姿が見えないか、暗い海面に目を走らせている。ちらりとでも姿が見えれば、それを投げるつもりなのだ。

ヴァネッサとわたしが近くのドアから船内に入ったとき、ちょうど急ぎ足でやってきた船長たちの一行と出会った。ようやくのお出ましだ。

「男性がふたり、海に落ちました」わたしは静かに船長に告げた。

驚いた船長は、引きつれてきた上級船員たちに大声で命令を下しはじめた。そのあと、わたしたちふたりが一等デッキの通路にたどりついたころ、大型の客船は激しく揺れて停止した。

みつかるだろうか。

ヴァネッサの船室に着いたころには、彼女は緊張症状を発していた。冷たい体を温めるために、浴槽に湯をためて彼女を入れたが、どれほど長い時間、湯に浸かっても、彼女の震えは止まらなかった。はおるものもなく、寝間着だけの薄着のまま、冷たい夜気にさらされたことより、マイルズ／シュネルに襲われたショックのほうが、この震えを誘発しているのではないだろうか。

駆けつけたドクター・モンゴメリーがまたもや睡眠薬を服ませても、彼女が深い眠りにつくまでにはかなり時間がかかった。

居間にもどったわたしは、ヴァネッサをひとりにしておくのがいやで、立ち去りかねていたが、本音は自分のベッドが恋しかった。ドクターはわたしの逡巡に気づき、わたしをドアに誘った。

「わたしが付き添います」ドクターはそういった。

「もう危険はないと思いますけど、彼女をひとりにしたくないんです」わたしはいった。

「ひとりで放っておいたりはしません」

これまでは何度もほったらかしたではないかと反論したくなったが、いまはいいあいをする気力も体力もない。黙ってうなずくと、わたしは通路に出て、わたしたちの船室に向かった。船室に入ると、くたくたに疲れて、イブニングドレスをぬぐのもそこそこに、ベッドに倒れこんだ。あとのことは、明日の朝でいい。

# 42

ベッドから這いだしたのは、朝も遅い時間だった。ガウンをはおり、居間に行く。コーヒーのポットはすっかり冷たくなっていた。

書きもの机に向かっていたレドヴァースが顔をあげた。きちんと身なりをととのえているところを見ると、数時間前から起きているようだ。

「寝なかったの？」コーヒーポットを取りあげ、冷えたコーヒーを飲もうかどうしようか迷ったが、ため息をついてポットを下におろした。

レドヴァースはにやりと笑った。「ポットの追加をたのんであるよ」

「まあ、ありがとう」わたしは心から感謝した。

「きみの質問に答えれば、何時間かはちゃんと眠った。わたしがもどったころには、きみは死んだように熟睡していたよ」

「死んだ、といえば……」

レドヴァースは厳粛な顔でうなずいた。「ふたりの死体は引きあげられた。船を停止させてから、それほど時間を経ずに引きあげることができた」

遅まきながら、いまは船が動いていることに気づいた。どちらもみつからないのではないかと懸念していたけれど、それがまちがっていてよかった。たとえハインズ・ナウマンがドイツのスパイであっても、海の底に沈んだまま行方不明になるよりは、ずっとましだ。なんといっても、彼は命を懸けてヴァネッサを守ろうとしたのだから。もしかすると、彼は妹を守るために命を懸けたのかもしれない。ヴァネッサを見て、精神のもろい妹のことを連想したのだろう。苦しみ悩んでいるヴァネッサが、妹と重なって見えたのだろう。

「レベッカはなにかいってた?」

レドヴァースはうなずいた。「シュネルは彼女を誘惑するつもりだったが、彼女が誘いにのらず、思いどおりにならなかったので、脅迫して命令に従わせることにしたんだ。彼女の家族のことを調べて、母親や弟妹を脅迫の種にした」

「血も涙もない怪物だわね」

レドヴァースはまたうなずいた。「脅されて、彼女はやむなく、最初はマイルズのトランクを見たと嘘をついたが、うっかり口をすべらせたという形で、きみに真実を語りそうな気配があったんだろう。そこでシュネルは、口だけでの脅迫ではなまぬるいとばかりに、あの脅迫文を書いたんだ——ドビンズの葬儀を見ろ、おまえもああなるぞ、とね。ドビンズはこっそりヴァネッサの船室を調べようとしたんだが、船室にはシュネルがいた。それでドビンズはシュネルに殺されてしまった」

わたしは罪の意識にさいなまれた。ドビンズがこっそり調べようとしたのは、わたしがそうしてほしいとたのんだせいだ。わたしがよけいなことをいわなければ、ドビンズが命を失うことはなかった。だが、ドビンズを殺した犯人の正体について、レドヴァースの見立てがまちがっていたとわかったのはうれしい。ナウマンは殺人犯ではなかった――もっとも、そうだと判明しても、いまとなっては、あまり意味がないけれど。

レドヴァースはわたしの表情を読むのに長けている。「きみのせいじゃないよ」悲しい慰めだ。「そういってくれて、ありがとう。でも、どうしても自分に責任があると思えてならない」

ドアがノックされた。スチュワードが朝食を運んできたのだ。熱々のコーヒーポットもある。完璧だ。わたしが新しいコーヒーカップを手に取っているあいだに、スチュワードは冷めたポットや使用ずみの皿などをトレイにのせた。スチュワードが出ていくと、わたしたちは会話を再開したが、わたしの予想とはまったくちがう方向に話が進んだ。

「いつ結婚する?」

わたしは目を白黒させた。「はあ?」

「昨夜、きみはわたしと結婚することに同意した。いいのがれしてもむだだよ」レドヴァースは静かにお茶をすすった。

わたしは呆然として黙りこくっていた。レドヴァースがいったことは聞こえたが、その意味が頭にしみこんでこない。

「で、いつがいい?」レドヴァースは追い打ちをかけてきた。「船には牧師がいるから、いますぐにでも式をとりおこなってくれるよ」

昨夜のことを思い出してみる。結婚に同意した？　彼は本気で求婚したというのか？　ベッドに倒れこむ寸前に、そのことを思い出したが、わたしが彼の頭を甲板に落っことしたせいで、彼はうわごとめいたことをいっているのだと思っていた。

「真剣なの？」

「真剣そのものだ」レドヴァースの黒っぽい目がわたしの目をみつめている。「きみを愛しているよ、ジェーン・ヴンダリー。妻になってほしい」

そのことばに、わたしの胃はずずんと降下したが、決していやな感じではなかった。彼のまなざしを受け、息が詰まる。肌が熱くなってぴりぴりする。自分の返事はわかっていたが、そうあっさりと口にはできない。

「同意するにしても、わたしはこの先も自分の姓を使いたい」〝ディブル〟に変わるなんて想像もできない。

「それはきわめて異例だがね、マイ・ディア、きみらしいね。いいよ」レドヴァースはほほえんだ。「正直なところ、きみを責める気はない。〝ヴンダリー〟のほうが、きみにぴったり合っている」

夫が死んだあと、わたしは旧姓にもどるために必死で闘った。やっと勝ちえた姓をまた変えたくはない。

だが、わたしは目の前にいる男を愛してしまった。彼が意識を失って倒れていた昨夜の記憶が、脳裏に鮮明によみがえる。二度と結婚したくないという、わたしの思いを変えることができる男がいるとすれば、それはこのひとだ。そして彼はそうした。わたしは彼と結婚することに同意したのだから。不安と恐怖心がわきおこるかと思ったが、そんなことはなかった。コーヒーをひとくち飲む。心臓は軽やかに動悸を打っている——彼の申し出を受け容れるのは、正しい選択なのだ。それに、レドヴァースは亡夫に似たところはまったくない。ふたりは昼と夜ほどちがう。

返事をしようとしかけたときにドアがノックされ、こちらの応答も待たずに、船長が入ってきた。船長は最初にわたしたちふたりをみつめてから、レドヴァースに視線を据えた。

「逮捕に立ち会いたいといってましたな？」

「逮捕って？」わたしはコーヒーカップをいささか手荒に受け皿にもどした。かちゃんと音がした。ちょっとあわてたが、どちらもこわれてはいない。船長はわたしを無視している。だが、レドヴァースはいささか当惑の面もちだ。

「着替えるまで待てないんですか？」レドヴァースはガウン姿のわたしにちらりと目を向けた。船長はもごもごといいよどんだ。事態を把握(はあく)して動かしているのは、レドヴァースのほうだ。昨日は船長を脅迫したし。

「十五分後に、一等のオープンデッキのプロムナードで。公衆の面前で実行したほうがいいと思うので」船長はいった。

好奇心に火がついた——なにが起こったにせよ、レドヴァースがわたしを除け者にしたことに腹がたったが、好奇心のほうが優勢だ。寝室に駆けこんでニットドレスに着替え、ウールのコートを着こむ。バーガンディ色のクローシェをかぶる。寝起きの乱れた髪がうまく隠れているといいのだが。五分もたたないうちに居間にもどると、レドヴァースがくすっと笑い、ダークグレイのコートを手にした。船室を出てドアをロックする。

「説明して」

「あの裏帳簿を隠そうと、荷物室に行ったんだ」

説明しはじめたレドヴァースを、わたしはせっかちにさえぎった。「どうして荷物室に隠そうと思ったの？」

レドヴァースは片方の眉をくいっとつりあげた。「最後まで話をさせてくれないか」

わたしは肩をすくめた。「どうぞ」

「誰かの荷物にまぎらせておけば、まさかそんなところまで捜そうとはしないだろうと思って、荷物室を選んだんだ」

じつに頭がいい。「その誰かさんがトランクを開けてなかを見せろといわれるわけがないと、どうして確信できたの？」

この質問にレドヴァースは肩をすくめただけだった。「スチュワードを買収したんだよ。それで、わたしの要求に応じて、特定のトランクの置き場所を教えてくれた」

「それから？　荷物室でなにか起こったんでしょ？」

「べつに騒動は起こらなかったけれど、そのトランクのなかで、あるものがみつかってね」

レドヴァースがそこで話を切ったので、わたしの好奇心はそこいらじゅうを焼きつくさんばかりに燃えあがった。

幸いなことに、焼きつくされる前に、レドヴァースは話をつづけた。「『キリストの生涯』が一冊」

「あのコードブックね。というか、そうだとおぼしい本」わたしはあれやらこれやらの事実の断片をつなぎあわせてみた。「その誰かさんが……そのう……ナウマンの連絡者だと？」どうしてもっと早くいってくれなかったのかと、またもや腹がたったが、考えてみれば、この旅のあいだに、彼がなにかいおうとしてやめたことが何度かあったことを思い出した。

「そうだ」

わたしときたら、ナウマンがいなくなったいま、彼のアメリカ側の協力者が誰なのか、あぶりだすのはいっそう困難になるということさえ、考えつきもしなかったのだ。腹はたったが、レドヴァースが動かしがたい証拠をみつけ、連絡者の正体をつかんだことに、心底、安堵する。

「それさえあれば、逮捕できるのは確実なのね？　一冊の本だけで。あなたはよくある書名だといってたけど」

「いやいや、求めよ、さらば与えられん、だ」

「で、誰なの？」オープンデッキに出るまで待てない。いますぐ知りたい。

「じきにわかるよ」

憎たらしくも、レドヴァースはにやりと笑っただけで、名前を明かそうとはしなかった。わたしは彼の腕をぎゅっとつねってやった。まったく癪にさわる男だ。

# 43

一等船客用のオープンデッキに出ると、プロムナードにはビセット船長や数人の船員たちのほかに、エロイーズとマーグリット、それにダグラス・グールドがいた。三人はデッキチェアにくつろいで陽光を楽しんでいたようだが、そこを船長たちに取り囲まれたらしい。

「いったいなにごとです？　どうして日光浴を邪魔するんです？」エロイーズが吠えた。怒りのあまり、こめかみがぴくぴく痙攣している。マーグリットはひそかにおもしろがっているようすだが、ダグラスはいっさいを無視して、本のページから目を離そうともしない。そんなふりをしているだけにせよ、その無関心なさまは、いっそ印象的だった。

「ダグラス！　どうして本なんか読んでいられるの！　なんとかしなさい！」エロイーズは義弟の無関心なさまに気づいて、また吠えた。

　ダグラスは本から目もあげずに肩をすくめた。「わたしには関係ありませんよ、まちがいなく」

「マーグリット！」またまたエロイーズが吠える。

　わたしは息を詰めて目の前の光景をみつめた。捉えどころのないマーグリットのひととなりや、いつもおもしろがっているように見える態度の裏にあるものが、いまあらわになるかもしれない。

「すみやかに」レドヴァースは船長にうなずいてみせた。船員たちがエロイーズを立たせた。

「エロイーズ⁉」まさか。彼女だとは思いもしなかった。

エロイーズはおしゃべりだ――スパイとしては考えられないほど危険な性質だ。だが、彼女のおしゃべりを思い返してみると、実質的にはなんの内容もなかった。記憶に残った話題といえば、伝道や慈善活動のことばかりだ――そもそも、伝道の仕事を名分にしてイギリスに渡ったのだから。

「彼女の父親はクラーク大学の助教授だった。それを憶えているかい？」

「どこの大学かは聞いていないわ」

レドヴァースは肩をすくめた。「彼女は父親の関係で大学に伝手がある。それも多数の伝手が。アメリカに上陸してから徹底的に捜査すれば、さらに証拠がみつかるだろう」

わたしたちのやりとりを、マーグリットが聞いていた。「捜査する必要はありませんよ。あなたがたに必要なことならなんでも、わたしが提供できます」

ショックのあまり、口がぽっかり開いてしまう。いかに罪があろうとも、妹が実の姉を売り渡すなんて、とうてい信じられない。

マーグリットはわたしにいたずらっぽい微笑を見せた。「この先は、わたしが、召使いたちのあつかいかたを習得しなければなりませんわね」

最終的にマーグリットは、アメリカに到着するまでエロイーズをスパイ容疑で監禁しておける情報を、たっぷり提供してくれた。エロイーズは、父親がゴダード教授と同じようにこつこつと研究をして成果を出したのに、それが高く評価されなかったことに強い不満を抱いていた。そのため、ゴダード教授の実験室から極秘情報を盗みだしてドイツ政府に売り渡すことに、一片の良心の呵責も覚えなかったらしい。腹に怒りを溜めこんでいる姉がなにかしでかすのではないかと、マーグリットは前々から懸念していた。それで、ひそかに姉を見張っていたのだという。

そう聞いて、わたしたちは彼女に感謝したが、なぜもっと早く姉を当局に引き渡さなかったのかと訊いても、納得のいく返答はなかった。マーグリット自身、よくわかっていないのかもしれない。

運がよければ、ゴダード教授の研究は妨害されずに——あるいは盗まれずに——さらに進められるはずだ。とはいえ、ハインズ・ナウマンは死んだが、遅かれ早かれ、ほかの誰かが彼と同じ任務を担うだろう。その点について、レドヴァースはわたしに、同じことが起こらないように、ゴダード教授の身辺や研究室には厳重な警備態勢が敷かれると請け合った。

レドヴァースがエロイーズの逮捕に関する書類仕事にかかりきっているあいだに、わたしはヴァネッサの船室を訪ねた。ヴァネッサは顔色がよくなっていたが、ドクター・モンゴメリーと並んでソファにすわり、ドクターの腕にすがりついていた。

「助けてくれてありがとう、ジェーン。わたしがあなたに協力的じゃなかったのは、自分でもよくわかっているわ」

わたしは申しわけない思いで、頭を振った。彼女を信じきれなかったことや、男たちと同じ過ちをしていた――彼女を注目をあびたがる社交界のお騒がせ女と決めつけた――ことで、いまだにうしろめたい思いを払拭できずにいるからだ。ひとを見る目が曇っていたという後悔や、自分の直感を信用できなくなるのではないかという不安は、この先もついてまわりそうだ。最初は正しかったのに、途中から自分の直感を疑うという愚を犯してしまった。我が身の愚を認めて反省するしかないが、なかなかきびしい試練だったといえる。

「ごめんなさい。先日、あなたはこの船室にマイルズが、いえ、リー・シュネルが来たといったけど、わたしは信じなかった」わたしは正直にいった。

とはいえ、こんなふうに、たがいにあやまってばかりいては、話が先に進まない。

ヴァネッサは微笑した。「なぜ信じなかったのか、よくわかるわ。無理もないと思う。それなのに、あなたはあの場に来てくれた」

すんなり受け容れるには葛藤があるが、ヴァネッサがそういってくれたのはありがたい。

「アメリカに帰ったらどうするの?」

「当分はおとなしくしているつもり。しばらくは、好き勝手なことをしようなんて気にはなれないでしょうね。それに、男たちとつきあうのも」

わたしはドクターの腕をしっかりつかんでいるヴァネッサにちらりと目をやったが、なにもいわなかった。ヴァネッサというひとは、たとえ微弱であっても、安全だと思えるものがみつかれば、それにすがっていたいのだろう。

辞去しようと立ちあがると、ヴァネッサに呼びかけられた。「またお会いできるかしら?」

わたしはくびを横に振った。「たぶん、会えないと思うわ。わたしたちはそれぞれ、属している世界がちがうから」

ヴァネッサは残念そうに微笑した。「でも、わからないわよ」

わたしも微笑を返してから、ヴァネッサとドクターに別れを告げた。


その後、デッキチェアにすわって海を眺めていると、レドヴァースがやってきた。遅い午後の陽ざしをあびながら、隣のデッキチェアにナウマンがすわることは二度とないのだという思いを噛みしめ、わたしはひどく滅入っていた。気遣いに長けたレドヴァースは、ナウマンのデッキチェアにすわるのを避け、反対側の隣の椅子に腰をおろした。

「これでまたひとつ、事件が解決した」

三人もの人間が死んでしまったのに、解決したといっていいものかどうかわからない。だが、その思いは胸にしまっておこう。

「結婚したら、いっさい隠しごとはなしにしてくれるわね」

レドヴァースはにやりと笑った。「いずれわかる」

はあ?

「祭壇の前でね。そうだろう?」そういってレドヴァースは手をのばし、わたしの手を取った。

ちょっと間をおいてから、わたしは彼にいたずらっぽい笑みを向けた。「ねえ、まずはわたしの父に会うべきじゃないかと思うんだけど。どう?」

## 著者ノート

本作の構成上、北大西洋航路の船旅の期間を、じっさいより少し長めに設定してあることをお断りします。一冊の本にすべての出来事を盛りこんでまとめるために必要だと判断し、創作者の特権を使わせていただきました。

# 謝辞

すばらしいスタッフに恵まれました。感謝しています。

読者のみなさまに多大な感謝を。みなさまのおかげで、本書が出ました。

傑出した編集者であるジョン・スコナミリオと、同じく、すばらしい宣伝係のラリッサ・アッカーマンに、深甚なる謝意を。あなたがたおふたりと仕事ができたのは、ほんとうに幸運です。ありがとう、ロビン・クック。ありがとう、芸術的手腕を発揮してくれたサラ・グリブ。そして、本書刊行のために熱意をもって仕事をしてくれた、ケンジントン社のみなさん、ほんとうにありがとう。

辣腕(らつわん)のエージェント、アン・コレット。わたしを選んでくれたことに、感謝の念が絶えることはありません。これからも、興味ぶかい話の種があれば、四時間の会話も辞さないことを約束します。

親しい友であり、編集者であり、ダメ出し名人のゾーイ・クイントン・キング、わたしの人生と仕事のキャリアにあなたが加わってくれたのは、ほんとうに幸運でした。ダメ出しにはまいりましたが、心から感謝しています。

ジェシー・ローリー、ローリ・レイダ-デイ、スージー・カーキンズに、愛と感謝を。あなたがた三人は熱々のフライドポテトです（おかげで、すべてがうまくいくんです。いえ、彼女たちがジャガイモみたいだといっているわけではありません。すてきな女性たちです）。

友情と愛と支援に深い深い感謝を。ターシャ・アレグサンダー、シャノン・ベイカー、グレッチェン・ビートナー、リー・バーニー、マイク・ブランチャード、キース・ブルベイカー、ケート・コンラッド、ヒラリー・デイヴィッドスン、ダン・ディストラー、ダニエル・ゴルディン、ジュリー・グラムズ、アンドリュー・グラント、グレン・エリック・ハミルトン、キャリー・ヘネシー、ティム・ヘネシー、クリス・ホウム、カトリーナ・ニダス・ホウム、メーガン・カンタラ、ステフ・キレン、エリザベス・リトル、ジェニー・ロア、エリン・マクミラン、ジョエル・マクミラン、ダン・マールモン、ケイト・マールモン、マイク・マクレイ、カトリーナ・マクファースン、ケティ・マイアー、トレヴァー・マイアー、ローレン・オブライエン、ブラッド・パークス、ロクサン・パトルズニック、マーグリット・ペトリー、ニック・ペトリー、ブライアン・プライア、アンディ・ラッシュ、ジェーン・ライナック、カイル・ジョー・シュミット、ジョニー・ショウ、ジェイ・シェパッド、ベッキー・テスッチ、アンディ・ターナー、テス・ティラル、そして、ブライアン・ヴァンミッター。

ナオミ・フェンスキーに愛を。ときとして、ゴールというのがいちばん会いやすい場所ですね。

ケティ&トレヴァー・マイヤー、そのうち、ごいっしょに一日じゅう、ドライブしましょうね。

本書を応援してくださった、すばらしい書店員と図書館員のみなさまがた、ありがとうございました。ヴァーチャル・ツアーのホストにしてくださったかたがた——みなさまにまたお会いできる日が待ちどおしいです。

〈ミステリ・トゥ・ミー〉のシャーロットと書店員のみなさま、〈マーダー・バイ・ザ・ブック〉のジョンとマッケンナ、〈ブック・カーニヴァル〉のアン、〈ボズウェル・ブックストア〉のダニエルとクリス、〈バーバラズ・ブックストア〉のリサとローラ、そして、〈バーンズ・アンド・ノーブル〉のダン・ラドヴィッチ。どうもありがとう。

わたしのすばらしい家族に感謝と深い愛を。レイチェル&AJ・ノイバウアー、ドロシー・ノイバウアー、サンドラ・オルセン、スーザン・カトラル、サラ・キルザック、ジェフ&アニー・キルザック、ジャスティン&クリスティーン・キルザック、ジョシュ・キルザック、イグナシオ・カトラル、サム&アリアナ・カトラル、マンディ、アンディ、アレックス、そしてエンジェル・ノイマン。特に、岩のように堅固な支えである、夫であり、最高の友であるガンサー・ノイマンに。

最後になりますが、ベス・マッキンタイヤの三十六年間の友情に感謝と愛を。あなたのすばらしい計算能力に脱帽（なにせ、わたしはイギリス文学専攻ですから、数字には弱いんです。少なくとも、わたしの計算の誤差が許容範囲内でありますように）。ベス、あなたはわたしの翼の下を流れる風。わたしのあなたへの愛は、深紅の薔薇（ばら）です。

# 訳者あとがき

一九二六年九月中旬、ジェーン・ヴンダリーは、叔母に付き添って観光旅行先のエジプトに着いた早々、思いもしなかった事件に巻きこまれ、あろうことか容疑者にされてしまう。我が身の潔白を証明しようと、ジェーンは探偵のまねごとをして調査にいそしんだ（『メナハウス・ホテルの殺人』）。それが一件落着して、叔母とともにイギリスに渡ったが、そこでも事件に遭遇し、やはり調査をする羽目になった（『ウェッジフィールド館の殺人』）。調査の過程では危険な目にもあったのだが、ジェーンはめげなかった。どうやら、探偵のまねごとが性に合っていたようだ。旅先ならでは、多くの人々との出会いがあったが、自分でも知らなかった自分との出会いもあったわけだ。

　短かったけれども悲惨な結婚生活を強いられたジェーンは、心身ともに深く傷ついた。夫が戦死し、寡婦（かふ）となってからは、男性には心を許さないという硬い殻（から）をまとって、この八年をすごしてきた。だが、エジプトでレドヴァースというイギリス人に出会ったことで、その殻にひびが入り、気持が揺れ動くようになった。

　イギリスでの事件も解決し、クリスマスは父親と迎えたいと、十一月初旬、ジェーンは帰国の途につくのだが、なんと、レドヴァースと同じ船に乗ることになった。しかも、〝偽装夫婦〟として。政府の情報員（エージェント）であるレドヴァースが使命を果たすためには、船上では単身者よりも夫婦のほうが都合がいい。ジェーンとレドヴァースはよくよく話しあって、そうすることに決めたのだ。幸いに、なにかと口うるさい叔母はイギリスに残る。

　もちろん、イギリス政府の許可を得て異例ともいえる取り決めがなされ、ジェーンはレドヴァースの隠密捜査の手伝いをすることになった。そのおかげで、ジェーンとレドヴァースは北大西洋航路の豪華客船オリンピック号の一等船客となった。この船は、十四年前の一九一二年四月に初航海に出て、目的地まぢかという海上で、氷山に衝突して沈没したタイタニック号の姉妹船だ。この二隻は同じ設計図で造られたため、船体構造はそっくり同じ。内装も細部はともかく、全体的にほぼ同じだったと思われる。全長二六九メートル、幅二八メートル、高さ五三メートル、総トン数四万六〇〇〇という巨大な船だ。

　レドヴァースの使命は、この巨大な船に乗っているドイツのスパイ容疑者三名の身辺をひそかに捜査し、証拠をみつけてスパイを特定すること。ジェーンには捜査権がないので、レドヴァースの補助調査をするという立場だが、彼の役に立ちたい、できれば彼の上司に認めてもらえる成果をあげたいと意気ごんでいる。

　偽装とはいえ〝夫婦〟なので、当然ながら船室は同じ。一等船室は居間と寝室のスイートで専用の浴室もついているが、この狭い空間で寝起きをともにすることになる。レドヴァースは居間で寝ると宣言し、ジェーンに気にしなくていいと思いやってくれている。ジェーンの心をおおっている殻には、すでにひびが入っているが、その亀裂（きれつ）が広がるのか、それとも、修復されてしまうのか、ジェーン本人にもわからない。

それはともかく、スパイ容疑の対象者に接近し、あやしまれないように調査する任務に集中するべきなのだが、ジェーンはまったく別の一件に関わってしまう。一等船客の女性が、船がサウサンプトンを出港したあと、新婚の夫が消えてしまった、船内を徹底的に捜してほしいと訴えている場に出くわしてしまったのだ。ジェーンは出港のさいにその女性の夫とおぼしい男性を目撃していたので、この件に無関心ではいられなかった。だが、レドヴァースによけいな穿鑿(せんさく)は無用と牽制され、ジェーンは悩む……。

次作では、ジェーンの父親が登場する。レドヴァースを父親に紹介するのを楽しみにしてボストンの我が家に帰ったのに、父親の姿はなかった。あわてたジェーンが調べてみると、歴史学者である父親が、専門のオスマン帝国に関係することでイスタンブールに行ったことがわかった。旅装を解くまもなく、ジェーンとレドヴァースはイスタンブールに向かう。イスタンブールという異国の地で、父親の足跡をたどり、ジェーン・ヴンダリーの旅はつづく。どうぞお楽しみに。

二〇二四年　猛暑の夏

山田順子

**訳者紹介** 1948年福岡県生まれ。立教大学社会学部社会学科卒業。主な訳書に、アーモンド『肩胛骨は翼のなごり』、キング『スタンド・バイ・ミー』、クリスティ『ミス・マープル最初の事件』、リグズ『ハヤブサが守る家』、プルマン『マハラジャのルビー』など。

検印
廃止

豪華客船オリンピック号の殺人

2024年9月20日　初版

著　者　エリカ・ルース・ノイバウアー

訳　者　山田順子（やまだじゅんこ）

発行所　(株) 東京創元社
代表者　渋谷健太郎

162-0814／東京都新宿区新小川町1-5
電　話　03·3268·8231-営業部
　　　　03·3268·8204-編集部
URL　http://www.tsogen.co.jp
DTP　工友会印刷
暁印刷・本間製本

乱丁・落丁本は、ご面倒ですが小社までご送付ください。送料小社負担にてお取替えいたします。

©山田順子　2024　Printed in Japan

ISBN978-4-488-28609-5　C0197

クリスティ愛好家の
読書会の面々が事件に挑む

〈マーダー・ミステリ・ブッククラブ〉シリーズ

C・A・ラーマー◎高橋恭美子 訳

創元推理文庫

マーダー・ミステリ・ブッククラブ

ブッククラブの発足早々メンバーのひとりが行方不明に。
発起人のアリシアは仲間の助けを借りて捜索を始めるが……。

危険な蒸気船オリエント号

蒸気船での豪華クルーズに参加したブッククラブの一行。
だが、船上での怪事件の続発にミステリマニアの血が騒ぎ……。

野外上映会の殺人

クリスティ原作の映画の野外上演会で殺人が。
ブッククラブの面々が独自の捜査を開始する人気シリーズ第3弾。

海外ドラマ〈港町のシェフ探偵パール〉
シリーズ原作
〈シェフ探偵パールの事件簿〉シリーズ
ジュリー・ワスマー◎圷 香織 訳
創元推理文庫

## シェフ探偵パールの事件簿

年に一度のオイスター・フェスティバルを目前に賑わう、
海辺のリゾート地ウィスタブルで殺人事件が。
シェフ兼新米探偵パールが事件に挑む、シリーズ第一弾！

## クリスマスカードに悪意を添えて

クリスマスを前にしたウィスタブル。パールの友人が
中傷メッセージ入りのクリスマスカードを受け取り……。
英国の港町でシェフ兼探偵のパールが活躍する第二弾。

元スパイ&上流階級出身の
女性コンビの活躍
〈ロンドン謎解き結婚相談所〉シリーズ
アリスン・モントクレア◎山田久美子 訳
創元推理文庫

ロンドン謎解き結婚相談所
王女に捧ぐ身辺調査
疑惑の入会者

創元推理文庫

**〈イモージェン・クワイ〉シリーズ開幕！**

THE WYNDHAM CASE◆Jill Paton Walsh

# ウィンダム図書館の奇妙な事件

**ジル・ペイトン・ウォルシュ　猪俣美江子 訳**

◆

1992年２月の朝。ケンブリッジ大学の貧乏学寮セント・アガサ・カレッジの学寮（カレッジ）付き保健師（ナース）イモージェン・クワイのもとに、学寮長が駆け込んできた。おかしな規約で知られる〈ウィンダム図書館〉で、テーブルの角に頭をぶつけた学生の死体が発見されたという……。巨匠セイヤーズのピーター・ウィムジイ卿シリーズを書き継ぐことを託された実力派作家による、英国ミステリの逸品！

アガサ賞最優秀デビュー長編賞
受賞作シリーズ

〈ジェーン・ヴンダリー・トラベルミステリ〉

エリカ・ルース・ノイバウアー◎山田順子 訳

創元推理文庫

## メナハウス・ホテルの殺人

若くして寡婦となったジェーン。叔母のお供でエジプトの高級ホテルでの優雅な休暇のはずが、ホテルの部屋で死体を発見する。おまけに容疑者にされてしまい……。

## ウェッジフィールド館の殺人

ジェーンは叔母の付き添いで英国の領主屋敷に滞在することに。だが、館の使用人が不審な死をとげ、叔母とかつて恋仲だった館の主人に容疑がかかってしまう……。